Valentía veneciana

MARIA LUISA MINARELLI

Valentía veneciana

Traducción de Patricia Orts García

AMAZON **CROSSING**

Título original: *Biondo veneziano*
Publicado originalmente por Amazon Publishing, Luxemburgo, 2021

Edición en español publicada por:
Amazon Crossing, Amazon Media EU Sàrl
38, avenue John F. Kennedy, L-1855 Luxembourg
Septiembre, 2021

Adaptación de cubierta por PEPE *nymi*, Milano
Imagen de cubierta © Bastian Kienitz © Clipart deSIGN © JK Photo
© ninekrai / Shutterstock; © lupengyu / Getty Images;
© Anna Mutwil / ArcAngel

Impreso por: Ver última página

Primera edición digital 2021

ISBN Edición tapa blanda: 9782496708226

www.apub.com

Sobre la autora

Periodista y escritora, Maria Luisa Minarelli nació en Bolonia y se licenció en Historia en esa misma ciudad. Ha colaborado con revistas como *Storia illustrata e Historia* y ha escrito sobre temas de salud, belleza y turismo. En 1998 escribió *Donne di denari*, un ensayo sobre las mujeres empresarias a lo largo de la historia, que fue traducido al alemán.

Con Amazon Publishing ha publicado *Un cuore oscuro*, *Delitto in Strada Maggiore* y la popular serie protagonizada por el *avogadore* Marco Pisani (*Escarlata veneciano, Oro veneciano, Teatro veneciano, Cruzada veneciana y Valentía veneciana*) que ha sido traducida en Francia, España y Gran Bretaña, además del *spin-off La congiura dei veleni*, ambientado en la Roma del papa Lambertini.

Vive en Milán con su marido y suele pasar temporadas en Venecia, una ciudad de la que siempre ha estado enamorada y donde tiene una casa. Le gusta viajar y siente pasión por el arte y los anticuarios. Es una devoradora de libros, que lee sobre todo de noche, y no puede vivir sin sus gatos y sus numerosas plantas, que cultiva personalmente.

A mi marido Arnaldo
que ama Venecia tanto como yo

Nota de la autora

La trama de *Valentía veneciana* se me ocurrió la noche del 12 de noviembre de 2019, cuando el agua alta superó en ciento ochenta y siete centímetros la marea normal, un nivel que solo se había rebasado en Venecia durante la terrible inundación de 1966.

Yo estaba allí. Las sirenas habían sonado durante todo el día, pero no era la primera vez que sucedía. A eso de las nueve de la noche, oí una especie de estruendo y un fuerte chapoteo. Cuando me asomé a la ventana, vi que la calle donde vivo se había convertido en un torrente impetuoso que corría desde la calle Garibaldi hacia el *río* Tana. Con gran estupor, comprobé también que el vestíbulo de mi casa estaba inundado y que el agua lamía el primer peldaño de la escalera. Al parecer, algo así no ocurría desde 1966, cuando aún no frecuentaba la ciudad.

Al día siguiente, el agua se había retirado, pero Venecia estaba asolada. Los comerciantes amontonaban la mercancía deteriorada a las puertas de sus tiendas, algunos trataban de sacar el agua valiéndose de bombas, en todas partes reinaba el silencio y la desesperación, y todos trabajaban. Árboles caídos en los jardines, embarcaderos flotando en la laguna, barcas destrozadas, una lancha atascada en una calle. No tuve valor para sacar una sola fotografía.

No obstante, empezó a atormentarme la idea de que el hallazgo del cadáver de una desconocida después de una noche así podía ser el inicio de una bonita historia. A partir de ahí se fue desarrollando poco a poco esta novela, una obra insólita, donde prácticamente no se produce ningún derramamiento de sangre y lo que prevalece es el juego de la inteligencia y la ambientación.

Obviamente, la Venecia a la que regresa Marco Pisani, que se describe en el libro, no corresponde a la actual, sino a la ciudad del siglo XVIII. Por ejemplo, en el muelle de los Schiavoni, en las inmediaciones de la Zecca, ya no están los graneros de Terranova. El *rio* Sant'Anna, en Castello, fue enterrado por Napoleón y pasó a llamarse calle Garibaldi.

Al igual que entonces, Venecia se divide en barrios: Cannaregio, San Marco y Castello en la isla que se encuentra al norte del Gran Canal. Dorsoduro, Santa Croce y San Polo al sur. Alrededor se extienden la isla de la Giudecca y el Lido, y en la laguna Murano y Burano, entre otras.

Las calles se llaman *calli* (la más estrecha tiene cincuenta y tres centímetros). Algunas siguen denominándose *rughe* o *rughette*. Las *salizade* son las primeras que se empedraron con adoquines de sílex y las *fondamenta*, los tramos que costean un canal o *rio*. Un *ramo* es un breve tramo de calle que enlaza otras dos.

Rio terà es un *rio* enterrado, transformado en calle, y las *rive* son las partes de los canales o cuencas que se utilizan como muelles.

Los *sotopòrteghi* son los pasajes cubiertos que se encuentran bajo viviendas particulares y que desembocan en algunas calles.

En Venecia solo hay una plaza, la plaza de San Marcos. Las demás se denominan *campi* o *campielli*, porque en los primeros siglos se utilizaban para cultivar verduras o, cuando eran un poco elevados, como cementerios.

El término *Ca'* indica un palacio, con frecuencia suntuoso, lo que demuestra la modestia de la aristocracia veneciana, en la que no había condes ni duques nombrados por el rey, sino solo patricios, dado que se trataba de una república.

El *listòn* de la plaza de San Marcos era el centro de la vida nocturna, el paseo elegante que se realizaba al atardecer.

Las *barene* son las pequeñas islas de cañas de la laguna, que emergen cuando baja la marea y desaparecen cuando sube. Los *bricole* son los palos que flanquean los canales navegables sumergidos en el agua. Los barcos que no respetan estos recorridos corren el riesgo de encallar, porque la laguna es muy poco profunda.

Espero que los lectores me perdonen por haberme explayado en alguna ocasión con los platos típicos de la cocina local y por haber optado por situar a mis personajes en calles y canales con nombres poco frecuentes. Además, he empleado numerosos términos venecianos.

Entre los innumerables órganos públicos de la República, en la novela aparecen dos poco conocidos.

Los *avogadori* desempeñaban diferentes funciones. Entre otras cosas, instruían los procesos, en cierta medida como los fiscales de hoy, y tenían competencias similares a las de estos. Eran tres. Uno de ellos debía asistir siempre a las sesiones del Senado. Gozaban de la facultad de intervenir en los procedimientos de otros organismos cuando consideraban que incumplían la ley y custodiaban el *Libro de oro de la nobleza*.

El *Messer Grando*, también llamado Capitán Grande, tenía funciones similares a las de los actuales jefes de policía. Era burgués de nacimiento. A mediados del siglo XVIII era Matteo Varutti.

Para facilitar la comprensión del texto, las unidades de medida son las actuales.

He consultado innumerables fuentes y documentos para poder reconstruir el siglo XVIII veneciano. Solo recuerdo algunos.

Para la escenografía, ha sido muy valiosa la contribución de la pintura de Pietro Longhi, Gabriel Bella y, sobre todo, de Canaletto.

Los rasgos que caracterizaban las relaciones interpersonales, como el empleo de «usted» para las personas relevantes y el carácter de los criados, se inspiran en Goldoni. Los detalles de la vida cotidiana deben mucho a las *Memorias* de Casanova y a las *Lettres d'Italie du Président de Brosses*.

Respecto a los historiadores, considero inigualable la aportación de Alvise Zorzi, fallecido ya, por desgracia, y de Pompeo Molmenti, además de las de René Guerdan y muchos otros. La descripción de la Venecia menor de Egle Trincanato y Carla Coco es magnífica. En cuanto a la historia de los servicios secretos, considero insustituible la obra de Paolo Preto.

Edoardo Rubini profundizó en la administración de justicia en su libro *Giustizia veneta* (Filippi Editore), mientras que Michel Porret me ha ayudado en el estudio de los tipos de investigación que se llevaban a cabo con su obra *Sul luogo del delitto* (Edizioni Casagrande).

Por último, sería injusto olvidar la contribución de varios sitios de internet, como *Bauta.it*, *Baroque.it* e *Venezia nascosta.it*, y la serie de libros del editor Filippi para *Il Gazzettino*.

En los últimos tiempos he leído las estupendas reconstrucciones de la historia y los usos venecianos del siglo XVIII de Davide Busato, que está llevando a cabo una valiosa investigación en los archivos. Entre otras cosas, le debo el descubrimiento de Poveglia. Se lo agradezco de todo corazón y lo felicito por su trabajo.

Como siempre, agradezco la labor de mi querida agente y amiga Maria Paola Romeo, miembro de Grandi & Associati, y de mis amigos de Amazon Publishing, Alessandra Tavella y Davide Radice.

Gracias también a mi querida amiga veneciana, Antonia Sautter, la genial creadora del Baile del Dux.

Por último, quiero expresar un agradecimiento especial a mis lectores, que son ya muy numerosos y que me apoyan, me animan y me aconsejan como auténticos amigos en las reseñas y en mi página de Facebook.

Personajes principales

Marco Pisani, *avogadore*, alto funcionario de la República de Venecia

Chiara Renier, esposa de Pisani, mujer de negocios y vidente

Benedetta, la hija pequeña de ambos

Daniele Zen, abogado y amigo de Pisani

Costanza Garzoni, su novia

Bastiano, gondolero de Zen ·

Guido Valentini, médico anatomopatólogo

Gasparetto, su ayudante

Nani, estudiante en Padua y antiguo gondolero de Pisani

Marta, ama de llaves de Chiara

Rosetta, ama de llaves de Marco

Martino, Giuseppe, Giannina, la cocinera Gertrude, criados de la casa Pisani

Jacopo Tiralli, secretario de Pisani

Francesco Loredan, Dux de Venecia

Messer Grando o Capitán Grande, Matteo Varutti, jefe de la policía

Brusìn, capitán de la guardia

Antonio Da Mula, Marcantonio Trevisan, Andrea Diedo, los tres inquisidores

Marina, cortesana, amiga de la víctima Rosa Sekerus

Pavle y Delvina Sekerus, albaneses, padres de Rosa

Gabriella Vanni, comadrona

Angelo y Annetta Micheli, padres de Iseppa, una de las víctimas

Checco Ballarino, novio de Iseppa

Bianca Cedroni, amiga de Iseppa

Bernardo Trevisan, científico y caballero

Bernardo Dolfin, orfebre

Maddalena Barbaro, joven aristócrata

Domenica, su ama de llaves

Filippo Barbaro, su padre

Giacomina Santucci, doncella de Giustinian

Lucia Giustinian, una aristócrata poco distinguida

Geremia y Andretta, criados de Giustinian

Agostino Dolce, actor y vagabundo

Rosita y Tonio Dolce, sus padres

Francesca Baldini, una joven y hermosa burguesa

Antonio y Agostina Baldini, sus padres

Tosca Chiaradio, su ama de llaves

Paolo Foscarini, *barnabotto*, novio de Francesca

Michiel Grimani, propietario, Bianconi, empresario y el Muranello, soprano del teatro San Giovanni Grisostomo

Angelica, bailarina del teatro San Giovanni Grisostomo

Elvira Clerici, *mezzosoprano* del Ospedaletto

Luigi Del Bene, director del Ospedaletto

Pierina Savio, amiga de Elvira

Giacomo Casanova, famoso aventurero

Aronne Ottolenghi, médico judío del gueto

Ibrahim Pontani, comerciante de Esmirna, amigo de Valentini

Veronica Zanichelli, joven que vive en el *campo* Santa Fosca

Giacomo Zanichelli, boticario, padre de Verónica
Angiola Zanichelli, madre de Verónica
Lucilla, doncella de la familia Zanichelli
Bernardino Berni, un pescador de las Zattere
Bartolo Griotti, criado

Capítulo 1

Después de tres semanas de cielos oscuros, rasgados por los rayos y estremecidos por el estruendo de los truenos, la luna había vuelto a salir, enorme y resplandeciente, por detrás de la cúpula de San Marcos. En tres semanas, las cataratas celestes habían vertido toda la lluvia otoñal en las tierras vénetas del interior, hinchando los ríos que desembocaban en la laguna y consumiendo sus márgenes de fango.

La noche del 31 de octubre, bajo un cielo finalmente sereno, Venecia se volvió a acomodar en la maraña de sus canales, ajena a lo que estaba a punto de suceder. La baja presión y la luna llena atraían la marea alta e impedían que el agua de la laguna desembocara en el mar, de manera que esta había empezado a subir de forma alarmante. A las seis de la tarde, las primeras olas empezaron a lamer y a rebasar la orilla de la plaza de San Marcos. Asustadas por su audacia, retrocedían, pero al hacerlo sentían el empuje de otras olas más altas, que se extendían por el empedrado y se insinuaban por los intersticios de las losas, empapándolas de agua.

—¡Esta noche hay agua alta! —anunció el propietario del café La Regina d'Ungheria mientras apilaba las mesas en el interior del local.

—Será mejor que nos marchemos, ya no hay nadie en la calle —respondió su vecino, el barbero Pietro Zardi, cerrando su local, que se encontraba bajo las procuradurías nuevas. De hecho, al ver las primeras señales, los transeúntes y los comerciantes, que habían pasado la vida soportando los caprichos del agua, se habían ido a casa y la gran plaza había quedado desierta.

El agua no dejaba de subir. A las diez alcanzó el atrio de la basílica, en el preciso momento en que el vórtice de baja presión, que se encontraba en el Adriático alto, descargó el viento de siroco procedente de África.

El viento azotó el mar con violencia, formando olas de hasta dos metros, que superaron las frágiles protecciones de tierra que separaban el mar de la laguna. El agua sobrepasó la larga franja de Pellestrina y los huertos y cultivos de Sant'Erasmo y se adentró incontenible por las bocas de puerto del Lido y Malamocco; los diques de defensa, que la Serenísima había erigido hacía apenas unos años para proteger la isla del Lido, se habían agrietado, de manera que, enfurecidas, las olas obligaron a muchos habitantes a refugiarse en los tejados, se derramaron en la laguna y se abrieron paso de forma incontrolable hasta Venecia.

A las once de la noche, violentas oleadas barrían los jardines de la Giudecca, frente a la iglesia de San Giorgio, el muelle de las Zattere, en Dorsoduro, la plaza de San Marcos y el campo de Santo Stefano, golpeando los muebles y los adornos que habían quedado abandonados. Monica Trabecchi, la mujer del encuadernador de la calle de los Fabbri, se asomó a la ventana de su habitación del primer piso y vio un torrente impetuoso, que brillaba bajo la luna, anegándolo todo.

Delante del Palacio Ducal, la galera donde tenía su sede el cuartel de policía, tensaba y soltaba de forma peligrosa la cadena del ancla, mientras que en los astilleros abiertos al mar del muelle de los Schiavoni y de Castello los armazones de las góndolas en construcción chocaban entre ellos al ritmo de las olas. Y los numerosos marineros dálmatas y albaneses que habían atracado sus *trabàcoli* de transporte se ajetreaban bajo las toldillas para evitar que chocaran.

—Esta vez el agua no perdona —comentó el carpintero Marietto al mismo tiempo que aseguraba una mesa en lo alto de la pila de muebles que abarrotaban su almacén de Cannaregio.

—La culpa la tiene el viento —respondió su mujer desde la escalera—. Nos está echando encima todo el mar Adriático.

—Mañana los venecianos tendrán mucho trabajo —dijo el maestro Adamberg de Norimberga a su ayudante mientras se asomaba a una ventana del *fondaco* de los alemanes—. ¡Mira como flotan los puestos del mercado de Rialto en el Gran Canal!

—Ojalá no vaya a más —manifestó el joven Tadzo pensando en la cita que tenía con una guapa mesonera de la *ruga* de los Orèsi.

Varios propietarios de las tiendas más elegantes de las Mercerie, que se extendían desde San Marcos a Rialto, habían preferido quedarse en sus locales. En la Piavola di Francia, en una lujosa *boutique*, Martino Lupetti se preparaba para afrontar los acontecimientos subido al mostrador. En la tienda de comestibles vecina, Nanetta y Gualtiero, sus dueños, vigilaban amorosamente los jamones y mortadelas que abarrotaban los estantes.

En las Frezzerie, que se encontraban detrás de la iglesia de San Giminiano, varios clientes de los cafés y las tabernas habían decidido pasar la noche jugando a cartas en las habitaciones del primer piso, y en Benintendi las prostitutas seguían trabajando.

Como siempre que había agua alta, los venecianos se refugiaban en sus casas, pero pocos dormían. Aguardaban a que amaneciera y a que la marea se retirara y liberara la laguna. Todo dependía del siroco africano.

A las cinco de la mañana, los postigos empezaron a golpear en toda la ciudad y los artesanos, los notarios, los picapedreros, los sastres, las bordadoras, los buzos, los aristócratas y las doncellas asomaron alarmados la cabeza por las ventanas.

De repente, el viento cesó. El agua salobre que inundaba media ciudad pareció detenerse, la furia se aplacó y, al cabo de un instante, el nivel empezó a bajar poco a poco.

Las olas volvieron a sus cauces naturales, liberaron las calles y los *campi* y, atraídas hacia la laguna por la fuerza de la marea, enfilaron las bocas del Lido y Malamocco y regresaron al mar.

Cuando salió el sol, todo había terminado y los venecianos se afanaron para volver a poner todo en su sitio, una tarea en la que eran expertos.

En el fuerte de San Nicolò, que desde hacía varios siglos vigilaba la entrada en la laguna por la boca del Lido, el amplio cuadrilátero bullía desde el amanecer. Los *fanti da Mar*, los marinos que presidiaban el cuartel, estaban limpiando los establos y los almacenes de los residuos que había dejado el agua alta y habían abierto los ventanales para airear los dormitorios. El tumultuoso esplendor de la noche había dejado paso a una mañana gris.

El superintendente Sebastiano Giustinian dio a los suboficiales las órdenes oportunas y a media mañana se dirigió en compañía de su amigo, el capitán de navío Antonio Ruzini, hacia la orilla que daba a la laguna.

—Por suerte ha amainado el viento y no hay que lamentar demasiados daños —comentó mientras rodeaban el convento y la iglesia que se encontraban en la orilla del canal.

—Así es —corroboró Ruzini—. La coincidencia de la lluvia en el interior con la baja presión y la marea alta podría haber sido devastadora.

—También las barcas han resistido ancladas en el canal —apuntó Giustinian mientras observaba las *bissone*, las *tope*, las *bragozzi*, que seguían atadas a los palos de amarre—, pero vamos al puente que hay encima de la iglesia para ver mejor la laguna.

En la cima el panorama se abría. Nadie se había atrevido aún a desafiar el agua, así que la laguna estaba desierta, punteada en amplias zonas por la vegetación que iba emergiendo de los bancos de arena y dividida por las hileras de *bricole*, los postes de amarre que señalaban los canales navegables.

—¿Qué es lo que flota ahí? —preguntó Ruzini rompiendo el silencio, mientras sacaba el binóculo y lo apuntaba hacia un lugar próximo a la orilla.

—Parece un cuerpo —contestó el superintendente mirando también en esa dirección—. Debe de haberse quedado atrapado entre los juncos.

—¡Dios mío! Será mejor que vayamos a ver…

Giustinian suspiró.

—¿Quién será el insensato que se atrevió a salir en una noche como la pasada sin pensar que las olas podían barrerlo?

—Quizá no sea eso, a lo mejor solo es un harapo, un vestido viejo o algo que ha arrastrado el agua…

Pero lo que dos *fanti da Mar* a bordo de una *caorlina* sacaron del agua, empapado, cubierto de algas, magullado y desnudo, fue el cuerpo de una muchacha de melena rubia, con los ojos azules extraviados, que parecía una muñeca de trapo.

Capítulo 2

Los rítmicos golpes de los remos de la *caorlina* que manejaban los *fanti da Mar* eran el único sonido que rompía el silencio en los canales del barrio Santa Croce, donde solo los escasos transeúntes que paseaban por los *campi* que rodeaban los pozos animaban la hora vespertina.

Envuelto en una capa oscura y con el tricornio calado hasta sus ojos negros y penetrantes, el *avogadore* Marco Pisani observaba enfurruñado el surco que abría la barca en el agua, casi en homenaje a la triste carga que transportaban. A sus espaldas, el superintendente Giustinian, vestido con el uniforme azul oscuro del fuerte San Nicolò, marcaba el ritmo a los dos remeros que flanqueaban la camilla cubierta con una tela blanca, que vigilaban el secretario de la *avogaria*, Jacopo Tiralli y el capitán Antonio Ruzini.

La *caorlina* atracó en el muelle del *campo* San Giacomo dall'Orio a la vez que las últimas pinceladas de luz lamían los tres cuerpos semicirculares del ábside de la iglesia, antes de dejar paso a las sombras nocturnas. Mientras la comitiva se acercaba a la puerta del Colegio de los Medici, esta se abrió encuadrando a contraluz el perfil ligeramente redondeado del doctor Guido Valentini y el alto y delgado de su ayudante, Gasparetto. Los dos iban ataviados con las batas de tela encerada que los protegían de posibles contagios, algo que Valentini trataba de evitar siempre por todos los medios.

—Aquí nos tienes. —Pisani se quitó la capa y abrazó a su amigo—. Me ha llevado todo el día abrir la investigación. Hasta ahora nadie ha denunciado la desaparición, así que no sabemos quién es la desgraciada. Tú eres el único que puedes darnos algún indicio que nos permita empezar a trabajar.

Entretanto, los dos *fanti da Mar* habían dejado la camilla en la mesa de las autopsias del teatro anatómico, situado en la planta baja, y ahora aguardaban con Pisani y Tiralli a que el médico les dijera algo.

Gasparetto apartó casi titubeando la tela blanca que cubría el cadáver, dejando a la vista el cuerpo desnudo de una joven menuda y agraciada, con una larga melena rubia, y horriblemente desfigurada por varios hematomas y heridas. Tenía una cuerda rota atada a un tobillo y una mancha oscura en forma de espiral en el gemelo izquierdo.

—Es evidente que se trata de un homicidio —dijo Valentini poniéndose las gafas para examinar mejor el cuerpo—. En el cuello se aprecia el surco cutáneo típico del estrangulamiento con cuerda, que le cerró las yugulares y las carótidas. Alguien debió de atarle un peso a la pierna para que el cuerpo permaneciera hundido, pero la cuerda se rompió y por eso ahora estamos aquí.

—De manera que ya estaba muerta cuando la tiraron al agua —observó Pisani, turbado al imaginar la violencia que había padecido la víctima.

—Sin duda. ¿A qué hora la encontraron?

Giustinian respondió:

—Esta mañana, a eso de las diez, el capitán y yo divisamos algo flotando cerca de un banco de arena. Nos intrigó y mandamos una barca para que lo recuperaran. El cuerpo había quedado atrapado entre los juncos. A las once estaba en la orilla.

—Después —prosiguió el capitán Ruzini—, decidimos avisar enseguida a la *Avogaria*, dado que es el organismo que se ocupa de los delitos penales y de la instrucción, así que fui en persona al Palacio Ducal a ver a su excelencia, el *avogadore* Pisani.

—Así es —terció Marco dirigiéndose al médico—. Lo primero que hicimos fue comprobar las denuncias de desaparición y, a continuación, mientras un soldado venía a avisarte, fui con Tiralli al Lido para recoger el cuerpo. Luego vinimos enseguida a verte.

Valentini seguía examinando el cadáver.

—¿Veis esto? La cara cianótica y las manchas petequiales confirman que se trata de un estrangulamiento. La asaltaron por la espalda a la vez que le pasaban una cuerda alrededor del cuello. Lleva muerta menos de veinticuatro horas. El asesino sabía que el cuerpo iba a flotar, porque tenía los pulmones llenos aire, así que le puso un lastre, pero este no duró.

—No me extraña —comentó Giustinian—. La marejada de esta noche debió de golpear el cuerpo una y otra vez contra la tierra y las rocas.

—Exacto —corroboró Valentini—. Y esa es la cuestión. Las equimosis y las heridas que tiene por todo el cuerpo revelan que pasó toda la noche en el agua, pero que no la arrojaron a ella antes de la tarde de ayer, porque la piel de las yemas de los dedos no presenta el arrugamiento típico de los cadáveres. En cualquier caso, hay algo que no entiendo: ¿por qué el asesino de esta pobre desgraciada arrojó su cuerpo a la laguna, donde la encontrasteis, en lugar de alejarse un poco más y librarse de él en el mar, donde nadie lo habría encontrado nunca?

—No, doctor —lo contradijo el capitán Ruzini—. Creo que el cuerpo fue abandonado en el mar y que las olas que el siroco formó anoche en el alto Adriático lo metieron en la laguna por la boca del Lido.

—La verdad, como el aceite, queda siempre encima —comentó Valentini—. Pero aclárame una cosa, Gasparetto —añadió dirigiéndose a su ayudante, que acercó un candelabro a la mesa—. Tengo la impresión de que la joven estaba embarazada —dijo palpando con delicadeza la barriga del cadáver—. La autopsia lo confirmará, pero tocándola percibo ya un útero grávido de unos tres meses.

—Pobre muchacha, era casi una niña —dijo Pisani afligido—. A saber qué enredo ha traído a esta joven sin nombre siquiera a esta mesa. No parece una prostituta —añadió levantando un mechón de pelo rubio—, tampoco una vagabunda, ni una miserable.

—Así es —corroboró Guido mientras le examinaba las manos—. Esta joven no pasó hambre ni tuvo que trabajar duro, ni deslomarse en el campo. En mi opinión, pertenecía a una familia acomodada.

—Pero, por lo visto, nadie la está buscando en la ciudad —argumentó Marco—. Si la mataron anoche, su familia debería haber empezado ya a buscarla, pero por el momento no hay ninguna denuncia. Sea como sea, debe de tener unos padres, puede que un marido, el padre del hijo que esperaba... ¡Ah!, una última cosa, ¿la violaron?

Valentini observó mejor el cuerpo para determinar dónde se encontraban las escoriaciones y su naturaleza.

—A primera vista, diría que no —dijo al final—, pero la autopsia aclarará también esa cuestión. Me pregunto por qué la desnudaron. Quizá para dificultar aún más el reconocimiento. —Suspiró—. Cuando termine la autopsia —añadió—, habrá que exponer a la pobre en el puente de la Paglia, debajo del Palacio Ducal, como se suele hacer con los cadáveres de los desconocidos.

Pisani sacudió la cabeza.

—No, no me parece bien, es demasiado joven. Prefiero mandarla al depósito del hospital de los Mendicanti de San Zanipolo. En lugar de exponerla... —añadió mirando a su secretario—, Tiralli, tú hiciste ese curso de dibujo hace dos años, así que quiero que retrates a esta pobre muchacha, luego iremos al Fondeghetto para pedir a los estudiantes de la Academia de Arte que hagan varias copias, que después pegaremos en los puntos más transitados de la ciudad. Además, diremos a la gente que si sabe algo de esta joven avise a la *Avogarìa*. Quizá tengamos suerte. Ah, no te olvides de añadir que la muchacha tiene una mancha en el gemelo izquierdo. No es un detalle que se enseña a cualquiera, pero su familia debe conocerlo.

Había llegado la hora de marcharse y de dejar que Guido se ocupase de la autopsia, a la que los dos oficiales de Marina tampoco parecían tener muchas ganas de asistir. Marco rechazó la invitación de Giustinian, que se ofreció a acompañarlo a su casa de San Vìo con la *caorlina* del fuerte de San Nicolò. Armado exclusivamente con un farol, prefirió cruzar a pie San Polo y Dorsoduro para reflexionar sobre lo sucedido.

Nadie podía sustituir a su gondolero, Nani, el ingenioso y brillante compañero de mil aventuras. El antiguo criado, que había entrado a formar parte de la familia como hijo adoptivo con el nombre de Giovanni Pisani, se había matriculado hacía un par de meses en la Universidad de Padua para estudiar Derecho. La decisión había sido de Marco, quien había considerado que unos estudios superiores en los escolapios y una inteligencia tan dotada como la del joven le permitirían burlar el destino que suele venir marcado a los huérfanos de nacimiento, hijos de nadie. Pero el *avogadore* echaba mucho de menos a Nani y aún no se había decidido a sustituirlo.

Tras dejar atrás el *campo* San Giacomo, Marco vagó por las calles desiertas de San Polo, los tacones retumbaban en el empedrado mientras avanzaba en la oscuridad apenas quebrada por los escasos faroles de aceite que habían puesto recientemente en las calles para iluminarlas durante la noche. Llegó al pequeño puente sobre el canal que se encontraba delante de la fachada gótica de la basílica dei Frari. La puerta de la iglesia estaba abierta y, en contraste con la oscuridad exterior, la *Asunción* de Tiziano, resplandecía sobre el altar mayor bajo la luz mágica de las velas, atrayendo todas las miradas.

Pisani pensó con ironía que la mitología cristiana era realmente conmovedora, que la imagen de la madre de Cristo, siempre dispuesta a enjugar las lágrimas de sufrimiento de la humanidad, era consoladora. Pero, en realidad, ¿quién había protegido a la pobre muchacha que ahora yacía en la mesa de las autopsias, aguardando a que el bisturí destrozara su cuerpo, cuando una mano asesina le había impedido respirar? ¿Qué mano había guiado los pasos de aquel para el que la vida de la joven suponía un peligro? Además, ¿qué peligro? ¿A quién podía haber hecho daño una muchacha como ella? ¿Para quién podía ser una amenaza la tierna vida que llevaba en su vientre? Pisani solo estaba seguro de una cosa: fuera quien fuera, no iba a salir impune.

A poca distancia de él, en el canal, había amarrada una *scoazzera*, una de las barcas que se utilizaban para recoger por la noche la basura, que luego se tiraba en las tierras del interior, lejos de la ciudad. La embarcación estaba llena de trastos, que el agua alta había esparcido por doquier la noche anterior sin la menor consideración. Mientras Marco la observaba, una rata salió como una exhalación de ella y enfiló la calle.

La neblina que lo había recibido al salir se había transformado en una *caligo* que se adensaba cada vez más. Marco solo se podía guiar por el pálido reflejo de las escasas farolas que horadaban la niebla con dificultad y por los faroles de los pocos transeúntes que se cruzaban con él.

Al llegar al *campo* San Tomà, se detuvo junto al pozo, entre la Escuela de los Zapateros y la iglesia. Luego, temblando de frío, algo insólito para la estación, entró en una pequeña taberna, cuya puerta acristalada quebraba la oscuridad reinante en el exterior. En la chimenea que había detrás de la barra ardía un buen fuego. Marco pidió un vaso de vino.

11

Su elegante figura, su perfil noble y la ropa sencilla, pero refinada, que lucía llamaron enseguida la atención de los presentes. Dos de las mesas estaban ocupadas por parroquianos ataviados con las blusas de trabajo, que jugaban a las cartas mientras bebían vino. Al ver al *avogadore*, uno de ellos se quedó con la mano que sujetaba los naipes suspendida en el aire y la boca abierta por el asombro.

—¡Vamos, Pieretto! ¿Es que nunca has visto un señor? —le regañó el compañero que estaba sentado enfrente de él.

Nada más salir, Marco miró hacia San Rocco y la calle de los Preti, que se encontraba en las inmediaciones, donde tantas veces había alegrado su soledad de viudo con la compañía de Annetta, la joven bordadora que siempre se había mostrado fiel y lo había acogido con los brazos abiertos, pero que él, sin embargo, había abandonado sin pesar. En el pasado nunca había sabido hacer felices a las mujeres, recordó sintiendo una punzada en el corazón. Y así fue con su mujer, Virginia, que había muerto de parto con el niño que los dos habían aguardado con tanta alegría, también Annetta, que nunca le había pedido nada, y finalmente con Viola, la cortesana romana a la que el amor había vuelto imprudente.

Temblando, se arrebujó en la capa y caminó unos minutos hasta la entrada posterior del palacio Pisani, la residencia de su familia. El *pórtego* iluminado en el primer piso revelaba que había invitados, de forma que no fue a ver a sus padres; no se sentía con fuerzas para explicar la triste historia que había guiado sus pasos y prefería desahogar a solas su melancolía.

La familia Pisani había prosperado en la época en que en Venecia la riqueza se acumulaba con el comercio de la seda y las especias, surcando los mares y regresando con los tesoros orientales. Además, en los siglos en que la Serenísima era un modelo de democracia y civilización en Europa, sus antepasados habían ocupado los cargos más importantes de la República. Más tarde, cuando el descubrimiento de América había desviado el comercio internacional hacia el Atlántico, habían logrado salvar su fortuna cultivando las tierras del interior.

Los Pisani siempre habían sentido un gran respeto por el trabajo como fuente de prosperidad para todas las clases sociales. Por desgracia, muchos aristócratas lo consideraban una condena y preferían malgastar su tiempo y ocultar su miseria con mezquinas artimañas. No entendían que el trabajo representaba la base del progreso de la humanidad y también de su desarrollo personal.

Rumiando estas ideas, Marco recorrió casi a tientas las calles que se abrían entre las fachadas de tierra de Ca' Foscari y el palacio Rezzonico, que acababa de ser inaugurado y que tenía un enorme salón de baile. No era la primera vez que el *avogadore* admiraba la habilidad de los comerciantes, que habían colmado de tesoros tanto sus casas como la ciudad. En Venecia muchos palacios, como el espléndido Grimani, estaban llenos de obras de arte, pero ¿por cuánto tiempo Venecia seguiría siendo en Europa un referente de la buena vida? ¿Cuánto tardaría el oro en transformarse en purpurina? ¿O el agua en erosionar los cimientos de sus palacios e iglesias? Aunque, a decir verdad, buena parte de la aristocracia vivía ya con el agua al cuello.

Pisani había llegado al *campo* San Barnaba y, en la niebla o *caligo,* entreveía los contornos de las casas que la Serenísima había destinado a los nobles arruinados, los *barnabotti,* que de las glorias pasadas solo conservaban el orgullo y el voto en el Senado, que solían vender al mejor postor.

Recordó que había sido precisamente el hallazgo del cadáver de un *barnabotto* la circunstancia por la que había conocido a la hermosa Chiara, su esposa, amiga y amante. Chiara, que le había regalado a la pequeña Benedetta, una niña con los ojos de color aciano como los de su madre; Chiara, que había dado un vuelco a su vida y que, además de ser capaz de adentrarse en el fluido universal, sabía dirigir una floreciente empresa de tejeduría de la seda.

En el *campo* San Trovaso oyó que alguien lo llamaba con timidez. Un bulto de edad indefinida, apoyado en una de las columnas de la iglesia, le tendió una mano. Marco le dio las monedas que llevaba en el bolsillo y se alejó apresuradamente para no arrepentirse de su generosidad. Era uno de los veinte mil mendigos que se arracimaban en las puertas de las iglesias, en las esquinas de los *campos* y en las inmediaciones de los palacios del poder.

Con el corazón en un puño, cruzó el puente de las Meravegie. En ese momento, oyó una melodía a través de una ventana: era la *Primavera* de Vivaldi, que alguien estaba tocando en un clavecín en el *pórtego* del palacio Nani Mocenigo.

Pensó que Venecia no solo era el placer y la riqueza que ofrecía a sus visitantes, sino también, por encima de todo, belleza, arte e historia. Algo que debía conservarse y transmitirse a las futuras generaciones.

Reconfortado, se dirigió hacia su casa de San Vìo.

Capítulo 3

—Menudo frío hace hoy también —comentó Giacometto, aún en camisón, mientras abría los postigos de su dormitorio, situado en la buhardilla del palacio Trevisan, en Dorsoduro—, pero por suerte ha desaparecido el agua alta.

—Vuelve a la cama, que aún está amaneciendo —lo invitó su mujer, Rosina, mientras se arrebujaba con las mantas y se ajustaba el gorro de dormir, del que caían varios mechones de pelo gris—. ¿Qué prisa tienes?

—Conoces a los amos tan bien como yo —replicó su marido empezando a vestirse—. Los dos hermanos, Bernardo y Domenico, son buenos, pero siempre se levantan temprano, porque están obsesionados con las ciencias a las que se dedican. Tú también deberías levantarte para preparar el desayuno. Entretanto, saldré a por agua, antes de que lleguen los vecinos.

Rezongando, Rosina apoyó los pies en el suelo y se envolvió en un chal.

—¡Pero si aún no ha sonado la campana del jefe del barrio, que viene a abrir el pozo! —objetó, con razón, la mujer.

—Es cierto, pero ya sabes que me gusta ser el primero.

—¿Y eso por qué? ¿Acaso el agua es mejor? ¿O es que has quedado con la cocinera de la familia Da Mosto, la que vive enfrente?

Giacometto se echó a reír con sarcasmo.

—¿Estás celosa? ¿Después de quince años de matrimonio?

—¡Vete, vete, que te conozco! —respondió riéndose su mujer.

De esa forma, con la serenidad propia del que cumple contento con su deber, Giacometto fue a la cocina para coger dos cubos, saludó al viejo Gaspare, que estaba encendiendo el fuego, descendió a la planta baja, salió al *campo* Sant'Agnese y se dirigió hacia el pozo que se encontraba delante de la fachada del elegante palacio gótico decorado con ajimeces, cuya parte posterior daba al canal de la Giudecca.

Vio que Masino, el jefe del barrio, dueño también de una carpintería en las Zattere, estaba examinando perplejo la tapa del pozo.

—¡Qué raro! Estoy seguro de que anoche lo cerré, como hago siempre, pero la cerradura parece forzada.

—A lo mejor bebiste una copa de más —comentó Giacometto apretando el hombro de su amigo con una mano—. Vamos, déjame trabajar. —Ayudó a Masino a abrir la pesada tapa con bisagras, enganchó el primer cubo en la polea y soltó la cuerda para que bajara los tres metros de profundidad que tenía el pozo. Pero, en lugar del habitual chapoteo del metal en el agua, oyó un ruido sordo y la cuerda no se tensó.

—¿Qué pasa? ¿Por qué el cubo no ha chocado con el agua? —preguntó Masino inquieto, porque conocía la delicada estructura que caracterizaba a los pozos venecianos y sabía cuánto costaba mantenerlos—. Por lo visto algo se ha quedado enganchado en una de las paredes. —Se asomó para mirar el fondo, pero solo pudo ver un agujero negro.

—Probemos de nuevo —sugirió Giacometto mientras recuperaba el cubo y lo volvía a soltar. Una vez más, oyeron un ruido sordo y ningún chapoteo en el agua.

—Dios mío, ¿qué pasa? —refunfuñó Masino, con motivo para estar preocupado—. Si el agua de lluvia se ha terminado, hay que llamar al Magistrado de la Salud para que la traigan del canal del Brenta.

Giacometto negó con la cabeza.

—¿Cómo puede haberse terminado con todo lo que llovió las semanas pasadas? En lugar de eso, intentaría ver el fondo del pozo.

Entretanto, el barrio se había ido animando. Los criados de la familia Da Mosto habían salido al *campo*, además del viejo Gaspare y Rosina, envuelta en un abrigo desgastado. Ginetto, que había empezado a abrir la taberna contigua a la iglesia de los Gesuati, se había acercado a toda prisa, boquiabierto, con las manos apoyadas en los costados. Jadeando, debido a su mole y a sus piernas cortas, había llegado también el párroco de Sant'Agnese, en compañía del sacristán, en cuyas manos se balanceaban las llaves de la sacristía.

—¿Las bocas están vacías? —preguntó Masino aludiendo a los dos sumideros de piedra abiertos en el suelo que llevaban el agua pluvial hacia un filtro de arenas arcillosas y a continuación al depósito subterráneo que había debajo del agujero del pozo.

—Ánimo, chicos, echemos un vistazo. —Era la voz de un señor de mediana edad, distinguido, alto y bien plantado, que aún iba en mangas de camisa y que había salido del palacio Trevisan con una lámpara de aceite.

—Enseguida vamos, *sior* Bernardo—. Giacometto se apresuró a agarrar la lámpara de manos de su amo y a engancharla en la polea del brocal del pozo. Las cabezas de la mitad de los presentes formaron una corona alrededor del parapeto mientras la luz bajaba, ondeando lentamente, por los tres metros del túnel del pozo.

Cuando se detuvo a ras del agua se oyó un «¡Ooohhh!».

—¡Dios mío! —exclamó Bernardo Trevisan, que tenía medio pecho fuera—. ¡Es un cadáver! ¡Eso es la espalda, cubierta de pelo!

Los presentes dieron un salto hacia atrás, de manera que Trevisan tuvo que afrontar solo la situación. Tras recuperar la lámpara, se rascó la cabeza, dio dos vueltas alrededor del brocal del pozo y al final se detuvo a escrutar al grupo de vecinos con aire de haber tomado una decisión.

—Provocará un gran escándalo en el barrio —afirmó—, pero no podemos quedarnos de brazos cruzados. Giacometto, la ventana de tu habitación da justo a este lado, ¿oíste algo anoche?

El criado se arrebujó en su capa.

—Ahora que lo dice, sí, hubo un poco de ajetreo a eso de las dos de la madrugada.

—¿Qué oíste?

—Pasos, un chirrido. No hice mucho caso, por aquí suelen pasar grupos de jóvenes borrachos, que arrastran bromeando a mujeres de la mala vida. Cómo iba a imaginar que venían a tirar un cadáver al pozo.

—¿Nadie más vio nada? —preguntó Trevisan a la multitud que se iba formando en el *campo* mientras se ponía la *velada* marrón que le había llevado Gaspare.

—Bueno, yo, la verdad… —La gente se apartó para abrir paso a una lozana mujer con un niño en brazos—. Estaba dando de mamar a mi hijo —añadió señalando al pequeño con una sonrisa de orgullo—. Mi ventana da al muelle de las Zattere y por la noche oí atracar una barca. Me intrigó, porque a esa hora nadie navega por el canal de la Giudecca. Estaba muy oscuro, así que apenas pude ver a dos figuras que transportaban un bulto con dificultad. Eso es todo.

Trevisan se quedó pensativo.

—De manera que, por lo que decís, quienquiera que sea la mujer que yace en el fondo del pozo, no cayó accidentalmente a él ni murió asesinada aquí.

—¡Eso sí que no! —exclamó el jefe del barrio defendiéndose—. Anoche cerré bien el brocal, como hago siempre. Debieron de forzar la tapa para poder abrirla.

—De lo que se deducen dos cosas —prosiguió el científico—: hay que sacar el cuerpo lo antes posible y avisar a la *Avogarìa*.

Mejor dicho, ya que solo son las ocho de la mañana, ve a San Vìo, Giacometto, está aquí al lado, a esta hora el *avogadore* Marco Pisani aún estará en casa. Dale esta nota y cuéntale el resto, luego pídele que venga enseguida a presenciar la recuperación del cadáver.

Giacometto se marchó sin replicar.

Trevisan recorrió con la mirada al resto del grupo, sin detenerse en nadie en concreto.

—Y ahora, ¿cómo podemos sacar el cuerpo? —preguntó, como si estuviera hablando solo.

El jefe del barrio, Masino, tenía una idea.

—Mi sobrino, *sior* Bernardo, el hijo de mi hermana, me ayuda en el taller, pero en los días de fiesta actúa con un grupo de acróbatas aficionados que van de feria en feria. Quizá sea capaz de bajar por el pozo y atar el cuerpo sin hacerse demasiado daño. Vive a dos pasos.

—Estupendo, Masino, ve a buscarlo y tráelo.

Mientras esperaban, nadie, ni los criados de los palacios, ni los comerciantes, ni el párroco, ni el sacristán, ni los inquilinos de las casas de alrededor, ni los transeúntes que se habían parado por curiosidad parecían dispuestos a marcharse. Todos aguardaban el clímax del espectáculo: la recuperación del cadáver que había terminado de forma tan inopinada en el fondo del pozo del *campo* Sant'Agnese.

El *avogadore* Pisani tardó casi una hora en aparecer, procedente de la orilla de las Zattere. Lo acompañaba su buen amigo, el abogado Daniele Zen, que se encontraba en la sala de estar de casa Pisani cuando había llegado Giacometto, bebiendo la primera taza de café del día. Con ellos estaban también Costanza, la novia de Zen, y Chiara, que se disponían a salir para ir a la sedería.

—Otro cadáver —había comentado Pisani al oír la noticia—. Ojalá tengamos más suerte que hace cinco días, pues seguimos sin saber nada de la desgraciada joven que apareció en las aguas del Lido. Si puedes, Daniele, te agradecería que me acompañaras, porque tengo la impresión de que nos espera un caso complejo. Es más —había añadido—, si me permites, me gustaría mandar a tu gondolero, Bastiano, al Palacio Ducal, para que avise a Tiralli. Quiero que prepare una *caorlina* de la *Avogarìa* y vaya con ella a las Zattere para recoger el cuerpo.

—Echas de menos a Nani, ¿verdad? —había comentado Daniele con ironía.

—No sabes cuánto —había contestado Marco suspirando, lo que había hecho reír a Chiara y Costanza.

Cuando llegaron al *campo* Sant'Agnese, Bernardo Trevisan, que ya los conocía, les salió al encuentro.

—Está a punto de llegar un joven capaz de bajar al pozo para sacar el cuerpo —les explicó y, acto seguido, les contó lo que sabía sobre los sucesos de la noche anterior.

—Veo, señor Trevisan, que ya ha empezado a indagar —bromeó Pisani—, pero echemos un vistazo al pozo —prosiguió hundiendo la lámpara en el agujero e inclinándose para mirar—. Sí, por desgracia es un cuerpo. Ahora debemos recuperarlo.

En ese momento, vieron aparecer a Masino en compañía de un muchachote musculoso y de un hombre más viejo, de aire despierto, que transportaba varias cuerdas.

—Les presento a mi sobrino Giannone —dijo el jefe del barrio— y este es el señor Biagio Antonelli. —Al oír su nombre, Antonelli hizo una ligera reverencia—. Es cristalero de oficio, pero también entrena al grupo para los espectáculos acrobáticos, así que ha traído las eslingas.

—Gente lista, los habitantes de las Zattere —comentó Daniele.

—Quizá porque desde hace siglos descargan allí los productos procedentes del interior, que luego ellos comercializan —le explicó Marco.

—Lo mires por donde lo mires, en Venecia todo depende del comercio —dijo Daniele sonriendo.

Entretanto, Giannone se había atado las cuerdas y había bajado con agilidad por el pozo. Tardó varios minutos en regresar.

—Es una joven y está completamente desnuda —anunció saltando el parapeto—. Diría incluso que es bastante guapa. La he sujetado bien.

Marco y Daniele tuvieron una siniestra premonición.

—Está bien, sacadla —ordenó Pisani.

El cuerpo subió poco a poco, tirado con delicadeza por Giannone y Biagio, que al final lo apoyaron en el brocal del pozo, lo desengancharon de las eslingas y, por último, lo colocaron boca arriba encima de un abrigo que alguien había extendido en el suelo.

Mientras Biagio Antonelli y Giannone alejaban a la gente, sin que nadie se lo hubiera pedido, los dos amigos se aproximaron al cadáver y, cuando pudieron verlo más de cerca, se quedaron estupefactos.

—Daniele, ¿has visto quién es? —preguntó Pisani.

—¡Cómo olvidarla! Es Rosa Sekerus, la joven albanesa que hizo perder la cabeza al orfebre que estuvo a punto de ser acusado de los delitos que se cometieron el año pasado en Cuaresma.

Marco sacudió la cabeza.

—¿Cómo habrá ido a parar al fondo de un pozo? —Se inclinó y tapó el cuerpo desnudo con el borde del abrigo—. Mira, por lo visto no murió ahogada —comentó señalando a su amigo una marca rosácea alrededor del cuello—. Tiene la misma lesión que la joven desconocida que encontraron en la laguna después del agua alta. Qué extraño.

—Y, si mal no recuerdo —añadió Daniele—, Rosa era pelirroja. A saber por qué se tiñó de rubio.

En ese instante llegó Tiralli con los guardias de la *Avogaria*, que habían amarrado la *caorlina* en las inmediaciones.

—En mi opinión, lo único que debemos hacer es cargar el cuerpo en la barca y llevárselo al doctor Valentini —afirmó Pisani—. Vosotros os adelantaréis —les ordenó— y le diréis al doctor que pasaré a verlo a primera hora de la tarde. Daniele, si tienes tiempo, acompáñame a ver al orfebre, puede que tenga noticias recientes de la pobre Rosa Sekerus.

Cuando Bastiano amarró en la orilla del Vìn, debajo del puente, el *campo* San Giacomo de Rialto, dominado por el gran reloj de la iglesia, estaba en plena ebullición. Una clientela cosmopolita de comerciantes alemanes, holandeses, franceses y españoles rodeaba las mesas de los cambistas y los escribanos, que se encontraban debajo del pórtico del Banco Giro, mientras varias damas con abrigos de piel exploraban las tiendas de los anticuarios y las librerías.

Marco y Daniele se dirigieron hacia la izquierda y echaron a andar bajo los pórticos decorados con pinturas murales de la *ruga* de los Orèsi hasta llegar al taller de Bernardo Dolfin, que en ese momento estaba arreglando el escaparate. Un año y medio de intenso trabajo había sido suficiente para que el orfebre recuperara parte del prestigio y la clientela que había descuidado cuando se había enamorado de la guapa albanesa. De hecho, en el escaparate se veía un valioso relicario de oro y cristal, varios cálices para celebrar misa y, en el interior había un rico pectoral femenino de diamantes y rubíes, además de anillos, cadenas, botones y hebillas para el calzado.

Dolfin reconoció enseguida a los visitantes.

—¡El *avogadore* Pisani y el abogado Zen! —exclamó haciendo una reverencia—. Qué placer volver a verlos, señores. Jamás podré olvidar que me salvó de la ruina, *avogadore*.

—¿Cómo va el negocio? —preguntó Marco afablemente a la vez que se sentaba con los demás en la salita reservada a los clientes, que ocupaba un rincón de la tienda.

—Gracias a Dios, me estoy recuperando. Por suerte, Venecia atrae siempre a viajeros y comerciantes que desean regresar a casa con valiosos recuerdos, así que estoy vendiendo mucho.

A Daniele le correspondía abordar el tema.

—¿Sabe algo de Rosa, Dolfin? Al final no quiso quedarse con su familia. ¿Tiene alguna idea de a qué se ha dedicado desde entonces?

Dolfin negó con la cabeza.

—No sé nada, no quise saber nada más de ella. Imagínese, abogado, que varios meses después entró en la tienda. Necesitaba dinero y me pidió que volviéramos, pero el hechizo se había roto. Se marchó furibunda. Creo que luego encontró a otros idiotas a los que desplumar.

—¿Sabe cuántos son los ingenuos? —terció Pisani.

Dolfin empezó a sospechar.

—Repito que no he vuelto a saber nada de ella, pero, si me permiten, ¿pueden decirme sus excelencias por qué han venido a interrogarme sobre Rosa Sekerus? ¿Ha ocurrido algo?

Marco exhaló un suspiro.

—Por desgracia, sí. Tenemos que darle la triste noticia de que esta mañana han encontrado a Rosa muerta. Asesinada.

El orfebre se llevó las manos a la cabeza suspirando.

—¡Pobre Rosa! —exclamó—. Era tan guapa, y tan joven… No se lo merecía. Era frívola, engreída, pero no era mala. ¿Saben quién la mató?

—No tenemos la menor idea. Pero, dígame, ¿sabe al menos dónde vivía?

—Si no se mudó desde la última vez que la vi, vivía en el *campo* San Pantalòn, en el primer piso de la casa antigua que hace esquina con la iglesia. Debajo hay un taller que fabrica *mosche*, lunares falsos, para toda Venecia. Seguro que recibía a sus amigos en ese piso, pero ¡no pensarán que yo la maté!

—Usted sabrá mejor que nosotros si tiene algo que temer —respondió Marco sibilino.

Guido Valentini y Gasparetto estaban trabajando ya en el teatro anatómico cuando Marco y Daniele se reunieron con ellos. Los restos de Rosa Sekerus, aún endurecidos por el *rigor mortis*, yacían en la mesa donde se realizaban las autopsias.

—¿Es el mismo asesino que el de la joven que encontraron en la laguna hace cinco días? —preguntó Marco, que, nada más verla, había reconocido las marcas del estrangulamiento en el delgado cuello de la muchacha.

—Bah. —Guido sacudió la cabeza—. Puede ser. A las dos las estrangularon por detrás con una cuerda fina, pero el resto de los detalles son muy diferentes. La desconocida de la laguna era una madre joven y, a decir verdad, me extraña que nadie haya denunciado aún su desaparición. Esta, en cambio, era prostituta. Creo que la estrangularon y la tiraron al pozo hace apenas unas horas.

—Una mujer de las Zattere dijo que había oído una barca amarrando a las dos de la madrugada. Los tiempos coinciden. Pero, dime una cosa, cuando se cometieron los delitos en la Cuaresma del año pasado no viste a esta mujer. ¿Cómo sabes que era puta? —observó Marco.

—Muy sencillo —contestó Valentini—, tiene síntomas de una sífilis avanzada. —Con una mano enguantada señaló un par de llagas rosáceas alrededor de los genitales—. Es una enfermedad de transmisión sexual que afecta a las personas que tienen relaciones casuales.

Daniele sacudió la cabeza.

—Pobre mujer —exclamó—. Una cosa más, ¿no era pelirroja? —añadió, porque ese aspecto lo atormentaba.

Gasparetto sonrió y apartó un mechón de pelo rubio.

—Como pueden ver en la raíz, era pelirroja, pero se había teñido.

Valentini volvió a tapar el cadáver.

—No hay señales de violencia, no la golpearon. Lo único que pretendía el asesino era hacerla desaparecer de la circulación. Me pregunto a quién podía molestar tanto. Por lo demás, ejercía un oficio arriesgado. Sea como sea, creo que este análisis puede ser suficiente, no es necesario hacer la autopsia. ¿Qué vais a hacer con el cuerpo?

—Por ahora mándalo al depósito de cadáveres del hospital de los Mendicanti con el de la desconocida. Yo me ocuparé de avisar a su familia.

—¿Los conoces?

—Sí, tú también los vistes en las prisiones nuevas, cuando ayudaste a dar a luz a dos de sus mujeres. Se trata de una familia de albaneses, los Sekerus, que se dedica a mendigar, cometer hurtos y hacer algún que otro trabajillo, pero que jamás ha hecho daño a nadie. Creo que siguen viviendo en el Lido, en los Alberoni.

Capítulo 4

Por la tarde se había levantado un bóreas ligero, que había barrido la densa capa nubosa que pesaba sobre la ciudad desde la noche del agua alta. Jirones de nubes marcaban el cielo del atardecer, dorado por el sol.

—Hacía tiempo que no investigábamos juntos un caso —comentó Marco sonriendo afectuosamente a su amigo, recordando la última investigación que había llevado a cabo en Roma sin la ayuda de Zen. Habían despedido la góndola de Bastiano para ir a pie a casa de Rosa y, entretanto, les había apetecido beber una copa de vino malvasía Alla Luna en las *fondamenta* de la Frescada, en las inmediaciones del puente. Era un rincón tranquilo frente a unas casas erigidas directamente del agua, que temblaba con la luz del sol.

—No podías decir que no al papa —replicó Daniele.

—Ya, sobre todo porque es una persona excepcional, además de amigo de Guido desde la época en que los dos vivían en Bolonia, pero me costó separarme de Chiara y de Benedetta.

—Tu hija... Apenas tiene seis meses y ya es una hechicera tan guapa como su madre.

—Quién sabe si será también una médium, como todas las mujeres de la familia materna. Una pequeña adivina, como Chiara.

El tabernero, un hombre delgado y circunspecto, que lucía un delantal blanco e impoluto, se acercó a ellos con una botella de vino de Chipre y unas copas.

—Las sardinas y los *folpetti* son fresquísimos —aseguró mientras se inclinaba hacia ellos ligeramente para poner el mantel.

Pensando en sus mujeres, Marco se había distraído y observaba los toneles apilados contra la pared más larga y el mostrador, que se encontraba en el centro del local y donde se veían los platos y los cubiertos alineados. Por una apertura del fondo se accedía a la cocina, de la que les llegaba ruido de vajilla y un alegre vocerío.

Daniele rompió el silencio de repente.

—¿Echas de menos la libertad que tenías antes de casarte? —preguntó a su amigo.

Marco esbozó una sonrisa.

—De manera que ya estás pensando en la boda. Respondiendo a tu pregunta, no, jamás he echado de menos la libertad, que antes de conocer a Chiara era más bien melancolía. En tu caso es diferente, lo entiendo: has disfrutado con las fiestas, los bailes y la compañía de señoras disponibles, no te has privado de nada y ahora te da miedo arrepentirte si te casas con Costanza. Pero te diré una cosa, Daniele: vas camino de convertirte en un hombre de mediana edad, veo ya algunas canas en tu melena rubia. Si quieres que tu vida tenga sentido, debes dejar huella, así que… ¿qué puede haber mejor que un hijo?

Daniele cabeceó mientras bebía un sorbo de vino.

—Me lo estoy pensando, claro que sí. Recuerda que cuando conocí a Costanza después de que enviudara del notario Comese, ese hombre terrible, fue ella la que me pidió que primero fuéramos novios, porque quería sentirse independiente durante cierto tiempo. Luego empezó a trabajar en el taller de Chiara, demostró que sabía ocuparse de la administración y de las relaciones con los clientes, y ahora es una mujer satisfecha, pero, aun así, de vez en cuando habla de niños, está enamorada de Benedetta, como todos, así que creo que está lista para el matrimonio, solo que yo dudo…

Marco probó un trozo de pan con bacalao *mantecato*.

—Debes tener en cuenta una cosa. Las jóvenes casaderas de la buena sociedad se suelen educar en casa, tienen una visión del mundo muy estrecha y un sinfín de prejuicios, están convencidas de que el marido les procurará todo tipo de bienes y felicidad. Por suerte, muchas maduran y se convierten en mujeres inteligentes, pero cuando te casas con ellas, no sabes lo que puede pasar. Costanza y Chiara son diferentes. Son cultas, abiertas, responsables. Si te casas con Costanza, no tendrás que convivir con una carcelera caprichosa, sino con una compañera que te apoyará en los momentos difíciles y con la que podrás alegrarte en los buenos.

—Vaya, no se puede hacer mejor propaganda del matrimonio —dijo Daniele riéndose—. Pensaré en lo que me has dicho. El que me preocupa, en cambio, es nuestro amigo Valentini: pensaba que en julio volvería de Bolonia con su mujer, después de haber superado el trauma que los llevó a separarse, pero al final vino solo con Gasparetto.

—Que se está convirtiendo en un joven atractivo. ¡Quién nos lo iba a decir!

—Es verdad, la estancia en Roma lo hizo madurar. Por cierto, ¿tienes noticias de Nani? —preguntó Daniele mientras devoraba las sardinas en *saòr*.

Marco apuró su vaso de vino de Chipre.

—¿Noticias? Diría que incluso demasiadas: me escribe dos veces por semana, no logro seguirle el ritmo. Por lo visto, honra la universidad. En cuanto a Guido, no hay que perder la esperanza. El otro día fui a su casa y lo esperé en la sala. Mientras me servía el café, Adalgisa me contó que su mujer Camilla y él se escriben a menudo. A ver qué pasa.

El *campo* San Pantalòn, próximo al *campo* Santa Margherita, en Dorsoduro, era un espacio delimitado por el *rio* Ca' Foscari, que fluía plácidamente por delante de la fachada inacabada de la iglesia y de viejas casas que conservaban cierta dignidad. Haciendo esquina con la iglesia, en un palacete gótico con dos hileras de ajimeces, se veía el escaparate de un taller de lunares. Varios maniquíes exhibían algunos con las formas más disparatadas: corazones, medias lunas, estrellas o redondos, y mostraban además cómo debían ponerse, a la manera «asesina», en las comisuras de la boca, o «apasionada», cerca de un ojo. Alrededor se exhibían un sinfín de cremas, pintalabios, polvos de Chipre, trenzas postizas, rizos, peines y pasadores.

—De acuerdo con las indicaciones de nuestro amigo el orfebre, esta debe de ser la casa de Rosa —dijo Pisani enfilando la escalera interior, que estaba muy limpia y olía a esencias orientales. En la puerta del primer piso había una aldaba con la que los dos amigos llamaron varias veces.

—No hay nadie —observó Daniele, pero una voz femenina procedente del piso de arriba lo interrumpió.

—¿Quién es? ¿Quién busca a mi amiga Rosa? —En la escalera apareció la figura menuda de una joven de unos veinte años, con el pelo moreno y rizado, que lucía un elegante vestido escotado de color magenta.

—Rosa se marchó hace unos días —prosiguió mientras acababa de bajar y hacía una reverencia—, soy su sustituta. Me llamo Marina y vivo en el piso de arriba.

Pisani se apresuró a aclarar el equívoco.

—No somos clientes, señorita, pero nos gustaría hablar con usted, si puede dedicarnos un momento —dicho esto, le mostró el par de ducados que tenía en la palma de la mano. Marina los agarró enseguida y se los metió a toda prisa en un bolsillo.

—Faltaría más, lo que haga falta... Dos señores tan distinguidos como ustedes...

A continuación, condujo a los dos amigos al luminoso *pórtego* de su casa, decorado con *trumeaux* lacados y sillones tapizados con damasco de color rosa.

Marco y Daniele se miraron con complicidad: era evidente que tanto Marina como Rosa eran prostitutas de cierto nivel.

—¿Sabe adónde ha ido Rosa y cuándo regresará? —preguntó Daniele mientras tomaba asiento, curioso por saber la respuesta.

—No… Hace varios días que se marchó, pero estoy segura de que volverá. Cuando se fue, dejó aquí a su criada, que ya ha regresado de su pueblo. Yo le dije que se fuera, porque no quería pagarle por no hacer nada.

Pisani le agarró las manos mirándola a los ojos.

—Díganos la verdad, Marina —le exhortó—. No sabe dónde está Rosa y está preocupada.

Marina bajó la mirada para rehuir la del *avogadore* y renunció a mentir.

—Es cierto —reconoció—. Desapareció el día 29 por la noche, un par de días antes del agua alta, y no me dijo que se marchaba. Somos como hermanas, jamás se habría ido sin avisarme. Tengo las llaves de su casa y he visto que no se llevó nada, ni siquiera un vestido ni un par de zapatos. Estoy muy angustiada. Pero ¿quién es usted? ¿Por qué han venido a buscarla? —preguntó balbuceando con los ojos llenos de lágrimas.

De nada servía eludir más la pregunta.

—Soy el *avogadore* Pisani —respondió Marco—. Y mi compañero es el abogado Daniele Zen.

—Conozco sus nombres —murmuró Marina—. Rosa los mencionó, no recuerdo por qué.

Pisani vaciló unos segundos a la vez que miraba a la joven con compasión.

—Rosa ha muerto —dijo por fin—. La asesinaron. Esta mañana han encontrado su cuerpo en el pozo del *campo* Sant'Agnese, en las Zattere.

Marina se tapó la cara con las manos.

—¡No, no! —gritó—. Al final la han matado. Le dije que no se fiara. ¿Lo han detenido? —Sollozó.

—¿A quién deberíamos haber detenido? —se apresuró a preguntar Daniele.

La joven lo escrutó con los ojos empañados, enmarcados por unas largas cejas.

—¡Al pintor! Nunca lo vi, pero, de todas formas, no me gustaba. En los últimos tiempos, solo se veía con él.

Marco y Daniele se miraron suspirando.

—Será mejor que nos cuente la historia desde el principio —propuso el abogado—. ¿Desde cuándo vivían aquí?

Marina se sobrepuso, se levantó haciendo una ligera reverencia y fue a una sala contigua al salón de la que regresó con una bandeja llena de copas de fino cristal y una botella de vino moscatel.

—Para empezar, señores, que quede claro que Rosa y yo no somos prostitutas.

Los dos amigos contuvieron una sonrisa.

—Quiero decir que no recibimos a cualquiera —prosiguió Marina escanciando el vino.

—Por supuesto —corroboró Daniele, que había oído miles de veces la misma aclaración.

—¡No se equivoque, abogado! ¡Jamás hemos estado en un burdel!

—Bueno, en las Carampane, Rosa …

—¡Solo limpiaba! —afirmó con vehemencia la joven—. Era una princesa albanesa. Igual que yo. Mi madre siempre me dijo que mi padre era un conde francés.

—No lo dudo. —Daniele bebió un sorbo de vino—. Díganos, ¿cómo se conocieron?

—En una fiesta del Ridotto, hace más o menos un año. Pobre Rosa... —Calló, conmovida por el recuerdo—. Ella estaba hablando con Giacomo Casanova, un señor aficionado a la magia que tiene fama de ser un gran seductor. Oí que quería alquilar un piso y yo había visto este por casualidad, pero el propietario, que es el artesano que produce los productos de belleza en la planta baja, lo quería alquilar con el piso de la primera planta. El precio era bueno, la decoración elegante, así que enseguida nos pusimos de acuerdo.

Marco carraspeó.

—¿Trabajaban juntas? —se aventuró a preguntar.

—¿Juntas? ¿En qué sentido? Pero ¿por quién me toma? Claro que a veces nos visitaban parejas de amigos, el hecho de que dos jóvenes agraciadas los recibieran atraía más clientes, pero cada una llevaba a su propio admirador a su casa. Cada una tenía sus visitas, pero éramos muy amigas. Es más, Rosa era caprichosa y un poco ingenua, tuve que enseñarle muchas cosas.

—¿Por ejemplo?

Marina enrolló un rizo en un dedo.

—Bueno, era una derrochadora, le enseñé a administrar una casa, a quitar las manchas de los vestidos, en lugar de tirarlos, o a pedir a la criada que la peinara, en lugar de llamar siempre a un peluquero. Además, la llevaba a las fiestas donde convenía mostrarse y le señalaba a los caballeros que me parecían más generosos, le enseñaba a reconocerlos. Por último, le aconsejé que pidiera pequeños regalos, pero sin arruinar a la gallina de los huevos de oro.

Marco y Daniele se divirtieron mucho con la explicación sobre la manera de aplicar los principios de economía doméstica a la prostitución.

—¿No sentían celos la una de la otra? —preguntó Pisani.

—No, ¿por qué deberíamos haberlos sentido? Los caballeros venían a verme a mí o a ella, cenábamos juntos, luego ella cantaba, tenía una bonita voz, yo los hacía bailar y después... Todos se divertían y ahora... —Marina sollozó—. ¡Pobre Rosa, todo ha terminado! Tantos sacrificios para nada.

—Pero ¿no acaba de decir que era muy divertido?

Marina sollozó de nuevo, aún más angustiada.

—¿Creen que es agradable ser puta? —reconoció al final sin dejar de llorar. Daba la impresión de que la muerte de Rosa había destapado viejas recriminaciones—. Con algunos clientes te diviertes, desde luego, pero lo más frecuente es que usen nuestro cuerpo como un objeto. Además, si nos hacen daño y nos ven asustadas, disfrutan más. —Se enjugó la nariz—. Rosa y yo nos ayudábamos la una a la otra. Las furcias sufren continuas humillaciones: algunos hombres nos sujetan la cara con las manos y nos gritan que somos unas desgraciadas, unas fracasadas, que ya somos feas y viejas; otros no sienten placer si no nos pellizcan o nos aprietan hasta hacernos hematomas y la mayoría prefiere el sexo violento, el que no pueden practicar con sus mujeres, y cuando les pedimos que paren un momento, porque no lo resistimos, el furor se redobla hasta llegar al orgasmo.

Marco y Daniele se avergonzaron de ser hombres.

—¿Pensaban seguir en el oficio mucho más tiempo? —preguntó Daniele en tono comprensivo.

Marina negó con la cabeza y volvió a secarse su pequeña nariz, que había enrojecido.

—No, trabajando por cuenta propia, como hacíamos nosotras, se gana bastante, por eso lo soportábamos. Nos habíamos prometido que cuando cumpliéramos veinticinco años lo dejaríamos, cambiaríamos de ciudad y abriríamos un negocio honrado en algún lugar donde nadie nos conociera. Pero luego apareció ese tipo y nuestros planes se fueron al traste. ¡Y pensar que al principio le expliqué a

Rosa que la regla fundamental para cualquier puta es no enamorarse jamás!

—¿Cuándo llegó el pintor? —preguntó Pisani animándola a seguir hablando.

Alternando el llanto con la cólera, Marina les contó una extraña historia. Hacía poco tiempo, a mediados de octubre, Rosa había llegado a casa presa de una gran excitación. Había ido a merendar al Lido con un grupo alegre, del que formaba parte un joven pintor, que enseguida se había prendado de ella. Por lo visto, la había cortejado durante todo el día, convencido de que era la propietaria de una posada de Mestre donde se había alojado en el pasado. Rosa, adulada al ver que el joven no sospechaba ni por asomo que fuera una mujer del oficio, le había seguido el juego y había aceptado una primera cita en Florian, en la plaza de San Marcos. El joven, que por lo visto se llamaba Girolamo Zuffo y era originario de Pordenone, se sentía fascinado por la belleza de Rosa y deseaba hacerle un retrato como fuera. Rosa, que, en efecto, era realmente guapa, no acababa de creerse que Girolamo la hubiera confundido con una señorita de la buena sociedad y pensó en teñirse la melena pelirroja de rubio para tener un aire más etéreo.

—Pero ¿él vino a vivir a esta casa? —la interrumpió Daniele intrigado.

—Figúrese —continuó Marina—. ¡Él la respetaba, no la tocaba! A Rosa jamás le había sucedido algo así, los hombres enseguida querían llevársela a la cama, así que al final se enamoró perdidamente de él, rechazó a sus demás amigos, solo recibía a Girolamo, que la visitaba todas las tardes con sus pinceles para trabajar en el retrato.

—¿Por qué piensa que él la mató? ¿Le robó algo?

Marina negó con la cabeza.

—No, no tiene que ver con el dinero, además, las joyas que Rosa no llevaba puestas siguen estando en casa. No, al principio pensé que el tal Zuffo la había confundido con una burguesa. Ella, yo, las que son como nosotras… —Bajó la cabeza—. Aunque seamos decorosas, tenemos una manera inequívoca de movernos, de mirar a los hombres a la cara, de lucir colores llamativos, que al final siempre nos traiciona. Además, nunca entendí por qué, con todo el amor que él declaraba sentir por ella, no se atrevía a darle siquiera un beso. Por último, y esto es lo más sospechoso, siempre se negó a que yo lo viera.

—Pero ¿no ha dicho que venía todos los días para retratarla?

—Todos los días, sí, pero Rosa me había prohibido que fuera a su casa cuando estaba con él. Temía que, si nos veía juntas, él se diera cuenta de cuál era nuestra profesión, pero estoy convencida de que era él quien se negaba a recibir visitas.

—¿Y usted nunca los espió a hurtadillas?

A Marina se le escapó una sonrisa.

—Solía acercarme a la ventana cuando lo oía salir, pero solo veía un sombrero y una capa. Es un hombretón, incluso de lejos se veía lo grande que era, es muy ancho de espaldas.

—¿Cómo terminó al final la historia?

—La noche del día 29 salieron juntos. Rosa me había dicho que tenían que ir a una fiesta, estaba excitada y muy elegante, porque se había puesto su vestido más bonito, uno de damasco azul oscuro. Ella no regresó y él no volvió a aparecer por aquí. Cuando la encontraron… —Marina no pudo contener las lágrimas—. ¿Rosa llevaba puesto el vestido cuando la encontraron? —preguntó.

Pisani negó con la cabeza.

—Lo siento, Marina, pero no llevaba el vestido. Además, hallaron el cuerpo esta mañana y, según el forense, un profesional que nunca se equivoca, Rosa fue asesinada anoche, de manera que no sabemos dónde estuvo ni qué hizo desde la noche del 29 de octubre al 4 de noviembre, seis días en total. ¿Se le ocurre algo que pueda ayudarnos, Marina?

La joven se enjugó los ojos.

—He pasado estos días buscándola, preguntando en las tiendas, en los cafés, a nuestras amigas. Nadie la ha visto, ni tampoco a él. Le dijo a Rosa que vivía en casa de un conocido, en la calle Spezier, en la parroquia de Santo Stefano. La he recorrido de arriba abajo, preguntando a los vendedores y los vecinos, pero nadie ha oído hablar de un pintor de Pordenone.

—Por lo que veo, quería mucho a Rosa.

—Es difícil que nazca una amistad entre nosotras, sé lo valiosa que es la nuestra. A pesar de los aires que se daba, Rosa era buena e ingenua, a menudo tuve que protegerla. Y esta vez también le repetía todos los días que no se fiara, que el tal Girolamo no podía tener buenas intenciones si no quería que nadie lo viera. Pero ¡de ahí a matarla! Jamás habría imaginado algo así.

—De manera que piensa que fue él.

—Bueno, creo que ahora ustedes también lo piensan. Pero ¿no quieren ver la casa de Rosa?

El piso de Rosa Sekerus era tan bonito y luminoso como el de Marina y estaba decorado en distintos tonos de verde azulado. La inquilina debía de ser un poco desordenada, porque el dormitorio estaba lleno de ropa esparcida por todas partes, como si Rosa se hubiera probado un vestido detrás de otro buscando el más apropiado para la última cita. Además, había olvidado unos zapatos de raso en la sala, entre los sofás. Delante de los ventanales góticos del *pórtego* había un caballete de pintor tapado con una tela.

—Veamos las cualidades artísticas de nuestro Girolamo —dijo Daniele apartando la tela.

El retrato, que parecía hecho por un niño pequeño, los dejó petrificados. Solo una mujer enamorada podía haberlo considerado una obra de arte.

Capítulo 5

La casa Pisani, en San Vìo, que compartía con Chiara, su mujer, desde hacía un año, era su oasis de serenidad. Marco se detuvo a contemplarla desde el jardín, junto a la puerta de agua, donde había desembarcado de un transbordador. A sus pies, la góndola de la casa, amarrada al muelle, parecía sentir, al igual que su dueño, nostalgia de Nani.

El palacio estaba completamente iluminado: Chiara amaba la luz y la vida y no le importaba gastar, a pesar de que Rosetta, el ama de llaves de Marco, refunfuñaba porque las velas eran caras.

Era la hora de cenar. Pisani se imaginó a Rosetta sentada en la cocina del entresuelo charlando con la cocinera Gertrude, con el viejo sirviente de la casa, Martino, y con Marta, la anciana criada de Chiara, que había seguido a su ama a la residencia del matrimonio.

Rigurosamente vestido con una librea y unos pantalones, el fiel Giuseppe, el viejo criado del palacio Pisani, iba y venía del entresuelo al piso noble. El sirviente había decidido vivir con el *avogadore*, el benjamín de la noble familia, para transmitirle las refinadas tradiciones de la estirpe, algo que hacía sonreír a Marco, pero lo cierto era que apreciaba también su buena voluntad.

La mesa del comedor contiguo al *pórtego* estaba puesta, aguardando al dueño de la casa, y la hermosa Chiara, elegantemente ataviada con un sencillo vestido de algodón con estampado de flores, gateaba por una alfombra con Benedetta, que de vez en cuando levantaba su cabecita de rizos oscuros para obsequiar a su madre con su risita argentina y su mirada de color aciano. Sentado en un rincón, digno y sonriente, el gato Platone no perdía de vista a la niña, que lo tenía hechizado, y miraba airado a Giannina, el ama de llaves, porque de vez en cuando esta se la llevaba para meterla en la cuna.

Nada más entrar y quitarse la capa, Marco se reunió con sus dos mujeres, que seguían jugando sobre la alfombra, y las besó.

—¿Estás segura de que no hace demasiado frío? —preguntó a su mujer señalando las piernecitas desnudas de Benedetta, que asomaban de un vestidito corto bordado.

—¡Claro que no, mira qué fuego arde en la chimenea! —contestó Chiara—. Además, ya oíste lo que dijo nuestro amigo Valentini: la costumbre de tener a los recién nacidos quietos y envueltos como salchichones no es sana. Se lo dijo una comadrona romana amiga suya, que ha podido constatar que los niños que se crían de forma natural en el campo, escarbando la tierra, crecen más robustos. Además, allí la mortalidad infantil es mucho menor que en la ciudad.

Marco sonrió al recordar la aventura romana.

—Puede que Guido tenga razón —dijo contemplando a Benedetta, que rodaba alegremente por la alfombra e hizo amago de echarse a llorar cuando Giannina la cogió en brazos para llevársela a dormir, a pesar de que, cuando la muchacha franqueó el umbral de la sala seguida de Platón, que caminaba con la cola erguida, porque suponía que lo iban a echar de la habitación de la niña, tenía ya los ojos entrecerrados.

—¿Habéis descubierto por fin quien es la pobre mujer que murió la noche del agua alta? —preguntó Chiara a su marido mientras le servía el caldo de capón de la sopera que Giuseppe le tendía.

—Por desgracia, no sabemos nada. Entretanto, el cuerpo está en el depósito de los Mendicanti. Pero jamás adivinarías quién es la otra joven por la que nos llamaron esta mañana, la que encontraron en un pozo de Sant'Agnese.

Chiara se echó a reír.

—La verdad es que, si me dejaras, descubriría enseguida la identidad de las dos.

—Sabes de sobra, amor mío —replicó Marco dispuesto a iniciar por enésima vez la discusión—, que no quiero que ejerzas tus facultades de adivina si no es indispensable y si estas no se imponen de forma espontánea. En cualquier caso, la mujer que apareció en el pozo es Rosa Sekerus, la guapa albanesa que el año pasado arruinó al orfebre de la *ruga* de los Orèsi.

Chiara adoptó una expresión grave.

—¡Pobre muchacha! Supongo que si ha tenido un final tan espantoso es porque seguía llevando una vida disipada.

Marco se sirvió un pedazo del rodaballo al horno que Giuseppe le ofrecía con una reverencia.

—Pues sí, pero se había asociado a una compañera bastante lista y con sentido común, una tal Marina, que le impedía hacer demasiadas tonterías. Hasta que... se enamoró.

—Uf, ¡el amor es una verdadera desgracia! —afirmó Chiara suspirando—. Imagino que fue el enamorado el que la tiró al pozo. ¿Quién es? ¿Lo habéis capturado?

Marco negó con la cabeza.

—No sabemos quién es, se hacía pasar por pintor, pero no quería que nadie lo viera, ni siquiera Marina.

—Bueno —propuso Chiara—, si me trajeras algo de él, qué se yo, un pincel o un pañuelo, podría ayudaros a encontrarlo.

—Ni hablar, Chiara. Soy un *avogadore* y mi oficio es investigar para instruir el proceso. Mañana por la mañana empezaremos a interrogar a los vecinos. Además, aún tenemos que identificar a la desgraciada que el agua arrojó a orillas del Lido. Hace cinco días que la encontramos, hemos puesto carteles en toda la ciudad, hemos enviado guardias y soldados a las parroquias para que pregunten a los sacerdotes y los sacristanes si se han enterado de la desaparición de alguna joven, pero hasta ahora no hemos sacado nada en claro, así que seguimos sin saber quién era. Lo extraño es que no era, desde luego, una vagabunda.

A la mañana siguiente, la solución al problema aguardaba al *avogadore* en la sala de espera de la *Avogaria* del Palacio Ducal. Se trataba de una mujer de mediana edad, alta y robusta, que lucía un *zendado*, el típico chal veneciano, bien drapeado sobre un decoroso vestido de paño de color celeste. Tenía una cara agradable, dominada por unos ojos oscuros y grandes, que revelaban preocupación.

—La señora Gabriella Vanni —la presentó el secretario Tiralli mientras la hacía entrar en el despacho de Pisani—. Cree que conoce a la pobre muchacha que rescataron en el fuerte San Nicolò la noche del agua alta —susurró a continuación al *avogadore*.

Pisani se quitó enseguida la toga roja y la peluca con la que los altos funcionarios debían entrar en el Palacio Ducal y se dirigió a la mujer.

—Señora Vanni —le dijo mientras la invitaba a tomar asiento delante del escritorio y se sentaba a su vez—, hace seis días que aguardamos noticias de la joven que aparece retratada en los carteles. ¿Puede ayudarnos?

La señora Vanni se quitó el *zendado*, lo dobló con esmero, miró por la ventana que daba al canal de las prisiones nuevas suspirando y al final se volvió hacia el *avogadore*.

—Espero que lo que debo decirle le sea útil a usted y a la familia de esa joven, excelencia.

—Por supuesto, señora —la animó Pisani, al que no le gustaba perderse en vaniloquios—. Dígame.

—Vi el cartel que pedía información sobre esa joven en la esquina de las Frezzerie con la calle de los Fabbri, pero no decía quién la buscaba ni por qué.

Marco empezó a resoplar.

—Señora Vanni, en el cartel se especificaba que, en caso de saber algo, había que dirigirse a la *Avogarìa*, pero espero que comprenda que dicho cartel no anunciara que la habían encontrado ahogada.

Gabriella Vanni se estremeció.

—¿Habla en serio, excelencia? Pero ¡eso es una tragedia! —Se sacó un pañuelo de un bolsillo y se enjugó los ojos llenos de lágrimas.

—Señora —gruñó por lo bajo Pisani mirándola fijamente a los ojos—, no me haga perder más tiempo: hace seis días que tratamos de averiguar algo sobre esa pobre muchacha. Si sabe algo, quién era, cómo desapareció, dónde vivía, quiénes son sus padres o su marido, en caso de que exista, le agradecería mucho que me lo dijera enseguida.

—He venido justo para eso —replicó la mujer—. Debe saber que soy comadrona y, sin ánimo de parecer vanidosa, soy una profesional muy estimada. Vivo y trabajo en Castello y las mujeres del barrio vienen a verme en cuanto sospechan que están embarazadas. Las examino y las acompaño hasta el parto, a veces incluso después de este.

Dado que la entrevista se estaba prolongando, Tiralli salió y regresó poco después con una bandeja de café. A pesar de la impaciencia que demostraba el *avogadore,* sabía que este sosegaba a Pisani.

—¿Y bien? —preguntó el *avogadore* mientras servía la bebida a su huésped.

—Pues bien, esa chica se presentó en mi consultorio hará unos dos meses, estaba muy preocupada, porque se le había retrasado la menstruación. Enseguida me aclaró que, en caso de que estuviera embarazada, quería abortar.

—El nombre, señora, el nombre —preguntó Pisani a punto de perder la paciencia.

—Bueno, la verdad es que... por secreto profesional no debería...

Pisani se levantó de un salto y descargó un puñetazo tan fuerte en el escritorio que hizo bailar las tacitas.

—Pero ¡qué secreto profesional ni ocho cuartos! ¿Es que no ha entendido que la joven murió asesinada y que tenemos que encontrar al culpable, que aún no sabemos siquiera cómo se llamaba? Nadie ha preguntado por ella en seis días y usted viene aquí a hablarme de secreto profesional y se muestra reacia a decirme su nombre. ¡Si sigue hablando en ese tono, ordenaré que la encarcelen por obstrucción a la justicia!

Aterrorizada, como era de esperar, Vanni se puso en pie de un salto, se refugió en el derrame de la ventana y se tapó la cara con el pañuelo, sollozando.

Tiralli entró en ese momento haciendo esfuerzos para contener la risa.

—Yo me ocuparé de ella, excelencia. Si quiere, vaya a ver al abogado Zen. Cuando vuelva, la señora se habrá calmado.

Jacopo Tiralli invitó a Gabriella Vanni a tomar asiento de nuevo, le ofreció un vaso de agua y la tranquilizó. Aliviada por su amabilidad, la señora le contó toda la historia o, al menos, lo que sabía de ella. La joven se llamaba Iseppa Micheli y tenía diecisiete años. Era hija de un panadero de Castello, un tal Angelo, y de su mujer, Annetta, que tenían la casa y la tienda en las *fondamenta* del *rio* Tana. La conocía de vista desde que había nacido, era una de las jóvenes más guapas del barrio, miembro de una familia respetable y acomodada, respetuosa con el Estado y la Iglesia.

—¿Estaba casada? —preguntó Jacopo, que sabía del embarazo de la víctima.

—No, ese era el problema. Como intentaba explicarle antes al *avogadore*, vino a verme hará unos dos meses con los primeros síntomas del embarazo: vómito, pecho turgente y ausencia de menstruación. Además, estaba decidida a deshacerse como fuera del feto. Lo primero que hice fue reconocerla, por eso sé que tenía una mancha en uno de los gemelos. Porque, si me permite, el retrato del cartel no es demasiado bueno…

—Es mío, hice lo que pude —explicó Tiralli—. El cuerpo había pasado una noche en el agua, sacudido por las corrientes.

La señora Vanni bebió un sorbo de agua.

—¡Pobre criatura! Yo no hago ciertas cosas, así que le dije que no pensaba ayudarla a abortar. Le pregunté por qué no se casaba con el padre, pero ella se negó a responderme, no dejaba de llorar y de repetir que sus padres se lo harían pagar.

—¿Volvió a verla en los últimos dos meses?

Gabriella Vanni sacudió la cabeza.

—No volvió a mi consulta, pero tuve noticias de ella. —Al ver la mirada severa de Tiralli, se apresuró a añadir—: Se rumoreaba que se iba a casar con un tal Checco Ballarino, un joven que trabaja con el panadero Micheli, un muchacho ideal para convertirse en yerno y, con el tiempo, en dueño del horno.

—De manera que lo habían arreglado todo. Siendo así, ¿cómo es posible que la pobre Iseppa acabara estrangulada en el mar en vísperas de su boda?

—No era tan sencillo —replicó la comadrona—. En Castello se decía que Checco, al que Iseppa siempre había despreciado, no era el padre de la criatura, y que los Micheli se lo habían impuesto como marido porque, salvo la joven, nadie sabía quién era el verdadero padre. Por otra parte, si se negaba a casarse, la alternativa era el convento.

—Y al final fue la muerte. Qué historia tan triste.

En ese momento llegaron Pisani y Zen y Tiralli los puso al corriente de la historia de Iseppa.

—Solo una cosa más —dijo el *avogadore* a Gabriella, que aún lo miraba con cierto temor—. ¿Por qué nadie ha denunciado la desaparición de la joven en los seis días posteriores al hallazgo del cadáver?

Esta vez la señora Vanni no se hizo de rogar, porque había intuido que la desaparición de Iseppa transcendía verdaderamente las dudas sobre el secreto profesional.

—En cuanto a eso —dijo dejando boquiabiertos a sus interlocutores—, he de decirles que Iseppa no desapareció la noche del agua alta: hacía al menos diez días, desde el 20 de octubre más o menos, que en Castello se murmuraba que nadie había vuelto a verla.

—¿Cómo es posible? ¿Está segura? —exclamó Pisani.

—¿Y nadie denunció la desaparición en todo ese tiempo? —insistió Daniele.

Gabriella Vanni bebió el enésimo sorbo de agua.

—Ya saben cómo es Castello, un barrio obrero donde viven muchos trabajadores del Arsenale. Todos nos conocemos, por la noche nos reunimos en la *calle* del *rio* Sant'Anna a beber un poco, una *ombra di vìn*, y los chismes vuelan. A pesar de que no había dicho una palabra sobre el embarazo de Iseppa, todos se habían enterado y esperaban que el asunto se arreglara con una boda. Pero a finales de octubre la gente empezó a darse cuenta de que no iba por la iglesia ni se la veía en el mostrador de la panadería, ayudando a su madre. Sus amigas no sabían nada de ella. A las preguntas de las más curiosas de sus clientes, la madre respondía que estaba enferma, pero parecía muy angustiada. El novio evitaba a quienes le pedían explicaciones, aunque en una ocasión había confesado a un pelmazo que no conseguía quitarse de encima que Iseppa estaba con unos parientes en el campo. Ni que decir tiene que nadie se atrevía a preguntar quién era el verdadero padre del niño, aunque algunos pensaban que la joven se había fugado con él. Los Micheli parecían cada vez más preocupados. Y ahora... ¡pobre criatura! ¿Quién habrá sido? —La comadrona se enjugó los ojos enrojecidos con el pañuelo.

—Ahora, señora —dijo Pisani con amabilidad, como si quisiera disculparse por haberla amenazado antes—, gracias a usted, podremos buscar al culpable y lo encontraremos, ¡puede estar segura! Menos mal que se dio cuenta del detalle de la mancha en la pierna, no creo que muchos sepan de ella.

—¡Ay, excelencia! Cuando vi el cartel y comprendí quién era, se me encogió el corazón. No sé por qué, pero habría preferido que lo hubieran puesto sus parientes para intentar encontrarla y, cuando vi que se trataba de la *Avogarìa,* me imaginé que había sucedido algo terrible, por desgracia...

—En pocas palabras: mañana tenemos que ir a Castello —dijo Marco a Daniele dando por zanjada la conversación.

Capítulo 6

Un olor fragante a pan recién horneado guio a Marco y Daniele a través de las *fondamenta* del *rio* Tana, por debajo de un pasaje o *sotopòrtego*, hasta llegar a la panadería de la familia Micheli, que se encontraba en un pequeño patio interior, animado por el continuo ir y venir de los clientes.

Era por la mañana y, a través de la amplia puerta, abierta para airear el ambiente, vieron una sala grande e iluminada por la boca de un horno crepitante, donde un mozo vestido con una blusa intentaba recuperar con una pala los panes dorados y meter a continuación los que quedaban por cocer.

En el banco de trabajo que había en medio de la habitación, dos hombres, uno de edad más avanzada, que no dejaba de mirar en derredor con aire de ser el dueño, amasaban la harina que una joven robusta les echaba después de haberla sacado de un arca de madera y de haberla pesado en una báscula.

En un rincón próximo a la entrada, un muchachito se dedicaba a pasar de un cesto a un cuévano de mimbre las galletas que se consumían en las largas travesías por mar.

—¡Eh, Rino! —le gritó el dueño—. Date prisa, que el barco *Speranza* no te esperará para zarpar y ¡comprarán las galletas en otra parte!

Pisani y Zen decidieron entrar en la tienda de al lado, donde las criadas y las señoras de todas las edades entraban y salían sin parar. No se dieron cuenta de que una joven morena, pobremente vestida, pero con decoro, los observaba atentamente y se mezclaba con el resto de los clientes sin perderlos de vista.

Una mujercita menuda y ajada estaba repartiendo en ese momento entre varias criadas las *ciope* de pan blanco destinadas a las mesas señoriales, ayudada por un joven robusto y rubio, con la nariz chata y unos ojitos minúsculos, que sacaba las hogazas aún calientes de la trastienda. Una niña muy delgada, que lucía un delantal blanco, servía a la clientela más modesta pan de centeno, cebada y avena, además del pan cortado de los pobres, que costaba muy poco.

La entrada de dos elegantes desconocidos interrumpió en seco las conversaciones. Como movida por un mal presentimiento, la dueña soltó el pan que estaba pesando y se presentó:

—Soy Annetta Micheli, ¿los señores me buscaban? ¿Se sabe algo de Iseppa? —añadió olvidando las mentiras con las que había justificado la ausencia de su hija en el barrio.

Pisani carraspeó.

—Sería conveniente que fuéramos a hablar a un lugar más tranquilo, señora —respondió susurrando.

Annetta palideció, se apoyó en el mostrador para no caer y contestó con un hilo de voz.

—Síganme, señores, y tú, Checco, ve a llamar al amo.

El muchachote entró rápidamente en el local donde estaba el horno y la mujer subió por la escalera que unía la trastienda con un espacioso piso.

La muchacha morena, que seguía a Marco y Daniele sin llamar la atención, se dispuso a esperar.

Los invitados se acababan de sentar en una decorosa salita cuando, seguido de Checco Ballarino, hizo su entrada Angelo Micheli limpiándose las manos manchadas de harina con el delantal.

—¿Con quién tengo el placer de hablar, señores? —preguntó con educación, a pesar de que sus manos temblaban visiblemente. Al oír el nombre del *avogadore* se llevó las manos a la cabeza—. Excelencia —observó—, si se ha molestado en venir hasta aquí es porque las noticias no son buenas.

Zen, que estaba a su lado, le apoyó una mano en un hombro.

—No conozco una manera buena de decírselo, señor Micheli. Tememos que su hija Iseppa murió en el mar la noche del agua alta.

Annetta lanzó un grito desgarrador y se desmayó. Tras un momento de confusión, en el que miró alrededor como si no quisiera entender lo que había oído, Angelo se echó a llorar.

—Checco —ordenó Daniele al joven que se balanceaba sobre los pies sin saber qué hacer—, busca vinagre para la señora y un licor fuerte para tu amo, eso los tranquilizará.

Cuando los Micheli se repusieron y Checco, que había comprendido por fin lo sucedido, dejó de llorar en silencio, Marco les explicó que aún no estaban completamente seguros de la identidad de la muchacha que habían encontrado en la laguna, pero que, teniendo en cuenta lo que les había contado la comadrona Gabriella Vanni, que les había descrito la mancha en la pierna y el embarazo incipiente, era muy posible que la identificación fuera correcta. No obstante, para poder proseguir la investigación era necesario que un miembro de la familia reconociera oficialmente el cuerpo, que se encontraba en del depósito de cadáveres del instituto de San Lazzaro dei Mendicanti, entre San Zanipolo y las *fondamenta* nuevas, no demasiado lejos del horno de la familia Micheli.

—Checco, por favor —dijo Angelo, que se había tapado la cara con las manos—, si te sientes con fuerzas, ve a verla tú. Yo no puedo y mi mujer aún menos.

Ballarino recibió las oportunas instrucciones y, con una nota de presentación de Pisani en un bolsillo, se fue a desempeñar su ingrata tarea. Había llegado el momento de interrogar a los padres de Iseppa.

—Señor Angelo —dijo Daniele mientras se servía una copa de vino—, según nos han dicho, Iseppa desapareció el 20 de octubre, hace más de quince días, pero su cuerpo fue hallado el 1 de noviembre, al día siguiente del agua alta, y el médico ha determinado que murió la noche anterior. ¿Por qué no denunciaron su desaparición en todo ese tiempo? ¿Por qué no la buscaron? Quizá la hubieran encontrado viva.

Annetta, que se había sosegado un poco, replicó:

—Confiábamos en que las autoridades la encontraran y nos la trajeran de vuelta.

—Pero ¡qué cara más dura tiene usted! —la provocó Pisani . ¿Desde cuándo la guardia busca a las personas sin que nadie denuncie antes su desaparición? ¿No será que están ustedes implicados?

Angelo se estremeció.

—Pero ¿qué dice, excelencia? ¡No pensará que hemos hecho daño a nuestra hija! Es la única chica, sus dos hermanos mayores son marinos, se dedican al comercio de especias. Iseppa asistió a la escuela parroquial y fue instruida en las artes femeninas, tenía buena mano para la pintura y decoraba con acuarelas los estupendos abanicos que venden en las ferias de beneficencia. Estaba destinada a hacer una gran boda. Además, era guapísima, con su melena rubia y sus ojos grandes y azules no habría desentonado en una familia aristocrática.

—¿Y la gran boda la iba a hacer con Checco, que, puede que sea un joven estupendo, pero que no deja de ser un simple mozo? ¿Había aprendido a pintar con acuarelas para convertirse en la señora Ballarino? ¿Se puede saber quién la dejó embarazada?

Annetta alzó la mirada hacia Pisani y, roja como un tomate, tuvo el valor de contestar:

—¡Son las bromas del amor! Checco es un buen chico, pero... no resistió hasta la boda.

—¿La violó? —ironizó Pisani.

—No, no la violó, eso no, pero... ya sabe cómo es, debían casarse.

—¿Y estaba tan contenta de casarse que desapareció hace un par de semanas y ustedes no solo no se sorprendieron demasiado, sino que, además, no la buscaron?

El padre tomó la palabra.

—¡Un momento! Es verdad que no denunciamos oficialmente su desaparición, pero la buscamos, vaya si la buscamos, desde el primer día. Mi mujer, Checco y yo visitamos a los párrocos con un pretexto para preguntarles si la habían visto, hablamos también con los guardias de los cuarteles de los barrios de Castello y San Marcos y les pedimos que, si la encontraban, le dijeran que había venido a verla su vieja nodriza.

—¿Por qué no contaron la verdad?

—Pero ¿qué verdad? No sabemos por qué escapó, aún menos ahora que la han encontrado de esa manera después de tanto tiempo. —Angelo se enjugó los ojos—. Empiezo a pensar que no huyó por su propia voluntad.

—Pero Ballarino no era el padre del niño que Iseppa llevaba en el vientre y ella no quería casarse con él —tercíó el abogado Zen.

Annetta volvió a alzar la voz.

—Eso es lo que se chismorrea en el barrio, la gente es mala. Checco era el padre, mi hija no tenía más hombres. —La mujer seguía defendiendo su patética mentira.

Pisani hizo acopio de toda la paciencia de la que era capaz.

—Señora —dijo mirándola a los ojos—, Iseppa está muerta y ya no podemos hacer nada por ella, pero ustedes, que son sus padres, ¿no creen que si supiéramos la verdad podríamos encontrar y castigar a los culpables? ¿No creen que es lo mínimo que deben a su hija?

Annetta no pudo mantener por más tiempo la comedia ni contener las lágrimas.

—No se lo dirán a nadie, ¿verdad? —dijo retorciéndose las manos, con la indomable voluntad de guardar un secreto a voces. Al ver la mirada severa de Pisani prosiguió—: Solo intentamos salvar su reputación, nos enteramos enseguida de que estaba embarazada, después de que fuera a ver a esa entrometida de Gabriella Vanni. Una mañana la vi vomitar y me lo confesó.

—¿Quién era el padre?

La señora Micheli se enjugó las lágrimas.

—Puede que no nos crea, pero no quiso decírnoslo. Quizá fuera un hombre casado, a saber: lo único que dejó bien claro fue que no pensaba casarse con el señor en cuestión.

Marco intuyó que esta vez Annetta estaba diciendo la verdad.

—Y ustedes la obligaron a casarse con Checco.

El panadero terció:

—Era la única solución. Es un buen chico, conoce el oficio y tiene el futuro asegurado y, además, estaba dispuesto a aceptar al bastardo, con la única condición de que todos pensaran que era su hijo. Iseppa le gustaba y la habría tratado bien.

—Pero a ella no le gustaba nada Checco.

—Debería de habérselo pensado antes, la vida es así. ¿Quién se casa por amor?

Marco y Daniele se miraron con complicidad.

—¿Cuándo la vieron por última vez, Annetta? —preguntó Zen.

—¡No sabe cuántas veces he pensado en eso! —exclamó la mujer suspirando—. Vuelvo a verla como ese día, en esta habitación. Iba muy elegante, con el vestido de seda morada y la capa de piel, tenía que ir a las Mercerie a comprar unas sábanas de lino, que luego debía llevar a la bordadora que le estaba preparando la dote para que le pusiera las iniciales.

—¿Dónde vive la bordadora?

—En Santa Maria Formosa. Fuimos a verla y nos dijo que la había recibido ese día. Al parecer, se marchó a eso de las seis de la tarde y luego nadie volvió a verla.

El matrimonio Micheli no podía decirles nada más. Mientras Pisani y Zen se disponían a marcharse, Checco apareció en el umbral. Sobraban las palabras: su expresión de abatimiento y sus ojos enrojecidos confirmaban el reconocimiento. Pisani lo abrazó para consolarlo, él también era una víctima.

—Es necesario que descubramos quién la dejó embarazada, pobre Iseppa —comentó Marco mientras se dirigían hacia las *fondamenta* del *rio* Sant'Anna.

—Exacto —asintió Daniele—, pero me estoy muriendo de hambre y no sé si sabes que en la *salizada* de enfrente está la taberna Giorgione, una de las tres con el mismo nombre que desde hace varios siglos mantienen alta la fama de la cocina veneciana. El pescado es excelente y, además, quizá el caparazón de los *moeche,* los pequeños cangrejos de la laguna, aún no se haya endurecido… Tú dirás.

¿Cómo podía negarse? Las luces y el aroma que salía por la puerta acristalada eran muy apetecibles, de manera que los dos amigos se encaminaron hacia el local, pero cuando Marco estaba a punto de entrar, una mano lo detuvo y una figura menuda y endeble, cubierta con una capa corta, se plantó ante los dos amigos esbozando una leve sonrisa.

—Por fin —exclamó una joven de aspecto agradable, de unos veinte años, dueña de una voluminosa melena castaña y rizada—. Nada más verlos supe quiénes eran y por qué han venido a Castello. Hace varias horas que los sigo, puede que les interese lo que tengo que decirles. Han perdido varias horas en casa de los Micheli, porque no saben nada.

—¿Se puede saber quién eres? —preguntó Daniele sonriendo en respuesta al descaro de la joven.

—Soy la persona que mejor conocía a Iseppa, su mejor amiga. Me llamo Bianca Cedroni. Si me invitan a comer, se enterarán de muchas cosas.

Los amigos se miraron con complicidad y echaron un rápido vistazo a la joven para sopesarla. No era una prostituta, sino solo una muchacha del pueblo bastante despreocupada, pero no libertina, que había aprendido a cuidar de sí misma.

—Siéntate, Bianca —la invitó Marco tomando asiento en medio del largo comedor lleno de mesas, en buena medida ocupadas por viajeros que, por la manera en que iban vestidos, debían de ser extranjeros. Las paredes estaban decoradas con vistas de la ciudad.

—Por lo que veo, Bianca, has encontrado dos grandes señores como acompañantes —comentó el tabernero, que parecía conocer bien a la joven, mientras extendía un mantel de cuadros sobre la mesa y apoyaba en ella una botella de vino de los Colli Euganei.

—¿Qué van a comer los señores? —prosiguió sacando un cuaderno y un lápiz del bolsillo del chaleco, ajustado a causa de su prominente barriga.

Cuando terminaron de pedir y el tabernero se alejó, Bianca les aclaró que la información que iba a darles costaba, al menos, un ducado de plata.

—Vaya, tu verdad cuesta lo suyo —observó Daniele.

—No tanto, teniendo en cuenta que la historia es cierta. Por otra parte, no sé hasta qué punto les interesa lo que le ocurrió a Iseppa —replicó con desparpajo haciendo una mueca—. No he estudiado mucho, pero sé razonar: si dos señores como ustedes se molestan en visitar a la familia Micheli para interrogarles sobre su hija desaparecida, es evidente que no son responsables de lo que le ha ocurrido, de manera que solo pueden ser unos altos funcionarios que están investigando sobre ella. Por lo demás, con el ir y venir que ha habido hasta ahora en casa de los Micheli, temo haber comprendido, como todos, que Iseppa... está muerta. —Bajó la mirada, repentinamente compungida.

—¡Excelente! —exclamó Marco tendiéndole un ducado, tras lo cual se presentó a sí mismo y a Daniele—. Tienes buena intuición, pero ahora dinos: ¿qué sabes de la desaparición de Iseppa?

Delante de un magnífico *risotto* a la pescadora, Bianca se animó y empezó a contarles que los padres de Iseppa no veían con buenos ojos que fueran amigas.

—Ellos tienen dinero —precisó— y esperaban que su hija hiciera una buena boda, pues era guapa y había recibido una buena educación, por eso no les gustaba que saliera conmigo, porque soy hija de un pescador y trabajo con mi madre ensartando las cuentas que fabrican en Murano, somos *impiraresse*, no es un gran oficio.

Pero, como suele ocurrir, las dos muchachas, que eran vecinas y se conocían desde la infancia, se habían hecho amigas.

—Aquí las jóvenes casaderas son terriblemente aburridas —continuó Bianca—. En cambio, Iseppa era divertida y gozaba de cierta libertad, debido al trabajo de sus padres. De manera que pasábamos tardes enteras charlando en mi casa mientras yo ensartaba cuentas. A veces ella me ayudaba.

En ese momento, llegó una fritura de pescado que olía maravillosamente, con los cangrejos en muda, llamados *moeche*. Tras la debida pausa, el relato prosiguió. La historia se iba haciendo cada vez más interesante y Bianca tenía la extraordinaria habilidad de poder hablar y atiborrarse de comida al mismo tiempo. Por lo visto, en el mes de julio había llegado a Castello una familia de actores ambulantes que hacía números de equilibrismo, magia, canto y danza. Habían levantado una gran tienda en un prado de

Sant'Elena, con el escenario apoyado en unos toneles y una cortina que hacía las veces de telón. Además, habían dejado algo de espacio para los camerinos. El público asistía de pie a las representaciones y, cuando estas terminaban, pagaba la voluntad.

La compañía estaba formada por unas diez personas al borde de la mendicidad, pero siempre alegres. La madre era la cantante y el marido dirigía el espectáculo y se exhibía en los números de magia. A los jóvenes, hijos y primos, correspondían los números de baile y acrobacias y las escenas cómicas con máscaras. Los vecinos de Castello iban a verlos para pasar la velada y, después del espectáculo, todos volvían a sus casas, incluidos los actores, que habían alquilado un piso que daba al *rio* Tana.

—El caso es que —prosiguió Bianca a la vez que pedía una parrillada mixta—, uno de los actores, un tal Agostino Dolce, un hombre guapísimo, empezó a coquetear con Iseppa cuando pasaba para recoger las limosnas y más tarde quiso acompañarla a casa. Yo los dejaba a su aire. A esas horas los Micheli trabajaban en el horno. En apenas dos semanas, la parejita se quedaba rezagada y se perdía entre los árboles. Y allí, entre un beso y otro, ella se entregó a él más de una vez con gran placer, según me contaba al día siguiente.

Todos callaron hasta que el tabernero se acercó a ellos para proponerles un pedazo de tarta a la crema.

—Y cuando ella comprendió que se había quedado embarazada, él desapareció —supuso Daniele mientras escanciaba el vino.

—¡No, de eso nada! Antes sucedieron más cosas.

El abogado y el *avogadore* se dispusieron a escuchar de nuevo a la joven. Esta les contó que antes de que Iseppa se diera cuenta de que esperaba un hijo, la compañía de actores se marchó de repente a finales de agosto, sin pagar el alquiler ni comunicar a nadie la nueva dirección. El guapo Agostino nunca llegó a saber que iba a ser padre. Entonces, la pobre Iseppa, tal y como les había referido la comadrona, había intentado en vano abortar, se había resignado a casarse con Checco y a representar la comedia que le habían impuesto sus padres.

—Pero… —añadió Bianca paladeando el café.

—¿Hay un pero? —preguntó Pisani.

—Sí, y no he dejado de pensar en él desde que mi amiga desapareció.

—Ánimo.

—Pues bien: varios días antes de que se volatilizara, vino a verme toda excitada y me contó que esa mañana había ido a la plaza de San Marcos y que, mientras miraba las telas que los vendedores ambulantes exponen los domingos en sus puestos, se le había acercado un joven guapo y elegante, que se había presentado como el marqués Guidotti, originario de Vicenza. Después la había invitado a beber un café con la excusa de preguntarle cuáles eran los mejores joyeros de la ciudad, porque quería comprarle una pulsera a su madre.

—¿Y ella mordió el anzuelo?

—Sí. Le dije que no se fiara demasiado, que no le concediera ninguna cita, pero ella no quería casarse con Checco y, a pesar de no parecer muy convencida, porque el marqués Guidotti era demasiado corpulento para su gusto, mejor dicho, tenía una buena barriga, creía haber encontrado otro novio. Sus maneras eran exquisitas y, sin duda, era bastante rico. Yo, en cualquier caso, le pregunté si había olvidado que estaba embarazada. «No se ve», me contestó. Puede que la historia no tenga importancia, pero fue la última vez que la vi. Dos días después se había evaporado. Qué extraño.

—Lo más extraño —reflexionó Pisani a la vez que pagaba la cuenta— es que desapareció de su casa el 20 de octubre y murió la noche del agua alta, el 31 del mismo mes. Me gustaría saber dónde pasó esos diez días, si se marchó por su propia voluntad o si estuvo prisionera.

—Lo mismo le sucedió a Rosa Sekerus —apuntó Daniele—. Desapareció el 29 de octubre y murió el 4 de noviembre.

—¿Quién es Rosa Sekerus? ¿De qué están hablando? —preguntó Bianca intrigada mientras se envolvía en su capa antes de salir.

—No es asunto tuyo —le contestó Daniele sonriendo—. Si volvemos a necesitar de ti, te buscaremos.

Capítulo 7

Maddalena Barbaro, la adorada hija del noble Filippo Barbaro del palacio de Dario, tenía muchos motivos para sentirse satisfecha la mañana del viernes, cuando, tras desembarcar de la góndola de *casada* con su ama de llaves, Domenica, en el muelle del Palacio Ducal, se encaminó hacia la torre del Reloj de la plaza de San Marcos, desde donde arrancaban las Mercerie, los callejones llenos de tiendas elegantes donde se exhibía la mejor artesanía veneciana, que se extendían hasta Rialto.

Vestida con un *andrienne* de color marfil y un *mantó* verde oscuro, corto por detrás, como dictaba la última moda, y su bonita melena dorada sabiamente recogida en lo alto de la cabeza, Maddalena, que era alta y bien formada y tenía una naricita chata, en el esplendor de sus dieciséis años atraía muchas miradas, aunque a ella parecía importarle bien poco. Seguía teniendo esa edad feliz en la que se experimentan las alegrías de la femineidad sin haber sufrido aún sus dolores.

El objetivo de la salida era comprar los complementos del primer vestido de noche de la joven, una nube de seda de color malva, que pensaba lucir en el teatro San Giovanni Grisostomo el 16 de noviembre, la noche de la primera representación de la ópera *El ladrón de Bagdad*, protagonizada por Muranello, el célebre soprano.

Las dos mujeres dieron primero una vuelta hasta el *campo* San Bartolomeo, en Rialto, donde el escaparate del orfebre Tassini dejó a Maddalena boquiabierta.

—¡Mira, Domenica, ese pectoral de amatistas quedaría precioso sobre mi vestido de color malva!

Domenica, una mujer de unos treinta años, viuda de un escribano y no muy agraciada, pero con unos rasgos refinados, culta y sensible, que había sido elegida como ama de llaves por el noble Barbaro por su madurez, replicó con dulzura:

—Es precioso, cariño, pero bastante caro. Piensa en las joyas que te dejó tu pobre madre. ¿No crees que le alegraría ver que te pones las que ella lucía?

El recuerdo de su madre, que había muerto hacía varios años a raíz de una enfermedad fulminante, conmovió a Maddalena.

—Tienes razón, Domenica —admitió—. Los diamantes de mi madre quedarán aún mejor.

Mientras regresaban por las Mercerie de San Salvador, se fijaron en una zapatería que vendía unos maravillosos zapatos de damasco. Entraron sin pensárselo dos veces, ocupando todo el espacio con sus voluminosas faldas. Tras una complicada sesión de pruebas, Maddalena se decantó por un par adornado con una hebilla joya.

Más tarde, se sintió cautivada por una tienda de calentadores de manos.

—Son ideales para el teatro, Domenica, con ellos las manos no se enfrían. —Tras titubear un poco, se decidió por uno esmaltado con tiras de flores.

Hacía rato que había pasado el mediodía, de manera que en San Zuliàn entraron en el Café de Menegazzo, que servía unos sabrosos tentempiés. Maddalena y Domenica se sentaron a una mesa y pidieron unas tapitas y café. Su alegre charla llamó la atención de algunos clientes, sobre todo la de una pareja sentada en un rincón oscuro, cerca de ellas, que escuchó con interés sus palabras.

—¿Qué nos queda por hacer? —preguntó Maddalena.

—Tu padre nos ha pedido que pasemos a recoger el libro de francés que pidió en la librería que hay aquí cerca, ya que no volverá del campo hasta mañana. Además, necesitas una mascarilla nueva para el vestido de noche y unos guantes de raso, seguro que los encontramos en la Piavola di Francia, bajo la torre del Reloj.

La joven exhaló un suspiro.

—Hay que ver lo que cuesta vestirse bien. Volveremos a casa a la hora de cenar. —Cuando salieron, no se dieron cuenta de que la pareja había empezado a seguirlas en su peregrinación.

Para encontrar la mascarilla, que Maddalena quería dorada y adornada con cristales de colores, tuvieron que visitar tres tiendas, de manera que al final entraron en la Piavola di Francia cuando estaban a punto de dar las cinco. Era el momento de mayor afluencia de clientes, así que las dos mujeres tuvieron que hacer cola fuera.

En la confusión, un joven barrigudo y torpe que salía de un café vecino, con el tricornio calado hasta los ojos y un vaso de vino en una mano, tropezó y la bebida fue a parar a la falda de Domenica.

—¡Cuánto lo siento, señora! —El joven, con media cara deformada por un angioma rojizo, parecía una persona correcta y se deshizo en disculpas—. Venga conmigo al café para limpiarse. Si lava enseguida la mancha, conseguirá quitarla.

—Pero… estoy con mi protegida.

El joven esbozó una sonrisa.

—Bueno, la señorita puede esperar un momento. Mi madre le hará compañía mientras busco a un camarero que limpie el vestido. —Hizo un vago ademán hacia la multitud y de esta se elevó una mano enguantada y enjoyada—. Es mi madre —dijo el joven—. Ahora mismo viene. —Algo más tranquila, Domenica entró con él en el local y Maddalena se quedó fuera esperándola.

—Me llamo Celia, señorita —le dijo una dama distinguida con el pelo gris que por fin había logrado llegar a su lado—. ¿Le importaría acompañarme un momento a las procuradurías viejas mientras su amiga se limpia la falda? Tengo que ver a mi bordadora como sea y está a punto de cerrar.

—Lo haría con mucho gusto —contestó Maddalena sonriéndole amablemente—, pero, si Domenica sale y no me ve, se asustará.

Celia se echó a reír.

—¡No se preocupe! ¡Será un instante! Además, mi hijo sabe dónde está. Quién sabe, a lo mejor acaba encontrando algún pañuelo de su gusto, los tiene muy refinados.

Maddalena cedió a la tentación de hacer una última compra y se perdió con la mujer en la multitud que abarrotaba los pórticos. A fin de cuentas, ¿qué podía ocurrirle en medio de tanta gente?

Casi a mitad de las procuradurías, Celia la cogió del brazo.

—Hemos llegado —anunció—. La bordadora tiene el taller en el entresuelo de este *sotopòrtego*, aquí, a la derecha.

Empezaba a anochecer y, a diferencia de los pórticos, que estaban llenos de gente e iluminados por los escaparates de las tiendas, el *sotopòrtego* que conducía a la orilla de un canal estaba desierto y en él había una puerta grande y oscura. Inquieta, Maddalena empezó a preguntarse qué estaba haciendo allí.

—Suba usted, la esperaré aquí abajo —dijo con reticencia.

No tuvo tiempo de rebelarse. El brazo de Celia tiró de ella hacia la puerta, donde otro brazo, esta vez masculino, arrastró a la joven hasta el portal. Un paño mojado con un líquido sofocante le tapó la cara y Maddalena se desmayó en la oscuridad del vestíbulo, mientras, a poca distancia de ella, continuaba como si nada el frenesí del *listòn*, la fiebre de las compras, el gusto por exhibirse y las *ciàcole,* la charla de los venecianos.

Domenica salió del café con la falda limpia y el presentimiento de que algo iba mal. Maddalena no estaba donde la había dejado y el joven y su madre no se veían por ninguna parte. Se dijo que quizá la joven estuviera mirando el escaparate de la Piavola y se dirigió hacia la tienda, pero no vio a Maddalena entre la gente. Recorrió en vano un tramo de las Mercerie. Acto seguido, pasó por debajo de la torre del Reloj, pero tampoco la divisó entre las sombras que estaban invadiendo poco a poco la plaza.

Se asustó.

—¡Maddalena! —la llamó mientras recorría los pórticos de las procкуradurías—. ¡Maddalena! —murmuró entre la gente que abarrotaba los cafés y los locales públicos—. ¡Maddalena! —gritó mientras corría en la oscuridad de la plaza, hasta que una pareja de guardias la levantó del suelo, donde había caído sollozando.

—¿Qué ocurre, señora? —Uno de los guardias era Brusìn, un hombre que solía trabajar con Pisani.

—¿Podemos ayudarla? —añadió su compañero tendiéndole un brazo.

—Estaba aquí, conmigo, hace unos minutos —balbuceaba Domenica—. Entré en el bar para quitarme una mancha del vestido y, en ese rato, ella desapareció. Es la hija del noble Barbaro, soy su ama de llaves.

—No perdamos la calma —dijo Brusìn, quien, gracias a las frecuentes reprimendas de Marco Pisani, había madurado y se había convertido en un buen oficial—. Usted, señora, quédese aquí con mi compañero, Battista Medri, de forma que si la joven Maddalena regresa, pueda verla. Yo daré una vuelta por las tiendas y trataré de averiguar algo. —Tras pedir a Domenica que le describiera el aspecto y el vestido de la joven, se alejó.

Volvió al cabo de un par de horas sin haber sacado nada en claro. Una criada que seguía a su ama se había parado un momento a admirar a una joven de melena rubia que lucía un *andrienne* de color marfil. En el umbral de un café, un señor distinguido recordaba haber visto a una muchacha que se negaba a seguir a una señora de mediana edad, pero eso era todo.

El gondolero de *casada* de los Barbaro, que seguía esperando a las dos mujeres en el muelle, no la había visto siquiera de lejos.

—De noche no podemos hacer nada más —comentó Brusìn sacudiendo la cabeza—. Quizá haya ido a ver a una amiga o esté con su novio.

—Me habría avisado y, además, no tiene novio. Siento que le ha sucedido algo malo —murmuraba Domenica desconsolada—. La conozco, es una muchacha sensata. ¿Qué le diré a su padre cuando regrese?

—Mañana por la mañana se reunirán con el *avogadore* Pisani —dijo Brusìn—. Es el mejor, sabrá organizar la búsqueda. Entretanto, podemos acompañarla a casa para que nos dé un retrato de Maddalena.

Por prudencia, evitó mencionar el reciente hallazgo de los cadáveres de dos jóvenes rubias con los ojos claros, como Maddalena.

Marco y Daniele habían pasado el día en el Lido, donde habían tenido que desempeñar el triste cometido de comunicar a la familia Sekerus la muerte de Rosa, cosa que también habían hecho con la remota esperanza de poder averiguar algo que los ayudara en sus pesquisas.

Con Bastiano al remo de la góndola de Zen, habían dejado atrás la pequeña isla deshabitada de Poveglia y habían atracado de buena mañana en el pequeño puerto canal del viejo pueblo de Malamocco, que luego habían atravesado en dirección a la zona de los Alberoni. Era un camino accidentado, que se abría en una estrecha lengua de tierra situada entre la laguna, que se entreveía entre los pinos, y el mar Adriático, más allá de las dunas donde chillaban las gaviotas. En el lugar aún se veía el rastro que había dejado el agua insólitamente alta de ocho días atrás, de la que ni siquiera habían podido protegerlo los diques que se encontraban mar adentro. La vegetación de cañas, escabiosas y tripolios empezaba a recuperarse y, alrededor de las pocas cabañas que había esparcidas entre el mar y la pinada, la gente se ajetreaba para reparar los establos y los gallineros.

En cualquier caso, entre el aroma que emanaban el mar, la tierra y los pinos, el canto matutino de las cercetas y los avetorillos, y la ligera niebla que desdibujaba los contornos y confería al paisaje un aire onírico, el paseo se había convertido en una agradable experiencia de extrañamiento.

—¿Recuerdas dónde se instalaron tus amigos albaneses? —Daniele rompió el silencio, dubitativo.

—No del todo —admitió Marco—, pero este ambiente relajado es tan agradable… ¿Te acuerdas cuando veníamos aquí hace muchos años con mi pobre Virginia? Qué risas, qué carreras por la playa…

Daniele intuyó la melancolía que le producía a su amigo el recuerdo de su primera mujer.

—Sí, pero ahora tienes a Benedetta —dijo para distraerlo—. Este verano ya podrá correr por la playa.

Por fin, tras dejar atrás un cañaveral y varias ciénagas, vieron una cabaña maltrecha cerca de una chopera, donde varios hombres trataban de arreglar el tejado y los marcos de las ventanas. Dos niñas muy pequeñas rodaban por la arena.

Marco reconoció enseguida al cabeza de familia por la pata de madera y sintió una punzada en el corazón. En el fondo, eran buena gente, no merecían la sucesión de desgracias y miseria que era su vida.

—Pavle Sekerus —exclamó Pisani para que lo reconociera—, ¿cómo os habéis arreglado con el agua alta?

El albanés se acercó a él ayudándose con las muletas.

—¡Qué honor, *avogadore* Pisani! —Su lenguaje había mejorado mucho—. El huerto está destrozado y la casa ha sufrido varios daños: la habíamos arreglado mucho desde que lo conocimos a usted. Hemos salvado a los animales: imagínese que hemos tenido que llevar en brazos al primer piso a los que estaban más asustados, como las ovejas. Pero... —Calló y escrutó a Pisani con ojos perspicaces—. No creo que un *avogadore* y un abogado se tomen la molestia de venir hasta los Alberoni para ver cómo se las ha arreglado una familia de albaneses con el agua alta. ¿Ha ocurrido algo?

Pisani suspiró sin saber adónde mirar. Zen salió en su ayuda.

—Si no me equivoco, una joven atractiva de vuestra familia vive en Venecia...

—Y es puta... —terció la esposa de Pavle saliendo de la casa y acercándose al grupo a la vez que se ajustaba el pañuelo que llevaba en el pelo.

—¡Delvina! —la regañó su marido—. Estás hablando de tu hija.

—¡Pues vaya una hija que crie! Como ya sabe, *avogadore*, somos pobres, pero no hacemos daño a nadie, somos buenos cristianos, nos dedicamos a hacer algún que otro trabajillo para sobrevivir, pero esa no es como nosotros. No sé por qué le dio por venderse de esa manera.

—Era tan guapa... la tentación tuvo que ser irresistible —la defendió Daniele sin darse cuenta de que había hablado de ella en pasado.

—¿Cómo que «era»? —respondió al vuelo Delvina—. ¿Qué le ha pasado?

Pisani inclinó la cabeza y la mujer lanzó un grito inesperado.

—¡Está muerta! ¡Mi pobre Rosa está muerta! —Se tapó la cara con el delantal y rompió a llorar.

Pavle soltó unas lágrimas en silencio mientras el resto de los presentes, atraídos por la escena, iban dejando el trabajo y empezaban a rodearlos. Hermanos, hermanas, nueras y yernos, los acribillaron a preguntas y los venecianos respondieron con circunspección.

—Vivía con una amiga.

—Sí, tenía novio.

—Por desgracia, la han asesinado, pero no sabemos quién lo ha hecho ni por qué.

—Bueno, es cierto que llevaba una vida un tanto alegre, pero no hacía daño a nadie.

—No. Yo fui a reconocerla, pero si quieren verla, está en el depósito del hospital de los Mendicanti.

Mientras tanto, en parte invitados y en parte obligados, Marco y Daniele no habían tenido más remedio que entrar en la cocina y se habían sentado a una mesa que aún seguía mojada por la inundación.

—No era la hija que nos habría gustado tener —dijo el viejo Pavle sirviendo un vaso de vino a sus invitados—. En todo este tiempo no hemos sabido nada de ella, pero, aun así, era uno de los nuestros. —Alzó con pesar la mirada al cielo a través de la ventana—. En Malamocco hay un pequeño cementerio, nosotros somos ortodoxos, pero no creo que al párroco le importe. Nos gustaría que descansara aquí al lado —dijo.

—Veré lo que puedo hacer —le prometió Pisani.

Cuando regresaron a la góndola, los dos amigos se aseguraron de que Bastiano hubiera comido y, al ver la taberna que se encontraba en la plaza, junto al palacio gótico del alcalde de Malamocco, decidieron entrar en ella. El recuerdo del agua alta de la semana anterior mantenía aún alejados a los clientes habituales, de forma que el local, pequeño pero acogedor, estaba casi vacío. No obstante, de la olla que estaba al fuego, atentamente vigilada por un mozo, se elevaba un delicioso aroma a sopa de pescado, que persuadió a los dos amigos de quedarse a comer. Una laboriosa mujercita con las mejillas enrojecidas anotó lo que deseaban. A los dos amigos les causó una excelente impresión.

—Podríamos venir a comer aquí los domingos con nuestras mujeres —dijo Daniele.

—Sí, la playa está muy cerca, mejor dicho, las dos playas, Benedetta podría jugar con la arena y, dentro de unos años, aprender a nadar.

—Algo absolutamente reprobable en una muchacha de buena familia —comentó Daniele riéndose—, pero las mujeres Pisani no son como las demás.

—He estado pensando en las dos víctimas, ¿sabes? —dijo Marco en tono grave cambiando de tema—. No acabo de entender si los dos homicidios están relacionados o si la proximidad en el tiempo es simplemente casual.

—Si lo supiéramos, tendríamos medio caso resuelto.

—Así es, esas jóvenes tenían en común la edad y las características físicas, y las dos murieron estranguladas.

Callaron mientras la tabernera les servía los platos y, a continuación, Daniele replicó:

—Pero proceden de ambientes diferentes, es muy probable que no se conocieran y, además, las encontraron con varios días de diferencia en dos lugares distintos.

—Es cierto, pero las dos murieron varios días después de su desaparición.

—Y no sabemos si escaparon por voluntad propia o si alguien las secuestró.

Atardecía cuando Marco y Daniele, que viajaban en dirección a Venecia a bordo de la góndola, a la que Bastiano había quitado la cabina, se volvieron para contemplar la lengua del Lido.

El sol, que había descendido por debajo de la línea del agua, había teñido el cielo de una tonalidad sombría de morado, que se reflejaba en el mar y se difuminaba en carmines y naranjas, mientras, encima de unos jirones de nubes, se extendía la cúpula azul, cada vez más oscura. Era uno de los increíbles anocheceres lagunares que regalaba noviembre.

Capítulo 8

Esbelta y elegante, gracias a una lograda simbiosis de estilos gótico y renacentista, Ca' Dario, una de las fachadas más bonitas que daban al Gran Canal, obra de Coducci, replicaba la gracia de las ventanas del siglo xv, las chimeneas y la piedra clara de Istria en la parte posterior del edificio, que lindaba con el frondoso jardín de un *campiello*.

Tras llamar con la aldaba, Marco Pisani se detuvo un momento a contemplar el complejo de chimeneas, ventanas, miradores y galerías que se veían al otro lado del jardín, mientras esperaba a que alguien fuera a recibirlo.

A primera hora de la mañana, Brusìn le había avisado de la desaparición de Maddalena. Sin perder un minuto, se había puesto una *velada* de terciopelo verde oliva y una capa de color avellana y había comunicado que iría personalmente a ver a Filippo Barbaro, a quien ya conocía, dada la cercanía de Ca' Dario a San Vìo.

Domenica, el ama de llaves, llegó corriendo a la puerta y lo hizo entrar en el jardín. Estaba desencajada y tenía los ojos enrojecidos.

—El amo acaba de enterarse. Nada más regresar de su viaje vino el capitán de la guardia y le contó todo. Aún no se lo puede creer y yo… yo… la culpa es mía —murmuró bajando la mirada—. Mire —añadió tendiéndole el pendiente de oro en forma de gota que tenía en la palma de la mano—. Solo me queda esto, me lo dio antes de despedirme, porque le hacía daño. Pero venga, excelencia, el señor le está esperando en la sala.

Pisani se metió distraído el pendiente en un bolsillo mientras el ama de llaves lo guiaba por las salas de la planta baja hasta salir al patio, donde había un pozo con el brocal de mármol y una fuente de inspiración mora. A continuación, enfilaron una escalinata de mármol y atravesaron los pasillos y los salones del palacio, que Marco no conocía y que, descubrió, era mucho más grande de lo que parecía desde fuera.

El ambiente era extraño: los Barbaro, que habían comprado el palacio a la familia Dario, habían ignorado las tendencias de moda, de manera que las estancias y los muebles conservaban la sobriedad y la elegancia propias del Renacimiento. Salones con columnas taraceadas con mármoles polícromos, unidos por corredores decorados con pinturas murales y arcos, y lámparas colgadas de techos con vigas de madera para iluminar las salas medio vacías. A pesar de que llevaba puesta una capa, Pisani temblaba de frío.

Por el camino, Domenica contó al *avogadore* los detalles de la desaparición de Maddalena.

—No puedo entenderlo —seguía murmurando—. ¿Adónde fue con toda esa gente? Además, ¿por qué se marchó?

Filippo Barbaro esperaba a Pisani de pie en la biblioteca del segundo piso, donde la ventana encuadraba las aguas del canal. La *velada* negra que lucía acentuaba su delgadez y, a pesar de ser primera hora de la mañana, llevaba ya una peluca castaña. Su semblante revelaba el cansancio del viaje y el dolor.

—Gracias por haberse tomado la molestia de venir, *avogadore* —dijo a la vez que invitaba a su huésped a tomar asiento y se sentaba con él en unos sillones antiguos—. Quédate, Domenica —pidió al ama de llaves—. Ayer estabas con ella y sabes más que nosotros.

—De hecho —terció Pisani—, Domenica me ha contado que se ausentó un momento para limpiarse la falda que un joven le había manchado tirándole el contenido de un vaso de vino. Maddalena desapareció en ese momento. Da la impresión de que provocaron el incidente para distraerla.

—A ver si lo entiendo —contestó Barbaro—, ¿está tratando de decirme que mi hija fue secuestrada a propósito rodeada de gente?

—Es la hipótesis más probable, teniendo en cuenta, entre otras cosas, que no se sabe nada del joven que invitó a Domenica a entrar en el café para limpiarse, ni de su madre, que, en teoría, debía vigilar a Maddalena. Me lo dijo esta mañana el capitán de la guardia, que puso enseguida en marcha la investigación.

—Es cierto —terció Domenica—. Yo también me quedé sorprendida, porque, tras entrar conmigo en el café, el joven salió como una exhalación, como si tuviera algo urgente que hacer.

—¿Le ha dado a Brusìn un retrato de Maddalena?

—Sí, el capitán ha recibido un pequeño cuadro reciente, dijo que así es mucho más fácil hacer hablar a la gente.

—Hoy seguirán buscando a Maddalena —les informó Pisani—. Pero ahora dígame, Domenica, ¿cómo eran esas dos personas?

El ama de llaves se concentró llevándose las manos a la cabeza.

—El joven iba bien vestido, llevaba sombrero, y tenía la cara deformada por un angioma. De la madre solo vi una mano que sujetaba un bolsito de cuentas, que agitaba por encima de las cabezas de la gente para indicarle dónde estaba. Pero ¿cómo pude caer en la trampa? —Se echó a llorar en silencio.

Barbaro la consoló.

—Es probable que el *avogadore* tenga razón: todo estaba preparado, habrían engañado a cualquiera. Esos dos os siguieron durante todo el día, esperando que llegara el momento de actuar.

Domenica hizo amago de hablar, pero Marco la interrumpió.

—Es probable. Brusìn me contó que una criada joven vio a Maddalena caminando por debajo de las procuradurías viejas y un señor presenció una escena en la que una mujer madura invitaba con gestos y palabras a una muchacha, que parecía reacia a seguirla. Así pues —prosiguió bebiendo el café que le había servido la sirvienta—, debemos hacernos una pregunta: ¿por qué la secuestraron? Hay varias posibilidades: uno de sus enemigos, excelencia, un admirador de su hija o alguien que piensa pedir dinero por el rescate.

Pisani, al igual que Brusìn había hecho el día anterior, evitó informar a Barbaro sobre el hallazgo de los cadáveres de Iseppa y Rosa, que también eran jóvenes, rubias y guapas y que habían desaparecido misteriosamente varios días antes de morir. Por suerte, la desgracia no se había divulgado por la ciudad, quizá porque las víctimas eran de clase social modesta.

Barbaro reflexionó un instante. A pesar de que sabía dominarse de forma admirable, se percibía el miedo que lo atenazaba.

—Un enemigo, *avogadore*. ¿Quién no tiene uno? Pero hasta el punto de secuestrar a mi hija… Como ya sabrá, fui diplomático. Viví en Nápoles, en Saboya y en Viena. Los embajadores suelen enfrentarse a los políticos extranjeros, pero nunca por motivos personales. Mi hijo mayor, Carlo Antonio, está ahora en Constantinopla acompañando al embajador veneciano, pero dudo que sus relaciones estén en el origen de un eventual secuestro. En pocas palabras, diría que no tenemos auténticos enemigos. ¿Alguien que pretende pedir un rescate? No puedo excluirlo, ya veremos, pero… —Barbaro se levantó de golpe para ocultar su conmoción y se acercó a una ventana—. Mi niña, a saber en qué manos está ahora, y pensar que su madre me la confió antes de morir…

—Debe saber una cosa… —terció de nuevo el ama de llaves dirigiéndose a Pisani.

—Qué usted sepa, Domenica, ¿Maddalena tenía algún admirador? ¿Alguien que la siguiera o que le escribiera mensajes? —la interrumpió Marco.

Domenica negó con la cabeza.

—No, hasta hace unos meses Maddalena era una niña. Le divierte vestirse como una adulta, está deseando ir al teatro el 16 de noviembre próximo, por eso salimos, para hacer las últimas compras. Aún no sabe lo que es la coquetería, nadie le hace la corte por el momento, a pesar de que se está convirtiendo en una gran belleza, pero… —Esta vez alzó la voz para ahogar las posibles objeciones de Pisani—. Debe saber una cosa, *avogadore*.

Por fin, logró que Marco y su amo la escucharan.

—Desde hace un año soy amiga de Giacomina Santucci, la doncella personal de la señora Lucia Giustinian, la mujer de Giovanni Giustinian Lolìn, del palacio de San Vidal. Hace tres días, es decir, el miércoles, debíamos salir juntas a mediodía, como tenemos por costumbre hacer todas las semanas, la tarde que libramos. La esperé una hora en el *campo* Santo Stefano, pero no acudió a la cita, así que fui a buscarla al palacio, pensando que, quizá, se sentía mal, pero el mayordomo me dijo que Giacomina había desaparecido. «¿Desaparecido? ¿Adónde ha ido?», le pregunté. El mayordomo me respondió poco convencido: «Por lo visto, ha regresado a su pueblo, porque nadie ha vuelto a verla desde que el lunes por la noche dijo que salía a dar un paseo. Pero es extraño, porque ha dejado aquí todas sus cosas». Me quedé boquiabierta, porque es una joven muy seria, me habría avisado si hubiera tenido algún contratiempo. El jueves pasé de nuevo por el palacio, para ver si había vuelto, pregunté si podía hablar con su señora, pero me dijeron que estaba ocupada. Luego… ayer me olvidé de ella…

El viejo diplomático resopló.

—No entiendo por qué estamos perdiendo tiempo con esa Giacomina en lugar de buscar a mi hija.

—Se equivoca, Barbaro —lo interrumpió Pisani—. Domenica podría haber tenido una buena intuición. Dígame, señora —añadió dirigiéndose al ama de llaves—, ¿cómo es Giacomina? ¿Cuántos años tiene?

—Es joven, tendrá unos dieciocho años, porque su señora tiene apenas veinte y no quiere tener doncellas mayores. Además, es muy guapa, con una melena rubia preciosa y los ojos verdes.

—Entiendo —murmuró Marco pensando que ya eran cuatro las jóvenes rubias que habían desaparecido en los últimos días. Demasiadas para que fuera casual. Las dos primeras habían muerto, pero ¿qué había sido de Giacomina y Maddalena?

—Hay que investigar también el caso de Giacomina —explicó a Barbaro—, porque los dos hechos podrían estar relacionados.

—¿En qué manera puede estar relacionada la desaparición de una doncella con la de mi hija? —replicó el viejo diplomático.

—No lo sé —contestó el *avogadore*—, pero lo descubriremos. ¿Giacomina tenía novio?

—No —respondió con firmeza Domenica—. Nunca ha tenido novio o lo sabría.

Tras despedirse de Barbaro, Marco cogió un transbordador y fue al muelle del *campo* San Moisé desde el que se encaminó hacia el despacho de Daniele Zen, bajo una ligera lluvia.

—Han desaparecido dos jóvenes más —informó a su amigo después de haberle dado el abrazo fraternal de rigor. Luego lo puso al corriente de los hechos.

—Espero que no terminen como las demás —dijo Daniele poniéndose la capa—. Supongo que querrás ir al palacio Giustinian, es la única pista que aún no hemos examinado.

Del *campo* San Moisé, dominado por la opulenta fachada barroca de su iglesia, cubierta de estatuas y bustos, al espacioso *campo* Santo Stefano, que terminaba en el puente de la Academia de Arte, había poca distancia, de manera que los dos amigos tardaron apenas unos minutos en llegar al bonito patio proyectado por Longhena, situado en el interior del palacio. Como era de esperar, un mayordomo vestido con librea los reconoció y les salió al encuentro. Un rasgo característico de los criados era la capacidad que tenían de identificar a primera vista a los aristócratas más importantes de la ciudad.

—¡Qué honor, *avogadore*! —dijo haciendo una reverencia—. ¿Cómo pueden ayudarle mis amos?

—He venido para hablar con la señora Lucia Giustinian —respondió Pisani.

—Voy enseguida a ver si la señora puede recibirlo —dijo el mayordomo haciendo amago de dirigirse hacia la escalinata que conducía a la planta noble.

—No me ha entendido —le explicó Pisani—. No es la señora la que decide si puede recibirme o no. La decisión la he tomado yo. Acompáñenos.

Desconcertado, el mayordomo les abrió paso por la escalinata, obra del arquitecto Longhena, que conducía al *pórtego*, que en ese palacio era muy largo, e hizo entrar a los invitados en una salita lateral, tapizada y decorada de color azul claro.

—Voy a ordenar que les sirvan un café mientras la señora se prepara —prometió.

—Pero si es casi mediodía —observó Daniele bajando la voz—. ¿A qué hora se levanta esa mujer?

De hecho, la espera no fue breve, pero cuando Lucia Giustinian hizo su aparición, quedó más que justificada. El vestido de seda rosa, con la falda voluminosa y el corpiño bordado, era más adecuado para asistir a un banquete del Dux que para una conversación matutina, al igual que la peluca rizada y adornada con plumas y que los zafiros que iluminaban el collar y los pendientes, que enmarcaban una cara redonda y más bien vulgar.

La dama tendió lánguidamente una mano adornada con un grueso diamante para que se la besaran e invitó a sus visitantes, que se habían puesto de pie cuando había entrado en la sala y se habían presentado, a tomar asiento.

—Siéntense, se lo ruego.

—Hemos venido, señora —dijo Daniele—, porque la *Avogarìa* ha sido informada de la desaparición de su doncella, Giacomina San…

—¡Ah, Giacomina! —lo interrumpió la joven dama escrutando a hurtadillas al atractivo abogado rubio y elegante con el que aún no había coincidido en sociedad—. La servidumbre no sabe tener la boca cerrada. ¿Quién les ha dicho que ha desaparecido?

—Si la noticia es inexacta, le ruego que la llame, porque nos gustaría hacerle unas preguntas —le dijo Pisani en tono desafiante.

Giustinian pensó que el alto funcionario, moreno y con perfil aristocrático, tampoco estaba nada mal y que, por si fuera poco, era también astuto.

—No está aquí —tuvo que admitir—. Al parecer, se ha marchado a su pueblo, que está en la isla de Burano.

—¿Al parecer o con seguridad?

La mujer resopló.

—¡Estas criadas! ¡Es imposible saber lo que quieren! Se marchó de repente el lunes por la noche y yo ahora tengo que contentarme con una vieja criada de la casa.

Daniele tuvo la irresistible tentación de agarrar a la mujer por los hombros y zarandearla con fuerza.

—¡Tiene gracia! —silbó—. ¡Una cría desaparece de su casa y usted solo se preocupa por quién la ayudará a vestirse ahora! ¿Ha interrogado al personal? ¿Ha escrito a su familia? ¿Ha denunciado al menos el hecho a la guardia del barrio?

—¡Todo eso por una simple doncella! —replicó la señora Giustinian. La mueca de desprecio se transformó en una desagradable risa sarcástica.

Pisani también había perdido la paciencia.

—Llame de inmediato a todo el personal de la casa —le ordenó lanzándole una mirada amenazadora.

Lucia tocó la campanilla sin rechistar y dijo al mayordomo, que apareció demasiado deprisa como para no hacer pensar que había estado con la oreja pegada a la puerta:

—Los señores quieren hablar con la servidumbre.

El hombre se quedó perplejo.

—¿Los cocineros, los pinches y los gondoleros también?

—Todos —contestó Pisani.

Poco a poco, en una media hora, se reunieron en la sala azul criados vestidos con librea, el personal de cocina con sus delantales, criaditas, la encargada del guardarropa y dos gondoleros con el uniforme de la *casada*, de la familia, capitaneados por el mayordomo. En total eran unas treinta personas.

Marco se puso en pie con Daniele, mientras la dueña de la casa prefirió seguir arrellanada, de forma ostentosa y con aire desdeñoso, en el sillón.

—El abogado Zen y yo, el *avogadore* Marco Pisani, hemos venido para averiguar lo que ha sucedido a una de sus compañeras, la doncella Giacomina Santucci, que, por lo visto, salió de casa el lunes por la noche y no ha regresado.

Los presentes se miraron, más sorprendidos por la molestia que se había tomado el *avogadore* que por el hecho en sí.

—Que levante la mano quien sepa algo, quien la viera antes de que desapareciera o hablara con ella —prosiguió Pisani.

Un criado bastante flaco alzó la mano balanceándose sobre las piernas.

—La vi el sábado pasado, hacia el atardecer —soltó de golpe a la vez que enrojecía.

—¿Dónde estaba? ¿Con quién?

El joven se abrió paso entre sus compañeros hasta llegar a la primera fila.

—Me llamo Geremia. Estaba en el *campo* Santa Maria Formosa haciendo un recado y la reconocí por detrás, por el lazo azul oscuro que lleva siempre en el pelo y por su cuerpecito esbelto —explicó ruborizándose aún más.

—¿Estaba sola?

El criado exhaló un suspiro.

—No, estaba con un joven alto y robusto, vestido con una casaca de trabajo, parecía un carpintero.

—¿Qué hacían? ¿Está seguro de que era ella?

Geremia se rascó la cabeza.

—Iban cogidos de la mano. Después embocaron una calle lateral y pude verla bien de perfil: era ella.

—¿Cómo era el joven? ¿Era su novio?

—A él no pude verlo bien, estaba oscuro y ellos estaban un poco lejos, pero me pareció que cojeaba un poco. En cualquier caso, creo que Giacomina no tenía novio.

—¡No tenía, me habría enterado! —terció una pinche joven vestida con un delantal y con los brazos enrojecidos hasta el codo—. Éramos amigas —añadió—, pero...

—Sigue —la animó Daniele.

—Bueno... —La joven tomó la palabra estrujando el delantal—. El lunes la vi en su dormitorio, en la buhardilla, se estaba arreglando para salir. Le pregunté adónde iba y ella, un poco confusa, me dijo que había quedado antes de cenar con un joven que le hacía la corte. Le pregunté quién era y ella me contestó que acababa de conocerlo, pero que le gustaba mucho, porque era guapo y amable.

—¿No dijo nada más? ¿Su nombre, de dónde venía...?

La muchacha negó con la cabeza.

—No, eso fue todo, pero cuando, a la mañana siguiente, vi que no había vuelto y que su cama estaba intacta, pedí ver a la señora y se lo conté.

Daniele miró de soslayo a Giustinian, que se estaba mirando las uñas con absoluto descaro.

—¿Quién le dijo, señora, que había regresado a su pueblo? A Burano, para ser más exacto.

Lucia Giustinian repitió su desagradable mueca.

—Me lo imaginé. Si una criada desaparece, ¿adónde puede ir?

—¿Se da cuenta de que es culpable de obstrucción a la justicia? —dijo Pisani con gran severidad.

—¿Por una criada? —Lucia se encogió de hombros.

—Por un ser humano. En cualquier caso, ahora queremos ver su habitación.

Acompañados de la pinche, que se llamaba Andretta, Marco y Daniele subieron a la buhardilla, donde se encontraban los dormitorios de los criados, que daban a un largo pasillo. La habitación de Giacomina estaba intacta. La ropa seguía en el armario.

—Están todos los vestidos —confirmó Andretta—. Salvo el que llevaba el lunes. —En el cantarano había una caja de polvo de Chipre y un tarro de perfume decorado. La ropa interior estaba en los cajones—. No se marchó —repitió.

Daniele sentía curiosidad por un tema.

—¿Cómo es la señora Giustinian? —preguntó a la pinche—. Es joven, pero no creo haberla visto nunca entre las señoritas casaderas de Venecia.

Andretta bajó la mirada.

—No puedo hablar del ama, me despediría.

—Solo te he preguntado de dónde es.

La joven suspiró y se decidió a hablar.

—De hecho, no es de Venecia. Su padre es un riquísimo comerciante de pieles y ella, se ve enseguida, es muy ambiciosa, solo que no es demasiado guapa y apenas estudió. Su padre conoció a Giovanni Giustinian Lolìn, noble pero al borde de la ruina, en una recepción, y el arreglo se hizo para satisfacción de todos. Ella vive en el Gran Canal, a pesar de que la aristocracia la ignora, el marido va a la suya y el padre ahora también comercia en el mercado veneciano.

Bajo una leve llovizna y a bordo de una góndola alquilada, Marco y Daniele fueron del palacio Giustinian a San Vìo, que se encontraba en el Gran Canal. A esa hora los palacios, los casinos y el Ridotto se animaban y el mal tiempo no parecía disminuir al denso tráfico de embarcaciones, cuyos ocupantes se saludaban sonrientes. En las ventanas abiertas, las calles que daban al canal o las góndolas se oían canciones, *strambotti* y villanescas que se superponían entre sí.

Ensimismado, como solía ser frecuente en él, Pisani observaba los magníficos palacios que iban dejando atrás, del clásico Contarini a los que se habían erigido en el siglo XVII, como el Gambara, o los góticos Franchetti, Barbaro y Balbi. Los estilos se mezclaban o superponían en muchos de ellos, a veces inspirados en el mundo oriental, y todos se desdoblaban al reflejarse en el canal. En la planta baja estaban la puerta de agua y los almacenes y en el piso de arriba se encontraban los suntuosos salones con adornos dorados, tapizados con valiosas telas y llenos de obras de arte.

—¿Sabes, Daniele? —dijo Marco rompiendo el silencio—. Venecia es la ciudad de los milagros.

Su amigo lo miró intrigado.

—Así es —prosiguió el *avogadore*—. Como sabes, hace mucho tiempo esto era una ciénaga. ¿No te parece milagroso que nuestros antepasados consolidaran las islas con millones de palos procedentes de los bosques del interior? También fue un milagro que, al estar en el agua, los palos se mineralizaran y se volvieran extremadamente sólidos. Después, los antiguos venecianos hicieron también su milagro evitando que la laguna quedara enterrada. Para ello tuvieron que desviar las desembocaduras de los ríos y limpiar los canales y las vías de agua. Y no lo hicieron tan solo para evitar que los invadieran. Si la laguna se hubiera cubierto de tierra, Venecia haría sido una ciudad como cualquier otra, defendida por tropas de tierra, pero más accesible para el comercio. En cambio, nuestros antepasados quisieron que la ciudad emergiese para siempre del agua, de manera que conservase su belleza y su carácter único. Así pues, partiendo de un puñado de pequeñas islas situadas al fondo del mar Adriático, Venecia se convirtió de forma milagrosa en una potencia económica, que no ha dejado de enriquecerse y embellecerse con obras de arte. El último milagro es que, a pesar de ser profundamente religiosa, sea la única ciudad del mundo católico que no dependa de la Iglesia. Además, sus mujeres son las más libres de Europa.

—Es cierto —corroboró Daniele—, pero ahora alguien nos las está arrebatando.

Capítulo 9

Faltaba una hora para cenar y por el ajimez del *pórtego* de casa Pisani, en San Vìo, salían las notas de la romanza que Chiara estaba tocando en la espineta, acompañada por la bonita voz de *mezzosoprano* de Costanza. Las dos arañas de Murano expandían la luz mágica e irreal de las velas, mientras el criado Martino iba de un lado a otro dando los últimos toques a la mesa puesta en la sala adyacente.

—Menudo elemento, Lucia Giustinian —comentó Daniele, que se había sentado delante de la chimenea, a Marco y Guido mientras esperaba que estuviera lista la cena en casa de sus amigos, un rito que celebraban todos los sábados—. Me entraron ganas de pegarle.

—Adalgisa la vio un día en el mercado de Rialto peleándose por un rodaballo con el cocinero de la familia Mocenigo —les contó Guido aludiendo a su bigotuda ama de llaves—, gritaba que era una señora y que tenía derecho de precedencia.

Platone, que dormía en el sofá al lado de Marco, alzó una oreja, abrió los ojos y se lamió enérgicamente la pata derecha.

—Por lo visto, el dinero es el mejor afrodisíaco —ironizó su amo— y el pobre Giovanni Giustinian se resigna a hacer el ridículo con esa mujer.

Platone se levantó y se estiró con placer.

—Y mira que es fea, tiene la nariz aplastada y la boca tan grande como la de un horno —se ensañó Daniele.

Platone enderezó la cabeza, con las orejas en alerta, dio un salto y echó a correr con la cola tiesa hacia la escalinata, donde desapareció de la vista de todos. Fuera se oyó el chapoteo de una embarcación y unas voces.

Una góndola de alquiler, que había entrado por la puerta de agua, se arrimó a la pequeña dársena del jardín y de ella desembarcó un joven con el pelo rubio y despeinado y la ropa arrugada y sudada, que, tras apoyar la bolsa de viaje sobre el brocal del pozo, enfiló la escalera de la entrada y corrió hacia el entresuelo, donde dejó la capa.

La cocinera, Gertrude, y el ama de llaves, Rosetta, se asomaron respectivamente de la cocina y la despensa y el joven las saludó al vuelo:

—¡Soy Nani, he vuelto!

Sus botas resonaron después en la escalinata y, con Platone pisándole los talones, atravesó como un rayo el *pórtego* agitando un brazo.

—¡Qué estupendo es volver a casa! ¡Esperad un momento! —Siguió corriendo por la escalera que llevaba al segundo piso. Agarró un candelabro de una de las mesas apoyadas a la pared y entró por una puerta que se abría al fondo del pasillo.

Marco, Daniele, Guido y las señoras lo encontraron lanzando al aire a Benedetta, que, con las piernas al aire y el pelo suelto, se reía encantada de que la hubieran sacado de la cuna. La nodriza, Giannina, que también se había despertado de golpe, intentaba cogerla, pero Benedetta lanzaba pequeños gritos de alegría entre los brazos de Nani.

«¡Cómo ha cambiado mi vida gracias a Chiara!», pensó conmovido Marco, recordando la época en que su casa era silenciosa y triste.

Más tarde, se reunieron en el comedor. Giuseppe, el anciano criado de la casa Pisani, les servía. Al sirviente le habría gustado organizar recepciones mundanas a su amo, pero a este le interesaban muy poco, por no hablar de su mujer, quien, en lugar de relacionarse con las aristócratas de la ciudad, dirigía una sedería y trataba con los comerciantes. En cualquier caso, nunca habían llegado tan lejos, pensaba Giuseppe mientras salía de la cocina con la bandeja del *risotto* con alcachofas. En la mesa, sentado entre el doctor Valentini y la señorita Costanza, se encontraba el gondolero Nani, un joven guapo, despierto y estudiante universitario, desde luego, pero que, en el fondo, no dejaba de ser un huérfano, hijo de nadie, aunque se estuviera preparando para ser abogado. «Están exagerando —se decía Giuseppe mientras tendía la bandeja a la señora Chiara, a pesar de lo mucho que quería a Nani—. ¡Los señores! Imposible entenderlos».

—Echaba de menos a la niña —decía entretanto Nani—. ¡Tan pequeñita, es una miniatura, y tan perfecta! Con ese olor a recién nacida y esos ojos… Hacía falta en esta casa.

—Ella también siente predilección por ti —afirmó Marco—. Le encanta que la zarandees. Pero ahora háblanos de Padua.

—Bueno, estudiar no es un problema, los escolapios con los que crecí eran más severos que los profesores universitarios, así que supongo que lo conseguiré.

—¿Dónde vives? —preguntó Guido mientras se servía un aromático hígado a la veneciana—. Recuerdo que, cuando hacía la especialización con el profesor Morgagni, los propietarios de las habitaciones donde nos alojábamos pedían mucho dinero por ellas, porque estaban muy solicitadas.

—Vivo en casa de una viuda, una buena mujer —respondió Nani—. Las habitaciones decentes siguen costando mucho, pero el *paròn* es generoso y no tengo problemas.

Marco se echó a reír.

—¿Aún me llamas *paròn*? Sea como sea, si mal no recuerdo, cuando me escribiste decías que pensabas venir a Venecia hace más de tres semanas.

Nani se ruborizó ligeramente y jugueteó con el pedazo de torta de espinacas que tenía en el plato.

—Esa era mi intención —confesó—, pero las continuas lluvias aumentaron el caudal de los ríos y los torrentes, de manera que el Burchiello no zarpó el día en que tenía previsto venir, pero… a la mañana siguiente partía un convoy de correos para Roma…

—Y fuiste a ver a la condesa Marta Poli —dijo Daniele riéndose para concluir la frase. El joven parecía aún más cohibido.

—Viajar con los carruajes del correo es incómodo, pero cuesta poco y es seguro. En cambio, si uno viene de Padua a Venecia a caballo en esta estación, además de los caminos cenagosos, corre el riesgo de cruzarse con algún bandido por lo pronto que oscurece.

—Hiciste muy bien. —Chiara le sonrió con afecto a la vez que cortaba la tarta milhojas de crema—. Tomaremos el café en el despacho del *avogadore* —prosiguió dirigiéndose a Giuseppe.

—¡Igual que antes! —comentó Guido tomando asiento con Nani y Daniele al escritorio del despacho de Marco mientras Chiara y Costanza servían el café y el dueño de la casa ponía un par de candelabros para iluminar la superficie del mueble, donde había dejado la carpeta que contenía los datos sobre las muchachas desaparecidas.

A continuación, Daniele contó brevemente a Nani el hallazgo de los cuerpos de Iseppa y Rosa y la desaparición de Maddalena Barbaro y Giacomina. Costanza, que prefería no participar en las investigaciones, se sentó al lado de Platone en el canapé que había delante de la chimenea, dominada por el retrato de Virginia, la primera mujer de Marco, que Chiara no había querido quitar. «Esta es su casa —había dicho—. Su espíritu debe de estar aquí, porque, sin duda, vela amorosamente por nosotros».

Marco tomó la palabra.

—Cuando encontraron los cuerpos de Iseppa y Rosa, dudé un poco de que se tratara del mismo caso, a pesar de que las dos murieron estranguladas, pero, después de haberme enterado hoy de la desaparición de Giacomina y Maddalena, creo que es evidente. En Venecia hay un tipo o, mejor dicho, varios, que secuestran a jóvenes agraciadas y rubias, a las que luego asesinan estrangulándolas con una cuerda.

—Así es —asintió Daniele meditabundo—. Lo único que tienen en común las víctimas es el aspecto: jóvenes, guapas y rubias. El origen social es muy diferente: una aristócrata, una criada, una burguesa y una prostituta. Es extrañísimo.

—Por lo que veo —dedujo Nani—, a alguien le ha dado por matar a mujeres rubias.

—¡Un momento! —lo interrumpió Daniele—. Solo hemos encontrado dos cadáveres.

—Además, lo raro es que a las dos jóvenes no las mataron justo después de secuestrarlas —añadió Guido—, sino varios días después.

Nani, que escuchaba atentamente, preguntó:

—Pero usted, doctor, ¿ha entendido qué les sucedió esos días?

Valentini acabó de saborear un pastelito.

—Las encontraron desnudas, así que en un primer momento era razonable pensar que las habían violado, pero en los cuerpos no había ninguna huella de violencia, solo la marca de la cuerda con la que las estrangularon.

—De manera que —añadió Daniele— es posible que Giacomina y Maddalena aún estén vivas.

Chiara había seguido la conversación con la mirada un poco velada. Sentada al lado de Marco, metió instintivamente una mano en el bolsillo de la *velada* de terciopelo verde oliva que su marido llevaba puesta desde esa mañana y, tras sacar el pendiente en forma de gota de Maddalena, que Domenica, el ama de llaves le había entregado, se lo puso en la palma.

Las llamas del candelabro que estaba delante de ella empezaron a ondear y unas sombras se deslizaron por su rostro. Se hizo un gran silencio. Todos habían comprendido lo que iba a suceder. Chiara contempló las llamas unos minutos, luego volvió en sí, y el fuego, tras arremolinarse por última vez, volvió a ascender con normalidad.

Chiara permaneció pensativa un momento y, acto seguido, sonrió a sus amigos.

—Espero que no pensarais que había perdido el don —ironizó.

—¿Aún lo tienes, Chiara? ¿Con la niña en casa? —la reprendió Marco, tan contrariado como siempre. No podía olvidar los episodios en los que Chiara, después de una de sus visiones paranormales, se había sentido mal, aunque debía reconocer que, más de una vez, las intuiciones de su mujer le habían ayudado a orientar la investigación.

Ella volvió a sonreír.

—Las niñas de la familia Renier crecimos rodeadas de «espíritus», como tú los llamas. Son inofensivos. Ahora, por ejemplo, ¿cómo crees que sabía que tenías el pendiente en el bolsillo? No me lo dijiste, es más, estoy segura de que lo habías olvidado. Los «espíritus» movieron mi mano hacia él y he visto...

—¿Qué? —preguntaron a coro los demás, mientras Marco refunfuñaba y se apresuraba a recuperar la joya, y Platone, con la cola hinchada, resoplaba desde el estante más alto de la librería.

—¡Las tres están vivas!

—¿Tres?

—Pues sí, reconozco que es extraño —reconoció Chiara sacudiendo la cabeza—. Ya sabéis que, después de los contactos telepáticos que tuve con Swedenberg, el gran médium y científico sueco, tengo visiones con más facilidad y estas son más claras. En cualquier caso, estamos hablando del reino de lo sobrenatural, así que ante mis ojos no se despliegan historias como en el teatro, sino escenas separadas. Siento flujos de energía y sensaciones.

—Vamos, vamos, no nos tengas en ascuas —terció Guido—. Cuéntanos que has visto.

Jugueteando con el largo collar de aguamarinas que lucía, Chiara les explicó que, por un momento, había tenido la impresión de estar en un jardín exuberante, lleno de palmeras y papiros, grupos de cactus altísimos y setos de mirto azul, hierba de limón y flor del paraíso. Percibía el olor de las hierbas aromáticas y el rumor lejano de las olas. De repente, unas voces la habían distraído. Al volverse, había visto con toda claridad a tres jóvenes con unas melenas rubias muy largas y vestidas de blanco, que paseaban por una avenida de magnolias. Ellas también la habían visto y la habían llamado con un ademán de la mano, al mismo tiempo que le pedían ayuda.

—Pero ¿te pareció que estaban bien? —quiso saber Marco.

—Seguro que sí. La energía que percibía era positiva. Están vivas.

—Pero si han desaparecido cuatro y dos están muertas, solo pueden quedar otras dos —objetó Pisani.

—No —replicó Chiara con dulzura—. Son tres.

—Bueno —dijo Marco, que conocía de sobra la fiabilidad de las visiones de su mujer—. Si han secuestrado a una quinta, no tardaremos en saberlo… Sea como sea… —Suspiró con profundo agradecimiento—. El martes tengo que informar sobre el caso a los tres inquisidores y la conversación con ellos siempre es desagradable. Seguro que ya se han enterado de la desaparición de la pequeña Barbaro y están al acecho.

Nani tomó la palabra:

—Entretanto, como sigo siendo capaz de manejar una góndola, si estáis de acuerdo, mañana podría ir a Burano para intentar averiguar algo sobre Giacomina. Así sabremos si está o no en su casa. En cuanto a Iseppa, ya que estamos tratando de averiguar quién la mató, no deberíamos olvidarnos del actor ambulante que la dejó embarazada. Es poco probable que sea el asesino, pero debemos estar seguros.

—Bien pensado, Nani. Averigua adónde fueron los actores de la compañía después de salir de Venecia y ve a buscarlos.

A la mañana siguiente, Nani se emocionó un poco al reencontrarse con la góndola de *casada*, «su» góndola, que nadie había usado después de su marcha. La abrillantó, la sacó de la dársena del jardín, saltó a popa y empezó a remar enérgicamente para cruzar el Gran Canal. El día era frío, pero soleado, y tenía ganas de volver a ver su ciudad, así que decidió dirigirse hacia las *fondamenta* nuevas a través de la red de canales internos del barrio de San Marcos. Costeó el *campo* Sant'Angelo y se deslizó por el *rio* de los Fusèri y el de los Scoacamini, que, a esa hora de domingo, estaban desiertos. De hecho, solo se oía el rítmico chapoteo del remo al hundirse en el agua verde. En el *rio* Santa Marina se detuvo delante de un local que estaba abriendo y, tras amarrar la góndola a un palo, saltó a la orilla para saborear el primer café del día. A continuación, pasó por el *rio* de los Mendicanti, a lo largo de un lado del asilo homónimo, por debajo de las guirnaldas de telas que los tintoreros de la zona tendían para secarlas, y, al salir a las *fondamenta* nuevas, la laguna se abrió ante sus ojos.

Una ligera brisa encrespaba las aguas verdes en perenne movimiento y, a lo lejos, los bancos de arena parecían flotar, danzando como visiones oníricas.

Nani respiró hondo el aire marino, que tanto había añorado en Padua, se quitó la capa que cubría su uniforme de gondolero y, plantado con las piernas abiertas en popa, recuperó satisfecho su poderoso golpe de remo. Bordeó la isla de San Michele y, siguiendo el itinerario marcado por las *bricole*, se adentró por los canales submarinos de la laguna, que conocía como la palma de su mano.

Remó durante una hora, con su melena rubia al viento, disfrutando del frío, que tonificaba sus músculos, sin pensar en nada, sin recuerdos ni remordimientos.

Tras dejar atrás San Francesco del Deserto con su campanario, que parecía emerger del agua, embocó el canal principal de Burano, entre las casas pintadas de amarillo, naranja, azul claro, carmín, violeta, todos los colores del arcoíris, y, tras recorrer varios metros, amarró la embarcación entre los quechemarines, las *mascarete* y los *sciopòn* de los pescadores locales, y se dirigió hacia el puente que llevaba a la iglesia de San Martino, que se reconocía desde lejos por su campanario inclinado. Sabía que era muy poco probable que Giacomina hubiera regresado a casa, pero, como llevaba cierto tiempo sin investigar un caso, le apetecía volver a recomponer un cuadro analítico de los hechos.

El interior renacentista de la iglesia era amplio y luminoso. No era la hora de misa, así que los bancos solo estaban ocupados por unas ancianas, que charlaban entre ellas mientras pasaban las cuentas del rosario. Nani se encaminó con paso firme hacia la sacristía, donde encontró un párroco decrépito, inclinado sobre un cajón de paramentos sacerdotales, intentando ordenarlos.

—¡Me han dado un sacristán que los domingos se dedica a hacer lo que quiere! —gruñó alzando hacia Nani unos ojos ofuscados por las cataratas—. Los pobres que vivimos en esta isla estamos dejados de la mano de Dios. Pero ¿quién es usted?

Nani se presentó como un gondolero veneciano y le preguntó dónde vivía la familia Santucci.

—¿Ha venido desde Venecia para ver a los Santucci? —exclamó el viejo irguiendo con gesto doloroso la espalda—. Son unos pobres pescadores. ¿Quién puede estar interesado en ellos? A menos que esté buscando a una de sus hijas, porque son muy guapas. La mayor trabaja como camarera en Venecia. ¿Por qué ha venido a buscarla aquí?

—Pasaba por aquí y me dije que era una buena ocasión para verla —mintió Nani. Solo un anciano como el que tenía delante podía creerse que hubiera llegado hasta allí por casualidad.

—Debe buscarla en Venecia, todos se marchan de aquí.

Desesperado, porque no había manera de que el hombre lo entendiera, Nani repitió:

—¿Dónde viven los Santucci? —Esta vez consiguió que se lo dijera.

Mientras caminaba por las calles del pueblo, contrariado por tener que comunicar a la familia de Giacomina que esta había desaparecido, lo atrajo el celestial aroma a fritura mixta que salía de una modestísima taberna medio desierta. Le vino a la mente que esa mañana no había probado bocado y entró sin pensárselo dos veces.

El dueño, un joven despierto y pelirrojo, que lucía un delantal inmaculado y se moría de ganas de charlar un poco con alguien, anotó lo que Nani le pidió.

—Usted es gondolero en una casa aristocrática —observó—. ¿Qué lo ha traído a Burano?

A Nani se le ocurrió una idea. Si se le brindaba la posibilidad de averiguar si Giacomina había regresado o no a su casa sin anunciar a toda la isla su desaparición, ¿por qué no aprovechar la ocasión? En el fondo, ya tendrían tiempo para las malas noticias.

—Mi señora se ha enterado de que Giacomina Santucci es una buena doncella —contó al joven que le había servido un vino con aroma a mar—. ¿Puedes ir a su casa mientras como para ver si está? De ser así, luego iré a hablar con ella.

El tabernero, animado por la buena propina, se quitó el mandil y salió del local. No tardó mucho en volver.

—He visto a su hermana Clara —le explicó—, me ha dicho que Giacomina trabaja ya en Venecia y que, si su señora está de acuerdo, ella misma puede sustituirla, porque es tan capaz como su hermana.

—Se lo diré a mi ama —respondió Nani, que había comprendido que Giacomina no había vuelto a su casa y que en Burano nadie sabía una palabra de su desaparición. No había ninguna necesidad de informar a su familia, podían esperar a ver cómo se desarrollaba la investigación.

A pesar de no haber averiguado nada, cuando volvió a subir a la góndola se sintió profundamente agradecido por todo ese mar y ese cielo que había visto y respirado.

Capítulo 10

El mal humor que sentía Marco Pisani mientras atravesaba refunfuñando la plaza de San Marcos el martes por la mañana, vestido con la toga de color rojo y la peluca, estaba más que justificado. El *avogadore* se iba abriendo paso entre médicos con trajes oscuros, empleados, trabajadores del Arsenale que se dirigían a trabajar, vendedores de buñuelos y cacahuetes y mendigos. Los tres inquisidores, los exponentes del Consejo de los Diez que adoptaban por turnos las decisiones políticas y administrativas más importantes del Estado, lo estaban esperando. Y, para sentirse a la altura de semejante responsabilidad, era inevitable que los altos funcionarios encontraran siempre puntos débiles en las actuaciones ajenas.

Pisani estaba convencido de que lo iban a desaprobar por no haberles aclarado aún qué había sido de la pequeña Barbaro, pero el mayor problema era que los ilustrísimos Da Mula, Trevisan y Diedo no sabían que Maddalena era solo una parte de un plan criminal más amplio, y era de esperar que se inquietaran cuando se enterasen.

Lo aguardaban en la sala de paredes de cuero oscuro del Tribunal Supremo, en la penumbra, sentados con sus togas en las antiguas sillas que rodeaban la larga mesa. Además de ellos, iban a asistir también al encuentro el secretario y Matteo Varutti, el Capitán Grande o jefe de la policía, que siempre había apreciado la manera de actuar de Pisani, por más que en ocasiones transgrediese los límites.

Una vez más, Pisani se estaba excediendo en sus funciones de *avogadore*, que solo le obligaban instruir los procesos, recopilar pruebas y tratar con los abogados de los prisioneros. Dado su amor por la justicia, Pisani acudía personalmente a los escenarios del crimen e iba a buscar las pruebas cuando intuía la verdad. Y, obviamente, en esa tarea tan delicada, que requería introspección psicológica, fantasía, capacidad de observación e información, lo que más le irritaba era tener que ir a dar cuenta a las autoridades cuando aún estaba muy lejos de haber resuelto el caso.

Cruzó suspirando el umbral de la sala y, como solía tener por costumbre, se consoló mirando fugazmente el techo decorado con pinturas de Tintoretto.

—Tome asiento, avogadore Pisani. —La voz sarcástica de Trevisan lo sacó de su ensimismamiento—. Da la impresión de que todos los sucesos oscuros le ocurren a usted.

—Quizá porque siempre los resuelvo —replicó Marco sentándose delante de sus interlocutores.

—Así que supongo que no tardará mucho en averiguar quién ha raptado a la joven Barbaro. ¿Sabe si su padre tiene enemigos? ¿Es posible que se trate de una venganza?

Pisani se dirigió también al resto de los presentes.

—Por desgracia, señores, el asunto no es tan sencillo y no afecta exclusivamente a los Barbaro.

Andrea Diedo, que parecía dormitar como siempre, se despertó de golpe.

—¿Qué quiere decir, *avogadore*?

—En las últimas semanas han desaparecido cuatro muchachas con el pelo rubio. Hemos encontrado los cadáveres de dos de ellas, de las otras dos no sabemos nada —les explicó Pisani.

—¡Dios mío! —exclamó Antonio Da Mula—. ¿Cómo es posible que el Consejo de los Diez no haya sido informado de inmediato?

—Me temo, excelencia, que la muerte de una prostituta y de la hija de un panadero, además de la desaparición de una doncella, no constituyan una noticia. Con todo, la *Avogarìa* abrió enseguida una investigación.

—Entiendo —comentó Da Mula con aire turbado.

Trevisan tomó la palabra:

—Todos los días desaparecen prostitutas y doncellas, no veo qué motivo hay para preocuparse. El caso de Barbaro es diferente.

Ese era el tipo de comentarios que encolerizaban a Pisani.

—Puede que a usted no le preocupe, Trevisan, yo, en cambio, considero que cualquier persona, ya sea doncella, artesana, bailarina o prostituta, tiene derecho a la justicia, de manera que hay que perseguir con idéntico celo a quienes les hacen daño.

Trevisan se echó a reír.

—Nunca cambiará, Pisani, es usted un idealista. Pero, bueno, ¿puede decirnos que ha descubierto hasta ahora?

—Pienso que la circunstancia de que las cuatro víctimas sean muy jóvenes, especialmente guapas y rubias no puede ser casual. Es más, cabe la posibilidad de que haya desaparecido alguna joven más con las mismas características y que aún no sepamos nada de ello —dijo Marco sin la debida cautela.

—Si nadie ha denunciado el hecho, ¿de dónde sale esa suposición? —preguntó Varutti.

Pisani carraspeó.

—Esto… mi mujer…

El Capitán Grande, que había colaborado varias veces con Pisani y que conocía a su familia y lo estimaba, no se sorprendió.

—De manera que van a presentar otra denuncia —lo interrumpió.

Los tres inquisidores no sabían una palabra sobre el don de la señora Pisani y no comprendieron la alusión.

—¿Cómo está su mujer? ¿Sigue trabajando en la sedería? —susurró con malignidad Marcantonio Trevisan.

Marco lo fulminó con la mirada.

—Así es, vende la seda que produce en todas las cortes europeas, al igual que hacían en el pasado los mercaderes que comerciaban con especias, perfumes, cristales y tejidos artísticos, los mismos que construyeron Venecia y la enriquecieron. Es más —añadió poniéndose en pie—, mi mujer no solo vende, además crea telas de seda maravillosas, auténticas obras de arte.

—Es cierto —corroboró Diedo tras despertarse—. A mi mujer le encantan, su esposa es una gran artista.

—Cuente conmigo para lo que necesite, excelencia —se ofreció Varutti mientras lo acompañaba más tarde por el pasillo—. Mis guardias están a su disposición.

—Gracias, el capitán Brusìn ya me ha echado una mano. Pero, si he de ser sincero, que quede entre nosotros, como nuestros ilustres inquisidores se han olvidado de preguntarlo, he de reconocer que en la *Avogarìa* aún no tenemos ninguna pista, no logramos comprender quién hace desaparecer a las jóvenes y qué hace con ellas. Me aterra pensar que el objetivo sea asesinarlas a todas. Por suerte, aún no han aparecido los cadáveres de la joven Barbaro ni de Giacomina, la doncella de Burano, a pesar de que ya han pasado varios días desde que se ausentaron.

—Si no son tres… —murmuró Varutti con una sonrisa de complicidad.

Obedeciendo al ofrecimiento que había hecho la noche de su regreso, Nani empezó a hacer averiguaciones sobre Agostino Dolce, el actor que, según la declaración de Bianca Cedroni, había dejado embarazada a Iseppa. La compañía de teatro ambulante a la que pertenecía Dolce había pasado el verano en Venecia y se había instalado en un piso de la *salizada* del *rio* Tana. Siempre de acuerdo con las palabras de la amiga de la víctima, Agostino se había vuelto a marchar rumbo a un destino desconocido con el resto de la compañía, sin saber que iba a ser padre, pero nada garantizaba que eso fuera cierto. En el fondo, una paternidad no deseada y, quizá, la insistencia de Iseppa en regularizar la situación, podían constituir un buen móvil para matarla. La hija del panadero había hablado también a su amiga de un tal marqués Guidotti, al que había conocido por casualidad y que le había pedido una cita. Pero Iseppa podía haberse inventado todo para ocultar que seguía viéndose con el guapo Agostino.

Nani era consciente de que los rasgos de las cuatro víctimas apuntaban a una sola mano ejecutora, pero antes de aceptar oficialmente esa tesis necesitaba pruebas y la única manera de exculpar a Dolce era encontrarlo e interrogarlo.

Así pues, el martes por la mañana, tras haber recibido permiso para usar la góndola, amarró debajo del puente del Arsenale y desde allí se dirigió a pie hacia la *fondamenta* Tana, donde se erigían las casas de los trabajadores del astillero. Una vez allí, se detuvo delante de tres mujeres que estaban sentadas a la puerta de casa, enhebrando las cuentas que sacaban de varios cestos que se encontraban encima de una pequeña mesa.

Las mujeres, dos ancianas y otra más joven, habían echado el ojo al atractivo joven, elegantemente vestido con una *velada* azul oscuro y con los ojos del color del mar, desde que había aparecido por el pequeño puente del *rio*, de manera que cuando las saludó diciendo: «Buenos días, hermosas señoras», esbozaron una sonrisa cautivadora.

—Me gustaría saber —prosiguió Nani animado— dónde vivía la compañía teatral que actuó en Sant'Elena este verano.

La joven, rechoncha y pecosa, se puso en pie de un salto.

—Yo le acompañaré —le propuso y, sin aguardar respuesta, echó a andar costeando el *rio* dando pequeños saltitos—. Aquí es —exclamó al llegar ante una casa ruinosa.

—Muchas gracias. —Nani sonrió—. Pero no me has dado tiempo de explicar lo que quiero. Necesito hablar con el propietario.

—Es el dueño de esa taberna —dijo la muchacha señalando la puerta del local en penumbra que ocupaba la planta baja del edificio.

Nani entró y, al chirriar la puerta, salió de la trastienda un hombrecito embutido en un chaleco desabrochado sobre una camisa llena de manchas y unos pantalones de terciopelo. Se había peinado el poco pelo que le quedaba de forma que le cubriera bien el cráneo.

—¿En qué puedo servirle? —preguntó educadamente con una vocecita chillona—. Tengo un vino magnífico de los Colli Euganei.

—La verdad es que he entrado por otro motivo —le explicó Nani después de pedirle que le sirviera un vaso—. Sé que este verano alquiló las habitaciones de arriba a una compañía de actores ambulante.

—¡No me lo recuerde! —exclamó el tabernero alzando la voz y llevándose las manos a los cuatro pelos que le restaban—. ¡Entraban y salían a todas horas, hablaban a gritos y al final se marcharon sin pagar la última semana y me dejaron la casa hecha una pocilga! Pero ¿por qué le interesan? ¿Los conoce?

Al oír la parrafada del tabernero, a Nani le entraron ganas de echarse a reír.

—No —respondió con una punta de orgullo—. Me llamo Giovanni Pisani y trabajo para la *Avogaria*. —El hombrecito se alertó—. Lo único que quiero saber es adónde fueron cuando se marcharon.

—¿Qué ha pasado? —lo interrumpió el tabernero—. Ya decía yo que no debíamos aceptarlos, pero mi mujer insistió. ¿Han hecho algo malo?

—Que yo sepa, no. —Nani pudo, por fin, meter baza—. Solo necesito que me diga adónde fueron.

El tabernero se rascó la cabeza.

—No lo sé, pero quizá mi mujer... ¡Cesiraaa!

Una mujer menuda de unos cuarenta años, vestida con decoro, con la cara pálida y coronada por una pequeña cofia blanca, y unos ojos negros y penetrantes como alfileres, salió de la trastienda al oír la llamada.

—El señor quiere saber adónde pensaban ir después de Venecia los miserables que se alojaron aquí, para desgracia nuestra —le dijo su marido.

—Bueno —contestó Cesira volviendo a escanciar un poco de vino al cliente—, la verdad es que se marcharon sin decir una palabra y no dejaron ninguna dirección.

Nani sabía de sobra que la ocupación preferida de cualquier arrendador de habitaciones era escuchar detrás de las puertas.

—Puede ser, señora —insinuó—, pero imagino que los oyó conversar en alguna ocasión, aquí, mientras cenaban. —Tras decir esto dejó en el mostrador el remedio más eficaz contra la resistencia a hablar: un ducado de plata.

El efecto fue inmediato.

—Sí, la verdad es que, antes de que escaparan, oí que uno de ellos hablaba de Oriago, es más, me preguntaron por los horarios del Burchiello, ya sabe, el barco que navega por el canal del Brenta.

—Oriago —dijo meditabundo Nani, que conocía el lugar como la palma de su mano: era una de las paradas de la embarcación con la que viajaba a Padua. El Burchiello zarpaba a primera hora de la mañana, de manera que tenía que esperar al día siguiente para concluir su encargo.

Eran las siete de la mañana, la luz del alba empezaba a despejar a duras penas las tinieblas nocturnas cuando Nani llegó con una barca al muelle donde atracaba el Burchiello, que se encontraba en Fusina, donde el canal del río Brenta desembocaba en la laguna. Los dos robustos caballos que debían arrastrar la embarcación por el camino de sirga hasta Padua ya estaban uncidos y los pasajeros estaban subiendo a bordo. Envuelto en una gruesa capa, Nani dejó atrás la antesala destinada a la servidumbre y tomó asiento en un pequeño salón tapizado. El día era frío y no invitaba a viajar, de manera que había poca gente: un par de monjas rezando el rosario, varios estudiantes y tres o cuatro señores con aire de ser comerciantes, acompañados de sus empleados.

El Burchiello se movió en la neblina otoñal y Nani cayó en un agradable torpor, favorecido por la contemplación del paisaje llano, apenas animado por algún que otro caserío, entre acacias y chopos ya desnudos y ramas de sauce inclinadas hacia el agua.

Se despertó en la esclusa de Moranzani, donde se abrieron las compuertas de madera que impedían el paso, y el agua empezó a subir para que el Burchiello pudiese superar el desnivel de la corriente.

Nani conocía bien el trayecto, que lo llevaba de Venecia a la Universidad de Padua. Pensó en lo mucho que había cambiado su vida en el último año. Siempre se había sentido a gusto con Pisani, incluso se había divertido con él en más de una ocasión, pero debía reconocer que, en el pasado, lo atenazaba con frecuencia una sensación de vacío. No tenía futuro como gondolero y se avergonzaba de su apellido, Casadio, que revelaba su condición de huérfano. En cambio, ahora era un Pisani, llegaría a ser abogado y trabajaría con Daniele Zen, ¡el mundo era hermoso y él se sentía feliz!

A todo ello había que añadir el amor. Gracias a su atractivo y su elegancia natural, había tenido un sinfín de aventuras, fáciles en una ciudad tan abierta en sus costumbres como Venecia, pero ninguna lo había apasionado de verdad, hasta que había conocido en Roma a la condesa Marta Poli.

Marta había buscado en él algo más que un amante, quería un hombre de verdad, de manera que él había podido compartir con ella sus pesares, revelarle sus sueños. Era la mujer que deseaba tener a su lado en los años venideros. Nani suspiró al pensar que Marta estaba casada. Cierto era que su marido era viejo, casi un padre para ella, un padre enfermo y obligado a guardar cama debido a la gota, pero, en cualquier caso, un padre por el que ella sentía un gran afecto y que únicamente le pedía que velara por la reputación de la familia.

El Burchiello había llegado a la altura de villa Foscari, conocida como la Malcontenta, quizá la más bonita de las cuarenta mansiones vénetas proyectadas por Andrea Palladio, que salpicaban los campos del Brenta, donde los ricos se retiraban a pasar los meses estivales. Sobre los prados se había formado una niebla densa, que había convertido al edificio en una especie de visión onírica, en un castillo de hadas suspendido entre las nubes. La embarcación arribó por fin a Oriago, una pequeña ciudad de origen romano, antaño también fortaleza paduana y por aquel entonces un importante centro comercial a caballo entre el campo y la ciudad. El muelle se encontraba justo delante de la taberna Sabbioni, un local agradable, cálido y bien iluminado, justo lo que el gondolero necesitaba después de la navegación.

Nani tomó asiento cerca de la chimenea y pidió que le sirvieran un buen desayuno a base de fiambre y café. Miró alrededor para ver a quién podía pedir información y eligió a una camarera que estaba quitando una mesa vecina.

—¿Qué desea el señor? —preguntó la joven en respuesta al ademán de Nani haciendo una ligera reverencia, que hizo oscilar su trenza castaña.

—¿Cómo te llamas?

La muchacha sonrió.

—Carla, para servirle, excelencia. —A saber lo que había ido a hacer a Oriago un joven tan atractivo, con los ojos verdes y el pelo brillante, que le caía por debajo del refinado tricornio, pensó la camarera.

—Pues bien, Carla, tengo que hablar con una compañía de actores ambulante que, según me han dicho, está por aquí. ¿Sabes dónde puedo encontrarlos? —dijo mientras le ponía varias monedas en una mano.

—Por supuesto, excelencia. El espectáculo es maravilloso, pero debe esperar a esta noche para verlo.

—¿Dónde puedo encontrarlos? —insistió Nani, que no tenía el menor interés en verlo.

La camarera se metió las monedas en un bolsillo e hizo una nueva reverencia.

—Es muy sencillo: vaya a la iglesia parroquial de Santa Maria Maddalena, cuando salga, doble a la derecha y camine unos veinte minutos hasta dar con ella. Detrás del edificio está la explanada donde los actores ofrecen sus espectáculos y, a cierta distancia de él, hay una antigua casa de colonos abandonada. Viven allí. Si quiere, pido permiso y lo acompaño.

Nani declinó el ofrecimiento y, tras dar buena cuenta del desayuno, echó a andar por el camino de sirga que costeaba el canal. Tras rodear la iglesia, vio la explanada y, en el centro de esta, un rústico escenario apoyado sobre varios barriles y rodeado de un telón. En la neblina, divisó a lo lejos una casa de campo con el henil en ruinas y los postigos rotos. Aun así, por el hilo de humo que salía de la chimenea comprendió que estaba habitada

La puerta estaba cerrada, de manera que Nani tuvo que llamar de forma insistente antes de oír una voz. Cuando, por fin, se abrió, vio una muchachita desgreñada de unos quince años, aún en camisón, que bostezaba.

—¡Vaya unas prisas! —refunfuñó—. ¿Se puede saber qué quieres a esta hora?

—Por si no lo sabes, son las once de la mañana. Además, deberías aprender a hablar de usted a las personas mayores que tú. Quiero ver a tu padre o a tu madre, me manda la *Avogarìa* de Venecia —replicó Nani entrando sin grandes miramientos en una gran cocina en penumbra, donde las brasas de la noche anterior aún estaban encendidas. Abrió los postigos y vio un local sucio, con los platos de la cena encima de la mesa y un cajón abierto, lleno a rebosar de telas multicolores. En un rincón había una mesita coronada por un espejo, donde se amontonaba un sinfín de maquillaje de escena. Al sentir su presencia, una familia de ratoncitos se apresuró a entrar en la grieta de una pared.

La joven había subido una escalera de madera y Nani oyó que estaba despertando a los demás a voz en grito. En cualquier caso, tuvo que esperar unos veinte minutos a que hiciera su aparición una pareja de mediana edad. La mujer era alta y bien formada, con una melena de color caoba, y lucía un vestido morado que había conocido tiempos mejores. Su marido era alto y descoyuntado, y vestía una camisa bajo un chaleco ligero de raso negro.

—Somos Rosita y Tonio Dolce —se presentó el hombre demostrando cierta educación—. Disculpe el desorden —añadió señalando la cocina con un ademán—, pero solemos volver muy tarde por la noche y estamos cansados. ¿Nos buscaba a nosotros?

Nani, que se había sentado en una silla delante de la mesa, los sopesó con una mirada. Eran pobres, pero no parecían gente de mal vivir.

—Siéntense —los invitó tras presentarse—. Habría podido enviar a la guardia con una citación, pero he preferido verlos en su propio ambiente.

Tonio lo interrumpió preocupado.

—¿La guardia? Pero ¿por qué? No hemos hecho nada malo.

—Ustedes puede que no, pero su hijo Agostino dejó embarazada a una joven de Castello llamada Iseppa, hija de un panadero.

Entretanto, habían ido llegando varios jóvenes y una vieja, que se había sentado al lado de la caja donde guardaban la ropa y se había puesto a coser.

—¡Ven aquí, Agostino! —dijo Tonio a un muchacho atractivo y moreno que estaba mordisqueando un pedazo de pan—. ¡Ven a oír esto!

Agostino se acercó sorprendido y se quedó boquiabierto al oír que le preguntaban:

—¿Sabes que dejaste embarazada a Iseppa, la hija del panadero de Castello?

—¿Quién, yo? No, es imposible.

—¿Cómo que es imposible? ¿Follaste con ella o no? —terció Nani iracundo.

El joven abrió desmesuradamente los ojos, de un bonito color azul.

—Sí, sí, pero pocas veces. —Su padre le dio un sopapo en la cara.

—¡Te he dicho mil veces que las muchachas no se tocan! —rugió—. ¡Y si un funcionario de la *Avogarìa* ha venido hasta aquí para decírtelo, debes de haberte metido en un buen lío!

—Pero ella no me dijo que estaba embarazada —protestó Agostino tratando de justificarse—. No sabía nada, me acabo de enterar.

—¡Ahora tendrás que casarte con ella! —lo reprendió su madre—. Al menos, ¿es guapa? ¿Se podrá unir a la compañía?

—Bueno, la verdad es que es guapísima —confirmó Agostino, que entreveía la luz al final del túnel donde se había metido—. Y también bastante rica.

Atraído por aquella inesperada escena, el resto de la familia había formado un corro alrededor de la mesa y seguía atentamente el desarrollo de los acontecimientos. Mientras tanto, Nani reflexionaba. «Esta gente no sabía nada del embarazo de Iseppa, así que es posible que no sepa nada de su muerte», pensó. Debía ponerlos a prueba.

—No puedes casarte con ella —dijo a Agostino—. Está muerta, la secuestraron y la estrangularon.

En la cocina se instaló un silencio gélido, que no se rompió hasta que el cabeza de familia habló al cabo de unos minutos.

—De manera que usted, excelencia, ha venido a buscarnos porque piensa que nosotros matamos a esa muchacha.

A sus espaldas se elevó un rumor indistinto, donde solo destacaba la voz llorosa de Agostino.

—Pobre Iseppa. Yo la quería, creía que volveríamos a vernos dentro de unos meses.

Nani pensó que no debía insistir. Esa gente le daba mucha pena y no había hecho nada. Es más, Agostino se habría considerado afortunado si hubiera podido casarse con Iseppa. La muerte de la joven seguía siendo inexplicable, al igual que la desaparición de las demás. Había llegado el momento de volver a casa.

Capítulo 11

—¡Menudo espectáculo, *paròn*, cuánto lo echaba de menos! —Mientras remaba enérgicamente en dirección al Palacio Ducal bajo un pálido sol de noviembre, Nani, vestido con una *velada* de color crema, contemplaba la cuenca de San Marcos a la vez que serpenteaba con agilidad entre la multitud de embarcaciones que la abarrotaban, desde barcos de guerra con las velas arriadas a cocas con el imponente castillo de proa y galeras largas y bajas, con velas y remos apropiados para transportar las valiosas cargas procedentes de Oriente.

En el agua, en las inmediaciones de San Nicolò, destacaba un velero francés de tres mástiles, con la toldilla de popa magníficamente esculpida y dorada, y una altura de tres cubiertas. Lo precedía un *sperone* maltés de un solo mástil, con la vela latina arriada y un parapeto alrededor de la cubierta para proteger la carga. Los grandes quechemarines del Adriático se dirigían hacia el Canal Grande, seguidos de una galera y de varias pinazas llenas de mercancías.

Y, por todas partes, como un enjambre de mosquitos, se movían los *topi* con las velas de colores, las ágiles *caorline*, cargadas con verduras llegadas de las tierras del interior y los barcos y quechemarines de pesca, pintados con alegres colores, que abastecían a la ciudad y al puerto, además de las *bissone* y las *ballottine*, que se entrenaban para las regatas, y de un sinfín de góndolas negras de alquiler y de *casada*. Había también varias gabarras de los mercaderes dálmatas amarradas al muelle de los Schiavoni, donde estos comerciaban.

Un bosque de mástiles, el chapoteo de los remos, un concierto de voces que se perseguían de una embarcación a otra.

Nani atracó en el muelle de la plaza, delante del cuartel de la guardia, ubicado en una fusta, y desembarcó con Pisani. A continuación, se encaminaron hacia la Escalinata de los Gigantes del Palacio Ducal, esquivando con consumada experiencia a los escribanos, mendigos, recaderos, abogados de tres al cuarto y factótums que había siempre a la entrada de la sede del poder.

Disgustado, Marco vio a lo lejos un inusual grupo de personas a la puerta de su despacho, discutiendo animadamente con Tiralli.

—Excelencia —lo saludó el secretario—, estos señores lo están esperando. Los manda el Capitán Grande, que ya los ha recibido.

Los visitantes lo asediaron tratando de hablar todos al mismo tiempo.

—Nuestra hija, excelencia —dijo un caballero rechoncho, con el pelo castaño recogido en la nuca y vestido con una *velada* gris y un chaleco bordado.

—Encuéntrela, se lo ruego —rogaba una dama que lucía un vestido brocado de color arándano, con los ojos anegados en lágrimas y las manos juntas en ademán de súplica.

—No sabemos dónde está —intentaba explicarle un joven elegante, de facciones clásicas, con una peluca castaña. La *velada* negra y bien cortada destacaba su complexión esbelta.

La cuarta persona era una mujer de unos treinta años, ataviada de forma más modesta, como un ama de llaves, pelirroja y con unos ojos negros y penetrantes en los que se leía una profunda angustia.

Nani y Jacopo lograron hacerlos callar el tiempo suficiente para que entraran en el despacho y tomaran asiento delante del escritorio.

—Veamos —dijo Pisani sentándose a su vez—. Anota lo que dicen, Nani. ¿Qué ha ocurrido? —preguntó a continuación al más anciano del grupo, presa de un mal presentimiento—. Pero antes preséntese, por favor.

—Soy Antonio Baldini —contestó el hombre, visiblemente nervioso—. La señora es mi mujer, Agostina, que ha venido con el ama de llaves, Tosca Chiaradio.

—¿Y este caballero?

El joven, que hasta entonces había mantenido la cabeza inclinada, sin apartar los ojos del suelo, la alzó con vivacidad. Sus ojos eran profundos y castaños y revelaban un gran cansancio.

—Soy Paolo Foscarini —respondió—, el novio de la hija de los señores Baldini, Francesca. —Hablaba con propiedad, debía de haber ido a una buena escuela—. Hemos venido porque ha desaparecido.

A Pisani no le sorprendió demasiado: una vez más, Chiara tenía razón.

—¿Tienen un retrato? —preguntó.

—Solo el medallón que me regaló cuando nos prometimos —contestó Paolo con cierta perplejidad. A continuación, extrajo de un bolsillo un saquito de terciopelo que contenía un retrato esmaltado de Francesca: una joven rubia y atractiva, con los ojos verdes y la boca carnosa.

—¿Es hija única? ¿Cuántos años tiene?

Agostina estrujaba el pañuelo que tenía en las manos.

—Francesca tiene diecinueve años —explicó con un hilo de voz—. Teníamos otra hija, Livia, un poco mayor que ella, pero murió hace dos años debido a una fuerte fiebre.

Pisani suspiró.

—Empiece usted, señor Baldini. Cuénteme todo.

—Pues bien... —Baldini carraspeó—. El 30 de septiembre, mi mujer y yo nos marchamos de Venecia, donde vivimos, en concreto en la calle de los Frati, en el *campo* Santo Stefano. Teníamos que ir a Dolo y cogimos el Burchiello nocturno en Fusina.

«El Burchiello nocturno», pensó Marco. Ese barco era mucho más incómodo, pero también mucho más barato que el que navegaba de día.

—Mi hija se quedó en casa con el ama de llaves, Tosca — prosiguió Baldini—. Debían reunirse con nosotros más tarde, cuando llegaran los muebles de la casa.

—¿Me está diciendo que iban a irse a vivir a Dolo? —lo interrumpió Pisani—. ¿Por qué?

Baldini volvió a toser.

—Una desgracia, excelencia. Soy... mejor dicho, era comerciante de especias. Las compraba en Esmirna para enviarlas a Inglaterra, pero este verano la galera que transportaba la carga fue asaltada en el Egeo por esos malditos piratas que infestan el Mediterráneo y que no hay manera de derrotar. No tenía seguro, porque cuesta demasiado, y me arruiné. Por suerte, el empleado que viajaba con la mercancía se salvó, pero yo tuve que cerrar mi negocio.

—¿Trabaja con el señor Baldini? —preguntó Marco a Foscarini.

—No, vivo en San Barnaba. —El joven se ruborizó. «Un *barnabotto*», pensó Pisani—. Pero soy un Foscarini —anunció levantando de nuevo la cabeza—. En Dolo me espera un puesto de capitán de las *cèrnide*, las tropas de tierra. He estudiado en la academia para nobles de la Giudecca.

—Y usted, señor Baldini, ¿qué hacía en Dolo?

Agostina lanzó un gemido.

—¡Excelencia! —exclamó enjugándose los ojos enrojecidos—. ¡Mi hija ha desaparecido! ¡Nunca llegó a Dolo! ¡Le ruego que no perdamos más tiempo!

—Hace unos años compré una finca agrícola allí —respondió Baldini ignorando a su esposa—. Es pequeña, pero, por suerte para nosotros, suficiente para vivir de ella. El 30 de septiembre, Agostina y yo viajamos hasta allí con la intención de preparar la casa para nosotros y para recibir después a Francesca y Paolo, que van a casarse.

Agostina no pudo resistirlo más y estalló en sollozos.

Pisani se dirigió a Tosca.

—¿Por qué se quedaron en Venecia usted y Francesca? —inquirió.

Tosca se lo explicó:

—La casa ya estaba vendida y el comprador no veía la hora de entrar, de manera que, como puede imaginarse, excelencia, debíamos hacer mil cosas: enviar a Dolo los muebles y los efectos personales, despedir a la servidumbre y completar el ajuar de la señorita.

Pisani hizo un ademán a Nani, que captó al vuelo el mensaje y salió.

—¿Y fue justo en ese periodo, después de que ustedes se marcharan, cuando desapareció Francesca?

—No —terció Paolo con cierta inquietud en la voz—. Terminada la tarea, Francesca quiso viajar a Dolo para preparar la boda.

—¿Sola? —preguntó Pisani asombrado.

Paolo suspiró.

—¡Me maldigo por habérselo permitido! Pero la verdad es que pensé que, si se embarcaba también por la noche, no nos costaría mucho dinero. Además, a Francesca se le había metido en la cabeza que quería ir. Yo no podía acompañarla, porque aún debo solicitar mi nombramiento, y Tosca me necesitaba para enviar los adornos de la casa.

—¿Qué día era?

Paolo se detuvo para hacer memoria.

—Eso es, era la noche del 15 de octubre. Nunca llegó a Dolo.

Pisani se quedó atónito.

—¡Dios mío! ¿Hace un mes? ¿Cómo es posible que no se dieran cuenta antes? ¿No avisó a los Baldini de que Francesca iba camino de su casa?

Foscarini se sacó de un bolsillo un pedazo de papel doblado.

—Por supuesto que sí, les escribí varios días antes de que se marchara, aquí tengo el recibo de correos de Mestre. El problema es que la carta nunca llegó a su destino.

—¡Qué raro! El correo veneciano es muy escrupuloso.

—Supuse que habían intentado entregar la carta mientras visitábamos los pueblos para comprar semillas —terció Baldini— y que la habían devuelto a su destinatario porque nadie nos conocía en Dolo.

En ese momento, entró Nani, seguido de un camarero del Florian con una bandeja de café, que luego sirvió a los presentes. Mientras se lo tomaban, Pisani les explicó que necesitaba conocer todas las circunstancias de la desaparición para que la búsqueda fuera eficaz.

—¿Y cómo se dieron cuenta de que Francesca no estaba ni en Venecia ni en Dolo?

El padre de la joven se lo explicó:

—Hacía mucho que no tenía noticias de ellos, así que les escribí. Al leer mis palabras, Tosca y Paolo imaginaron que

Francesca no estaba con nosotros y nos rogaron que volviéramos de inmediato a Venecia. Anoche, cuando llegamos, nos enteramos de que no se sabía nada de ella.

Agostina sollozó.

—Hace un mes... —dijo como si estuviera pensando en voz alta—. A una mujer joven le puede pasar de todo en un mes.

Tenía razón.

—Pero ¿Francesca quería casarse? ¿Era una boda por amor? —inquirió Pisani, más por escrúpulo que por otro motivo.

Baldini sonrió.

—Estaban muy enamorados, excelencia. —Foscarini se ruborizó—. Ella se moría de ganas y Paolo... —Baldini miró afectuosamente a su futuro yerno—. Se habían prometido antes de que me arruinara, pero no por eso cambió de idea. Es un buen muchacho.

Era el momento de pedirles que se fueran, porque Marco tenía muchas cosas que hacer.

—Muy bien, señores —dijo a modo de saludo mientras Jacopo los invitaba a salir del despacho—, iniciaremos enseguida la investigación, tanto aquí como en el interior, y los mantendremos al corriente.

Nani se moría de curiosidad y le habría gustado comentar con Pisani las novedades que habían surgido durante la conversación después de que los Baldini se hubieran marchado, pero Marco también lo obligó a irse.

—Ven a recogerme esta tarde. Ahora quiero ir a ver a Matteo Varutti. Hablaremos esta noche.

—Pero, *paròn*, esta noche debe ir al teatro.

Marco se dio una palmada en la frente.

—¡Es cierto, me había olvidado! En ese caso, prepárate para una reunión mañana por la mañana.

Pisani encontró al Capitán Grande en la antesala del Consejo de los Diez, hablando con un par de senadores. Al ver al *avogadore,* le salió al encuentro.

—Como se está ocupando de las extrañas desapariciones, le he enviado a unos señores que no encuentran a su hija.

—Ha hecho muy bien —dijo Marco—, pero ahora soy yo quien le necesito. ¿Puedo invitarle a comer en Menegazzo?

El *avogadore* y el jefe de la policía salieron a la plaza y enfilaron las Mercerie en dirección al café al que solían acudir los intelectuales de la ciudad. Encontraron una mesa tranquila y, tras pedir algo de picar y vino blanco, hablaron largo y tendido durante una hora. Antes de despedirse, quedaron en verse el sábado siguiente.

Capítulo 12

Mares y montes he recorrido luchando,
por ti a los enemigos derroté.
Ante ti estoy ahora, adorando
tu dulce semblante, a tus pies.

El escenario del teatro San Giovanni Grisostomo exhibía el más ostentoso de sus decorados. El palacio de la princesa por la que había luchado y vencido el pobre pastor Ahmed consistía en unos pabellones de cristal resplandeciente que giraban entre jardines en flor y templetes adornados con estatuas. En el umbral se encontraba el soprano que interpretaba a Ahmed, el cantante más célebre del momento, Lorenzo Baffo, apodado el Muranello. En su voz, de una extensión sobrehumana y una dulzura incomparable, resonaban el recuerdo de los peligros, la alegría del triunfo y los ruegos al cielo de un alma enamorada.

El propietario del teatro, el senador Michiel Grimani, había querido celebrar la breve temporada lírica previa al Adviento con *El ladrón de Bagdad*, la ópera que había cosechado un gran éxito el año anterior y que había contribuido a que el *avogadore* Pisani pudiera resolver un misterioso caso de homicidio.

En el palco de los Pisani, Marco y Daniele, luciendo una *velada* de noche, y el doctor Valentini, vestido con un sobrio traje de paño negro, veían el espectáculo de pie, detrás de Chiara y Costanza. Aplaudieron frenéticamente cuando bajó el telón y los actores y los cantantes hicieron varias reverencias al público.

Daniele se volvió al oír que llamaban a la puerta. Obedeciendo a su invitación a entrar, la figura distinguida y elegante de Michiel Grimani se recortó en la luz del pasillo, del que llegaba el fuerte aroma del café que los camareros estaban empezando a servir.

—Amigos, señor —dijo Grimani sonriente haciendo una leve reverencia—. No quiero molestarles, pero una persona quiere hablar con el *avogadore* en el despacho del señor Bianconi. —El empresario del teatro, que llamaba la atención por tener las piernas cortas y una complexión robusta, apareció a espaldas del senador—. He pedido que sirvan allí el café —anunció.

En el despacho de Bianconi, que tenía las paredes cubiertas de librerías llenas de documentos teatrales, estaban ya sentados a la mesa el Muranello y una joven bailarina, vestida aún para la representación, con una amplia falda de tul de color rosa larga hasta el tobillo. Llevaba el pelo, muy rubio, recogido en la nuca.

Hacía tiempo que el famoso soprano no viajaba a Venecia, de manera que Marco y el resto de los presentes lo saludaron con afecto.

—Os he llamado, amigos —dijo el cantante, más fascinante que nunca con sus prendas orientales—, porque mi compañera, Angelica, tiene algo que contaros que quizá os interese. La desaparición de Maddalena Barbaro ha causado una gran impresión y se dice que no es la única joven que se encuentra en paradero desconocido.

Marco Pisani suspiró mientras dejaba la taza encima de la mesa.

—Imaginaba que la noticia se difundiría. La verdad es que quienes estamos investigando el caso seguimos sin saber por qué han desaparecido esas muchachas ni dónde debemos buscar al culpable. También desconocemos los medios de los que se vale para capturarlas, así que agradecemos cualquier información —dijo observando con suspicacia a su mujer, que acababa de acariciar una mano de la bailarina.

Angelica sonrió a sus interlocutores.

—Creo que me salvé gracias a mis dotes atléticas —les reveló captando de inmediato la atención de los presentes—. Sucedió anoche, después del espectáculo, así que era bastante tarde. Salí del teatro y fui al patio del Miliòn, que está a un paso de aquí. Mi modista vive allí y debía probarme el vestido que me está haciendo.

—¿Por qué fue sola? —preguntó Daniele.

Angelica abrió desmesuradamente sus grandes ojos azules.

—Que yo sepa, nunca han agredido a una bailarina por la calle —respondió—. Da la impresión de que el público piensa que solo vivimos en el escenario.

—La verdad… —insinuó Guido riéndose, pero Angelica no se arredró.

—Supongo que se refiere usted a los señores que entran en los camerinos y se ofrecen para protegernos, pero lo cierto es que no nos asaltan furtivamente. Como saben —prosiguió la joven—, el patio del Miliòn es muy oscuro y anoche aún había luna nueva. Mientras intentaba dar con la puerta de la modista, arrepentida de no haber cogido una lámpara de aceite, oí unos pasos sigilosos. Me inquieté, porque era evidente que se trataba de alguien que no quería que lo oyera, parecía que caminara de puntillas.

Todos contenían el aliento. Michiel Grimani la regañó.

—Fuiste una imprudente, Angelica, no vuelvas a hacer algo así.

—Puedes estar seguro de que no lo haré —continuó la joven—. Pues bien, al oír los pasos, me paré un instante y, de repente, un hombre me abrazó por detrás e intentó taparme la nariz con un trapo maloliente.

—¡Pobre criatura! —exclamó Chiara—. ¿Cómo logró salvarse?

Para asombro de todos, Angelica enrojeció.

—Como saben, las bailarinas somos también algo contorsionistas y, además, los caballeros tienen un punto muy delicado… entre las piernas. Me volví rápidamente y le di una fuerte patada en ese sitio.

—¡Genial! —soltó Guido.

—El hombre aulló como un lobo a la luna llena —prosiguió Angelica— mientras se tocaba sus… joyas, momento que yo aproveché para correr como un rayo hacia el teatro.

—Así es —terció Lorenzo—. Angelica os ha referido alegremente su aventura, pero ayer estaba muy asustada. Como sabía de la desaparición de la pequeña Barbaro, le pedí que os contara lo que le había ocurrido.

—Me alegro de que lo hicieras —lo felicitó Marco—, pero usted, Angelica —añadió dirigiéndose a la bailarina—, supongo que no pudo ver la cara de su agresor.

—No. —La joven negó con la cabeza a la vez que bebía un sorbo de agua—. Pero oí otros pasos y tuve la sensación de que no estaba solo.

—Por eso me gustaría saber si en los días anteriores notó si alguien la seguía, por ejemplo, o si manifestaba algún interés por usted.

—*Avogadore* —objetó Angelica—, nuestros admiradores ocupan la platea y los palcos y, para vernos, repito, no necesitan seguirnos por la calle. En cualquier caso, no tuve la impresión de que alguien me estuviera vigilando.

—Dígame, Angelica, ¿ayer llevaba puesto un *zendado*, un chal o un pañuelo, algo que pudo tocar el desconocido? —terció Guido.

—Sí —contestó la joven—, me puse un chal de lana, porque hacía fresco.

—¿Puede prestármelo?

Angelica se levantó enseguida y volvió al poco con una prenda suave de color celeste, que entregó a Valentini.

A la mañana siguiente, Chiara, Daniele y Guido se reunieron en el despacho de Marco. A ellos se añadió luego Nani, que les traía noticias. Nada más llegar, sus amigos le contaron lo que le había sucedido a Angelica.

—Esta extraña historia empieza a tener un contorno definido —dijo Marco—, pero seguimos sin saber quién tira de los hilos. Sea como sea, he de reconocer que tenías razón, Chiara. Contando a Francesca Baldini, de la que solo oímos hablar ayer, las jóvenes desaparecidas son cinco, dos muertas y, esperemos, tres con vida.

—¿Acaso lo dudabas? —replicó Chiara mirándolo de soslayo mientras servía el chocolate caliente en las bonitas tazas de porcelana de Sèvres que había traído de su casa después de la boda.

—La cuestión ahora es averiguar quién las secuestra y qué hace luego con ellas —reflexionó Guido mientras olfateaba la bebida—. Lo que está claro es que a alguien le apasionan las muchachas venecianas rubias de ojos claros.

—Por desgracia —intervino Nani—, no sabemos cuántas intentará llevarse aún y cuál será su destino. Lo que le pasó el otro día a Angelica demuestra que esto aún no ha terminado.

—Y la muerte de Rosa e Iseppa evidencia que la vida de las demás también corre peligro —apuntó Daniele.

—En cualquier caso, no las viola —observó Valentini.

—Sea como sea —dijo Marco—, antes de matarlas las encierra varios días en alguna parte.

—Os recuerdo una vez más —precisó Chiara—, que no quiere matarlas, tres de ellas están vivas y se encuentran bien.

—Es cierto, Chiara siempre tiene razón —asintió Valentini—. Siendo así, me pregunto por qué mató a Rosa e Iseppa. ¿Se rebelaron? ¿Trataron de escapar? ¿Descubrieron la identidad de sus carceleros?

—Buena pregunta. —Daniele reflexionaba ahora en voz alta—. Otra cuestión pendiente es comprender cómo las elige y las aborda después.

Nani, que hasta ese momento se había limitado a escuchar respondió:

—Las aborda de varias maneras: al parecer, en los casos de Iseppa, Rosa y Giacomina alguien las cortejaba, pero ese alguien se negaba a dejarse ver. De hecho, quizá Rosa fue secuestrada por el falso pintor, Girolamo Zuffo de Pordenone, de quien nadie ha vuelto a saber nada. Iseppa, por su parte, le contó a su amiga que un tal marqués Guidotti de Vicenza se había presentado a ella y le había pedido una cita. Giacomina, en cambio, fue vista de lejos con un joven que cojeaba y que vestía una blusa de artesano.

—Bien pensado —lo felicitó Daniele—. En el caso de Francesca, sin embargo, desconocemos lo que sucedió. En cambio, sabemos que a Maddalena le tendieron la trampa un joven y una mujer, de la que solo se vio una mano. Angelica, por su parte, fue agredida por dos personas aprovechando la oscuridad.

—Pero eso no es todo —dijo Guido—. Como sabéis, le pedí a Angelica una de las prendas que llevaba puestas esa noche. El chal que me dio olía a éter.

En la sala se hizo el silencio.

—Eso significa que el secuestrador o los secuestradores tienen los medios y los conocimientos para aturdirlas sin hacerles daño —concluyó Marco.

Chiara alargó una mano para tocar el chal de color celeste que Guido había enseñado a sus amigos. Lo acarició durante un rato y luego volvió a dejarlo en su sitio.

—No logro establecer un contacto —confesó—. Nuestro hombre no transfirió su energía a la tela, no debió de tocarlo siquiera.

—Una cosa es cierta —sentenció Marco—, las jóvenes no fueron raptadas para pedir un rescate. Por otra parte, me gustaría saber si esos desalmados han terminado con sus fechorías o si se van a producir más desapariciones.

—Eso sin contar con que, en una ciudad como Venecia, donde las paredes tienen ojos y oídos, es un auténtico misterio que alguien pueda tener prisioneras a unas jóvenes sin que se sepa nada —añadió Zen.

Capítulo 13

El espionaje en Venecia era un arte con varios siglos de antigüedad, apreciado por las máximas autoridades de la República, que preferían recibir las noticias por vías solapadas que mantener una costosa y nutrida tropa de militares que vigilaran la seguridad del Estado y de las personas.

Las bocas de león, los agujeros abiertos en las paredes de algunos edificios públicos donde cualquier persona podía introducir denuncias anónimas, estaban diseminadas por toda la ciudad, pero hacía ya tiempo que el Consejo de los Diez no daba ninguna importancia a esas revelaciones, en su mayoría fantasiosas e imposibles de verificar.

En cambio, los espías profesionales eran numerosos y dignos de confianza, y a menudo recibían buenas recompensas, dependiendo de la veracidad de las informaciones que proporcionaban, denominadas *rifferte*. Se trataba de personas pertenecientes a todas las clases sociales, abogados, nobles arruinados, mercaderes, religiosos, orfebres y escribanos que se arracimaban alrededor del Banco Giro del *campo* San Giacometto, en Rialto, y frecuentaban la plaza de San Marcos, entre la calle de las Frezzerie y las procuradurías.

Estaban a las órdenes del Capitán Grande, que los convocaba en caso de necesidad, a pesar de que nunca se alegraba de verlos.

Por ese motivo, Matteo Varutti parecía muy cansado y nervioso cuando, el sábado por la tarde, acudió a la cita que había acordado con Pisani en Menegazzo.

—No se haga ilusiones —le dijo a Pisani, que lo había recibido cordialmente, dejándolo de una pieza—. He hablado con varios de ellos, como me pidió, pero he averiguado muy pocas cosas, algunas incluso ridículas. —Tras tomar asiento, pidieron vino de malvasía y sardinas en *saòr*—. He oído de todo —prosiguió—. Para no crear un alboroto en palacio y no tener que dar explicaciones al Consejo de los Diez, convoqué, como tengo por costumbre, a mis informadores en la sala de visitas de las prisiones nuevas y les pedí que entraran por el lado de tierra. He estado allí hasta ahora, algunos se dieron incluso el lujo de llegar tarde y luego tuve que discutir con ellos por la retribución. ¡No puedo más!

Marco sonrió comprensivo.

—Disculpe, pero era necesario hacerlo.

—Veamos: el abad Marco Marchetti, que vigila a los jugadores y a los rufianes, me dijo que los frailes de San Francesco della Vigna han secuestrado a las jóvenes por orden del embajador de Austria.

Pisani se echó a reír.

—Menuda fantasía tiene, debería escribir comedias.

Varutti suspiró antes de proseguir:

—El orfebre Nicolò Fiorin, famoso receptador, me aseguró que el secuestrador solo puede ser el conde veronés Domenico Carlotti y que raptó a las muchachas para luego obligarlas a prostituirse en su casa de la Giudecca. Envié dos guardias para que lo comprobaran y no encontraron nada.

—Siento haberle encomendado una tarea tan pesada —se disculpó Marco.

—Bueno, la verdad es que también me he divertido —admitió el Capitán Grande—. El escribano Giovanni Vincenti, que suele estar informado sobre las relaciones con criminales extranjeros, me dijo que los piratas uscocos que viven en la frontera han recibido agua tofana muy venenosa procedente de Nápoles con la que pretenden contaminar los pozos del Lido y que a cambio han entregado ¡ocho vírgenes!

—Esa sí que es buena.

—Aún hay más. Camillo Pasini, barbero de profesión, me recomendó que buscara a las jóvenes en el gueto, donde suelen disponer de vírgenes en los sacrificios rituales.

—No creo en esos sacrificios, pero es posible que alguien sepa algo en el gueto.

Varutti bebió un sorbo de vino y prosiguió:

—El abogado Antonio Andrioli, famoso por las trampas que hace jugando al faraón, me recomendó, en cambio, que las buscara en el *fondaco* de los turcos, donde, como sabe, no solo no pueden entrar las mujeres, sino tampoco mis guardias.

—Conozco a alguien que está relacionado con ese almacén —comentó Marco pensando en Valentini.

—A los turcos los ha acusado también Antonio Corner —continuó Varutti—, un sodomita de dieciocho años que ejerce en las procuradurías viejas y que está siempre bien informado. En su opinión, los turcos las secuestraron para jugárselas a los dados.

Marco sacudió la cabeza.

—¿Puedo ofrecerle un pedazo de tarta? —preguntó a su invitado.

—Gracias, pero he de marcharme. En cualquier caso, como ya sabe, ayer envié un grupo de guardias a caballo capitaneado por Brusìn al camino del Burchiello, aprovechando que hacía buen tiempo. Entraron en los locales públicos, en las granjas, en las casas de los colonos situadas en los márgenes del canal y preguntaron si hace un mes vieron por allí a una joven rubia, Francesca Baldini. Como era de esperar, nadie sabía una palabra.

Decepcionados y pensativos, el *avogadore* y el jefe de la policía se despidieron y se fueron cada uno por su lado, preguntándose cómo iban a resolver un caso tan complicado y doloroso como el que tenían entre manos. Los dos esperaban, sin confesárselo, que sucediera pronto algo que les indicara el camino a seguir.

Pero lo que ocurrió en los días siguientes complicó aún más el asunto.

Capítulo 14

Jadeando, después de haber corrido para calentarse por la escalera de caracol que se encontraba en el ala de los dormitorios, Elvira Clerici irrumpió en su habitación, encendió la lámpara de aceite, echó en la cama el bolso de seda bordada y, mientras se quitaba el *mantó*, se miró al espejo que coronaba el cantcrano. Lo que vio le gustó: a pesar de los años de semiclausura que había pasado en el internado del Ospedaletto, adyacente al hospital de los Derelitti, en Barbarìa delle Tole, se había convertido en una hermosa joven, con las facciones finas y una melena larga y rubia, además de un cuerpo esbelto, favorecido por los vestidos bien confeccionados que se podía permitir.

Llamaron a la puerta y, en respuesta a su invitación a entrar, se asomó Pierina Savio, su amiga y ayudante personal. Las dos jóvenes habían crecido juntas, pero, a diferencia de Elvira, Pierina se había formado para asistir a los enfermos, porque no tenía el mismo talento para la música.

—Te traigo una carta —dijo a su amiga—. Me la dio hace una hora una señora muy guapa, que te está esperando detrás de la esquina de la iglesia.

Intrigada, Elvira abrió el sobre mientras su amiga se hacía a un lado. A medida que iba leyendo la misiva, parecía más y más turbada, al final, se llevó conmocionada una mano al corazón, tiró la carta al suelo y, vestida aún con la ropa que llevaba al regresar a casa, bajó la escalera como una exhalación.

Cuando, el martes por la mañana, Jacopo llamó a la puerta del despacho de Marco Pisani, encontró a este bastante desanimado, examinando por enésima vez los pocos documentos y los escasos testimonios sobre la reciente desaparición de las jóvenes. La tentativa de secuestro de Angelica, miembro del cuerpo de baile del teatro San Giovanni Grisostomo, que había fracasado gracias a las dotes atléticas de la muchacha, demostraba que los problemas no habían terminado.

Las primeras palabras de Tiralli así lo confirmaron.

—Ha venido el señor Luigi Del Ben —dijo—, que dirige el Ospedaletto dei Derelitti. Debe hablar urgentemente con usted.

El Ospedaletto era una de las cuatro instituciones venecianas financiadas por la República, creadas hacía varios siglos como refugio para los pobres, los enfermos y los niños abandonados, que más tarde se habían convertido en unas escuelas de música excelentes para jóvenes que habían sido criadas y educadas en un ambiente que nada tenía que ver con el característico de los hospicios. En la ciudad había casi mil niñas necesitadas que vivían en las cuatro instituciones: además de los Derelitti, estaban también los Mendicanti, situado en el *rio* homónimo; la Pietà, que había sido escenario para Vivaldi, conocido también como el «sacerdote pelirrojo», que se encontraba en el muelle de los Schiavoni, y los Incurabili, en el canal de la Giudecca, en las Zattere. En ellos se seleccionaba a las niñas que estaban más dotadas para la música, que luego se convertían en unas cantantes o instrumentistas magníficas, conocidas en toda Europa.

Así pues, Pisani no pensó ni por un momento que Luigi Del Bene quisiera hablar con él de un problema relativo los enfermos del centro ni se sorprendió cuando lo vio entrar jadeando, con aspecto descuidado, y le dijo:

—¡*Avogadore* Pisani, ha desaparecido una muchacha del coro!

Del Bene, hombre entrado en años y corpulento, llevaba la corbata de encaje desecha y la capa colgando de un hombro. De sus confusas palabras Marco dedujo que desde la tarde del día anterior nadie había vuelto a ver a la *mezzosoprano* solista Elvira Clerici, una de las estrellas del Ospedaletto.

—Nadie se preocupó cuando no acudió al comedor a la hora de la cena, porque, como ya sabe —añadió—, las solistas disfrutan de una gran libertad, de manera que sus compañeras pensaron que los Cargnoni, la familia para la que había cantado poco antes, la había invitado a cenar.

—De acuerdo, director —dijo Pisani, que había entendido poco o nada de lo sucedido, salvo que era muy posible que se tratara del enésimo rapto—. Vaya a Barbarìa delle Tole. Entretanto, yo avisaré a mi colaborador y luego me reuniré con usted.

Daniele Zen estaba en su despacho de San Moisé. Al enterarse de la noticia, se alegró de que algo se moviera por fin en la investigación. Los dos amigos subieron a la góndola que conducía Bastiano y en unos minutos llegaron al *campo* San Giovanni e Paolo.

Como siempre, en el amplio espacio próximo a las *fondamenta* nuevas había puestos de verduras procedentes de las tierras del interior, ropa de segunda mano, imágenes sagradas, ollas humeantes de *fritole* y algodón de azúcar. Debajo de la estatua de Colleoni, un pequeño grupo de ancianos jugaba a la petanca. Faltaban pocos días para la procesión de la Virgen de la Salud y la ciudad se estaba preparando para la celebración.

Tras costear la gran iglesia gótica de San Giovanni e Paolo, Marco y Daniele enfilaron la calle llamada Barbarìa delle Tole, quizá por los numerosos aserraderos que había en la zona. Daniele se detuvo conmovido para observar la casa que se erigía a su derecha, que había sido recientemente reestructurada y dividida en pisos.

—Ahí conociste el año pasado a Costanza —dijo Marco expresando en voz alta el pensamiento de su amigo.

—Y ella, haciendo gala de su generosidad, la entregó gratuitamente a las familias a las que el notario había arruinado con su codicia.

Conmocionados, se volvieron hacia la izquierda para observar la fachada barroca y llena de estatuas y adornos de la iglesia de Santa Maria dei Derelitti, obra de Baldassare Longhena. En el interior se oían las emocionantes notas del *Magnificat* de Nicolò Porpora, que había trabajado y compuesto para el Ospedaletto.

—Alguien está ensayando en el órgano —apuntó Zen—. El coro que lo acompaña canta como los ángeles. Costanza siempre me ha dicho que la música que le llegaba de este edificio le hacía mucha compañía.

Al oír sus voces, una monja anciana, alta y delgada, con la cara larga y surcada de arrugas, abrió la puerta lateral por la que se accedía al colegio de señoritas. Era evidente que los estaba esperando.

—Soy sor Teresa Barbieri, priora de la institución. Síganme —dijo a modo de presentación. A continuación, cruzó con ellos un pasillo que salía a un amplio patio rectangular, en cuyo centro destacaba el elegante brocal de un pozo—. El patio permite airear los dormitorios —les explicó—. Hemos llegado —añadió. Dicho esto, entró en el edificio que estaba enfrente y empezó a subir una espléndida escalera de caracol.

Se detuvo en el primer piso e hizo entrar a sus invitados en un elegante salón, donde los esperaba el director Del Bene. Tras presentarse a Daniele, el director les explicó:

—No sé si saben que las jóvenes que viven en este ala están divididas en dos grupos.

—No conocemos el reglamento de las escuelas de músicas femeninas —lo interrumpió Pisani—. Lo único que sabemos es que cantan y tocan de maravilla, así que escucharemos encantados sus explicaciones.

Del Bene sonrió.

—Recogemos a las niñas huérfanas, de padres desconocidos o muy pobres para enseñarles un oficio con el que poder vivir honradamente. En cualquier caso, una de las materias principales en su educación es la música. Las que tienen talento pueden aprender a tocar el violín, el oboe, la flauta o el órgano o a cantar como solistas o en el coro. Además, las alumnas estudian cultura general y les enseñamos a coser, a bordar y a cuidar a los enfermos.

—Una instrucción completa —comentó Daniele.

—Que nos enorgullece. Piense, abogado, que incluso algunas familias aristocráticas nos confían a sus hijas, pagando, claro está, para que las eduquemos con nuestras alumnas. La enseñanza es igual para todas hasta los dieciséis años, luego, las jóvenes que demuestran tener dotes artísticas siguen y se especializan, mientras que las demás tienen que trabajar, pero son respetadas y reciben una paga.

—Pero sus orquestas vocales e instrumentales nunca actúan en los teatros, solo en capillas o en casas particulares, detrás de una gruesa celosía, para que nadie vea a las jóvenes —objetó Pisani—. En cierta medida, viven como si fueran monjas.

Sor Teresa tomó la palabra.

—Mientras viven aquí, las trabajadoras se alojan en el primer piso, en dormitorios comunes, pero las solistas viven, como las maestras, en las habitaciones individuales del segundo piso. Con todo, disfrutan de cierta libertad —precisó—. Pueden salir para tocar en las casas de los benefactores de la institución, en verano las invitan incluso a pasar temporadas en las casas de campo y les pagan muy bien. Cuando llegan a adultas, pueden elegir entre buscar marido o seguir aquí como maestras.

—De manera que es posible que Elvira tuviera novio —supuso Zen.

La priora negó con la cabeza.

—No, no tenía, y su desaparición es muy extraña. Pero ahora síganme, Pierina Savio, su mejor amiga, les contará todo.

La escalera de caracol terminaba en el piso superior. Una vez allí, sor Teresa y el resto del grupo entraron en un pequeño salón, donde una joven de unos veinte años, ataviada con un delantal de trabajo, los estaba esperando. Al ver a los recién llegados, hizo, confusa, una leve reverencia.

—Supongo que eres Pierina Savio y que fuiste la última persona que vio a Elvira. ¿Qué sabes de su desaparición? —preguntó Pisani.

—Yo le entregué la carta —balbuceó la joven enrojeciendo.

—¿Qué carta? Nadie me ha hablado aún de ella.

Pierina rebuscó en un bolsillo y extrajo un folio arrugado, aunque el papel parecía caro.

—La había olvidado —se justificó—. Cuando Elvira no se presentó esta mañana a la oración comunitaria, fui a su habitación. El folio es el mismo que le llevé ayer por la tarde y que cayó al suelo. En cualquier caso, al ver vacía la cama de Elvira, me asusté, así que me metí la carta en un bolsillo sin mirarla y no volví a pensar en ella.

Marco la leyó en voz alta:

Elvira, cariño, durante no sé cuántos años has creído que te abandoné, pero, en realidad, tu madre nunca dejó de pensar en ti y por fin ha llegado el momento de que nos reunamos.

Sigue a esta señora, que te acompañará al lugar donde me encuentro. Tu madre

Todos guardaron silencio.

—Su madre... —Suspiró Pierina—. Encontró a su madre. Ahora entiendo por qué se marchó... —Se enjugó una lágrima.

—¿Qué es esa historia de la madre? —preguntó Pisani, cada vez más desconcertado.

La priora se lo explicó.

—¿Sabe, *avogadore*? Nuestras alumnas son las más cultas y las mejor educadas de Venecia, sus dotes naturales son muy valoradas y reconocidas, algo inusual, tratándose de mujeres, de manera que, cuando llegan a la edad adulta, consiguen mantenerse bien con su trabajo, pero también es frecuente que la amargura de su origen las marque para toda la vida. La mayoría de ellas, entre las que se encuentra Elvira, fueron abandonadas cuando eran muy pequeñas y algunas, que, por desgracia, leen novelas francesas, sueñan con ser el fruto de un gran amor prohibido y tienen la esperanza de que un día uno de sus padres venga a buscarlas para darles un nombre y una posición. Y ese era el caso de Elvira Clerici, pues entre los paños que la envolvían encontraron una nota con su nombre de pila, razón por la que ella estaba convencida de que un día alguien acudiría a por ella.

—Sí, se lo contaba a todos —confirmó Del Bene.

Daniele sacudió la cabeza.

—Pobre muchacha, por eso corrió a reunirse con esa mujer. Pero tú la viste, Pierina, ¿cómo era?

La joven frunció el ceño tratando de recordar.

—Bueno... anoche, casi a la hora de las vísperas, volvía de un encargo, había ido a la mercería de la calle de los Fabbri a comprar seda para bordar. Aquí abajo, delante de la iglesia, me paró una señora muy guapa y me dio un mensaje para Elvira. Era muy elegante, lucía un vestido de raso de color carmín y un abrigo corto violeta, pero, además, tenía la mitad de la cara tapada por una máscara y llevaba peluca, de manera que no pude verla bien.

—¿Elvira no estaba en el Ospedaletto? —preguntó Pisani.

Pierina negó con la cabeza.

—No, el lunes por la tarde va siempre a casa de Bartolomeo Cargnoni, el benefactor del Ospedaletto, el industrial de los encajes de oro y plata más delicados, que luego vende en Venecia y en toda Europa. Su mujer recibe en casa los lunes y Elvira va a cantar para entretener a los invitados, acompañada de la virtuosa del violín Bianca Sacchetti. En cualquier caso, llegó poco después y le entregué el mensaje.

—Y luego desapareció —apuntó Zen.

La priora aclaró:

—No crea que no vigilamos a las jóvenes, abogado, lo que sucede es que, cuando van a actuar en los palacios privados, a menudo se quedan a cenar. Son profesionales, merecedoras de la máxima confianza, no unas atolondradas.

—De forma que, si no regresó anoche, debió de sucederle algo —concluyó Pisani—. ¿Tenía amigos fuera de aquí?

—Habla tú, Pierina, que la ves todos los días —aconsejó la priora.

Pierina se concentró.

—Elvira está muy solicitada y va mucho a casa de los Labia, los Pisani de Santo Stefano, los Soranzo y los Da Mula, pero no sé si tiene algún amigo en especial. Sé que, cuando viene a vernos al Ospedaletto cierto señor de buen ver, le gusta charlar con él. Es experto en alquimia y en la cábala y vive con los hermanos Bragadin, se llama Giacomo Casanova.

A Marco le pareció curioso que las vírgenes del Ospedaletto se entretuvieran conversando con el seductor más célebre de la ciudad. Tanto la priora como el director debían de ser muy ingenuos si desconocían su fama. El hecho de que ninguno de los dos supiera una palabra de los secuestros que se habían producido en la ciudad así lo demostraba.

—Ah, Casanova… —dijo Daniele riéndose sarcásticamente—, pero ¿a quién visita en este lugar?

—Es amigo mío —reconoció sin reticencia Del Bene—. Sabe mucho de música. A veces se queda a cenar.

Tras salir del Ospedaletto y llegar al *campo* San Giovanni e Paolo, Marco y Daniele se miraron y se comprendieron al vuelo.

—Estamos cerca del palacio Bragadin, en el *campo* Santa Marina —observó Daniele.

—Y Casanova vive justo ahí —añadió Marco completando en voz alta el razonamiento.

—¿Qué te parece si le preguntamos si ha notado algo extraño?

—No pensarás que Casanova tenga algo que ver con los secuestros —dijo Marco.

Daniele sonrió.

—En absoluto. Los raptos no son lo suyo y, por otra parte, tampoco sabría adónde llevar a las jóvenes. Él mismo se tiene que alojar en casa de los hermanos Bragadin. En cualquier caso, es listo y va a menudo al Ospedaletto, quizá haya notado algo extraño.

—Como estás tan bien informado, cuéntame lo que sepas sobre ese aventurero mientras vamos hacia su casa.

Bastiano los estaba esperando en la góndola. Tras dejar atrás el *rio* de los Mendicanti, embocaron el *rio* Santa Marina y llegaron casi enseguida ante el palacio donde vivía Casanova.

—A nuestro hombre le viene de familia —le explicaba, entretanto, Daniele a su amigo—. Sus padres eran unos actores bastante conocidos, pero se dice que él es fruto de los amores clandestinos de su madre, Giovanna Farussi, con el senador Michiel Grimani, al que tan bien conoces y del que, por otra parte, es el vivo retrato.

—Eso ya lo sabía, también sé que se mueve como pez en el agua en sociedad.

—Cierto, recibió una buena educación, pero vive atormentado porque carece de medios y, al mismo tiempo, es un manirroto.

—¿Por qué vive en el palacio Bragadin?

Daniele cogió a su amigo del brazo y los dos entraron en una *furàtola* del *campo*, donde pidieron vino blanco.

—Es una larga historia —prosiguió el abogado—, pero vale la pena que la sepas antes de conocerlo, porque su experiencia puede servirnos.

Marco cabeceó sonriendo.

—Una vez más, me falla la cultura mundana en un momento en que sería necesaria.

—Para eso me tienes a mí —replicó Daniele—. Entonces, nuestro hombre se crio con su abuela, se licenció en Padua y, tras regresar a Venecia, se hizo abad para tener una pequeña pensión. Entretanto, se ganó la simpatía del viejo senador Malipiero. Este fue su mentor en el juego de azar, la pasión por las fiestas y las mujeres y, además, le enseñó las buenas maneras. En sociedad lo apreciaban por su capacidad para abordar cualquier tema, de la filosofía al arte y las ciencias ocultas.

—Menudo fresco, gracias a los hombres como él, Venecia está considerada el burdel de Europa.

—Pero no he acabado de contarte su historia —Zen retomó su relato mientras bebía su vaso de vino—. Al parecer, Casanova sedujo a la amante del viejo Malipiero y, naturalmente, este lo echó. Entonces se fue de Venecia y vivió cierto tiempo en Roma, pero como allí no tuvo el éxito que esperaba, viajó a Francia y, según se dice, en ese país formó parte de la corte de Luis xv y se granjeó el favor de su amante, Madame de Pompadour. Nadie sabe cómo se mantenía, es un misterio, pero, por lo visto, en Francia aprendió los secretos de las artes ocultas, la cábala, la alquimia y la adivinación. Además, en Lyon se hizo miembro de la masonería.

—Pero ¿cómo acabó en casa de Bragadin?

—Ahora llego a eso. Hace unos años, regresó a Venecia, procedente de París, vestido como un violinista miserable.

Marco se echó a reír.

—¡Menuda novela!

—Espera, aún hay más. Una noche, Casanova tocó el violín en una fiesta y al salir vio por casualidad al senador Matteo Bragadin, que se había sentido mal y había caído al suelo. Casanova lo levantó, lo subió a la góndola, lo llevó a su casa y lo asistió hasta que llegó el médico. Sus cuidados fueron tan oportunos que le salvaron la vida. Agradecido, el senador lo puso bajo su tutela y le asignó un alojamiento y una renta. Ahora Giacomo anima las recepciones que organiza con juegos de magia y experimentos alquímicos. Las señoras lo adoran, porque, por lo demás, con su estatura y sus rasgos propios de medalla antigua, es un hombre muy atractivo y vive muy bien. Se le ve a menudo en el Ridotto y en Florian.

El mayordomo del palacio Bragadin guio a Pisani y a Zen por una escalera lateral hasta llegar a un pequeño salón, situado sobre el piso noble, con las paredes cubiertas de *boiseries* lacadas y doradas y amueblado con unos cómodos sillones de raso azul claro. Giacomo Casanova los aguardaba de pie junto a una mesa, donde el café recién servido humeaba en la jarra de plata. Era un hombre impresionante: altísimo, en la flor de la edad, vestido con una *velada* azul oscura adornada con pasamanerías de plata, medias de seda y una peluca blanca. En el momento de las presentaciones, hizo una elegante reverencia y, tras invitar a sus huéspedes a tomar asiento, les sirvió el café.

—Es un placer recibir la visita de unas personas tan ilustres —dijo sonriendo con delicadeza—, pero mi experiencia me sugiere que los señores han venido en realidad para tratar de resolver las recientes desapariciones de esas jóvenes gracias a mis humildes conocimientos.

Después de lo que le había contado Daniele, a Pisani no le asombraba ya nada de ese hombre.

—¿Está al corriente de lo que ha sucedido? —le preguntó en cualquier caso.

—No mucho —reconoció Giacomo—. Sé que Maddalena Barbaro desapareció y que últimamente le ha ocurrido lo mismo a Elvira Clerici, que vivía en el Ospedaletto. ¿Por qué han pensado en venir a verme?

Zen tomó la palabra:

—No sospechamos de usted, desde luego —precisó—, pero el director Del Bene nos ha dicho que usted va con frecuencia al Ospedaletto, así que el *avogadore* Pisani y yo pensamos que quizá en los últimos tiempos notó algo inusual, vio por allí gente extraña, habló con Elvira…

Casanova guardó silencio unos minutos.

—Señores —dijo al final—, considérenme a su servicio, hacer daño a unas jóvenes indefensas es un crimen espantoso. Me han dicho que otra joven, Rosa Sekerus, la cortesana, fue raptada y asesinada, y se habla de otras desapariciones. Si conociera todos los detalles, quizá podría ayudarlos.

Pisani tuvo que decidir al vuelo si podía fiarse o no del juicio de aquel singular caballero, pero al final decidió contarle con todo detalle el hallazgo de los cadáveres de Iseppa y de Rosa, y los pormenores de la desaparición de Maddalena, Giacomina, Francesca Baldini y Elvira, además del intento de rapto de la bailarina Angelica.

—¿Y dice, *avogadore*, que todas son jóvenes, guapas y rubias?

—Así es.

—¿Y de distinta procedencia social?

—Exacto.

—Si aún no han encontrado el cuerpo de las cuatro jóvenes desaparecidas, significa que aún están vivas. Es imposible esconder cuatro cadáveres en Venecia durante mucho tiempo. Y el hecho de que estén vivas descarta, por suerte, la posibilidad de que se trate de un loco asesino que se divierte asesinando mujeres.

—Correcto.

—Así pues, las raptaron con un objetivo concreto y la agresión a la bailarina del San Giovanni Grisostomo me hace pensar que la historia aún no ha terminado. Vamos a ver… ¿Quién puede necesitar… digamos… jóvenes de buen ver? Podría tratarse de un burdel, pero estos no se sirven de un único tipo de mujer, al contrario, apuestan por la variedad. Más bien… ¿no han pensado en un señorón musulmán, pues su religión les permite gozar a la vez de muchas mujeres? ¿Uno con una especial predilección por las rubias?

Marco y Daniele lo miraron boquiabiertos. Podía tener razón, debían analizar bien esa posibilidad.

—¿Nos está diciendo que las jóvenes podrían estar destinadas a un burdel de Oriente Medio? —preguntó Pisani.

—No, a un burdel no, creo que se trata más bien de un harén.

Capítulo 15

Nani amarró la góndola en el muelle del *rio* San Giacomo y se dirigió en compañía de Marco hacia el Instituto de Anatomopatología para ver a Valentini.

La noche anterior, después de haberse demorado con Daniele comentando el encuentro con Casanova y tras considerar posible, mejor dicho, reveladora, la suposición del caballero, Pisani había pensado que Guido podía tener algún contacto con los círculos de Medio Oriente, pues el *fondaco* de los turcos se encontraba cerca de su casa. De esta forma, resignado a acudir sin Daniele, que tenía un compromiso ineludible, a la mañana siguiente pidió a Nani que lo acompañara. El joven gondolero se mostró encantado de poder manejar de nuevo el remo, aunque no pudiera vestirse de nuevo como tal.

Guiados por Gasparetto, que los hizo entrar, encontraron a Guido en la biblioteca del primer piso, sumergido en un montón de voluminosos libros de medicina y farmacia.

—¿A qué te estás dedicando con tanto celo? —le preguntó Marco después de que Gasparetto les hubiera servido el café.

Valentini lo escrutó con sus ojos profundos e inteligentes.

—En mi reciente estancia en Roma, en el hospital de Santo Spirito, me interesé por la medicina del embarazo y la infancia —confesó—. En muchos lugares, sobre todo en el campo, momentos tan importantes como el parto están en manos de comadronas a menudo incompetentes, con unos resultados a veces desastrosos. Con frecuencia son mujeres que no saben una palabra sobre el desarrollo del feto ni sobre la transformación del aparato genital femenino en el momento de la expulsión. No sé si tu triste experiencia, Marco... —prosiguió dirigiéndose a Pisani, que había adoptado una expresión grave al recordar la muerte de su primera esposa—. No sé si el destino de tu mujer era inevitable o estuvo causado por la inexperiencia —calló para mover un libro—, pero como estamos dando pasos de gigante en la senda del conocimiento, basta pensar en las espléndidas ceras anatómicas de Bolonia que ilustran todos los momentos del embarazo, tengo la intención de fundar aquí, en las salas contiguas a la biblioteca, una escuela para comadronas con internado, de manera que las mujeres que no viven en Venecia también puedan asistir a ella.

Marco y Nani lo miraron con admiración.

—Me parece una iniciativa magnífica —afirmó Pisani—. ¿Quién la va a financiar?

—Bueno —respondió Guido mirándolo fijamente—, conozco a una persona que pertenece a las altas esferas gubernamentales y que quizá pueda convencer al Senado para que me respalde económicamente. Pero eso no es todo. Además, me gustaría estudiar también los tratamientos más adecuados para muchas enfermedades infantiles. La disentería, por ejemplo, causa estragos entre los recién nacidos y estoy seguro de que la causa es la falta de higiene. En cuanto a la viruela, que, como sabéis, azotó a mi familia cuando era niño y se llevó a mis hermanos —añadió señalando su cara llena de cicatrices—, sé que están tratando de prevenirla inoculando a los niños un suero atenuado de la enfermedad. La técnica se conoce como variolización y, a pesar de que aún queda mucho para que se obtenga un resultado definitivo a gran escala, estoy seguro de que un día lo conseguiremos.

—Creo que la humanidad estará en deuda con los hombres como tú. En cualquier caso, confieso que he venido a verte por otro motivo.

—No sé por qué, pero sospecho que se trata de las jóvenes que se encuentran en paradero desconocido. He sabido que anteayer desapareció otra del Ospedaletto.

Pisani puso al día a Valentini sobre los últimos acontecimientos y sobre la teoría de Casanova, quien pensaba que las jóvenes raptadas podían estar destinadas a un harén oriental.

—La idea no es descabellada —afirmó—. Anoche la analicé con Daniele. Explicaría los numerosos elementos extraños que se han dado en estas desapariciones, pero hay que verificarla.

—Es curioso que un aventurero esté ayudando a los altos funcionarios y a la guardia. Por lo demás, Casanova es experto en anhelos masculinos —ironizó Guido— y vosotros habéis pensado que, como vivo en Santa Croce, puedo tener algún amigo en el *fondaco*.

—No solo eso. Nos acordamos de que hace tiempo reconstruiste la nariz del mercader de Esmirna, Ibrahim Pontani, y, desde entonces, te adora. Si estuviera ahora en Venecia, podría sernos muy útil.

Valentini esbozó una sonrisa.

—Pontani es, en efecto, un querido amigo mío. Está en Venecia, sí, y podría verlo esta misma tarde.

—Nani y yo, por nuestra parte, iremos al gueto —le informó Pisani—. Los judíos son unos comerciantes y viajeros infatigables y siempre están muy bien informados. Creo que este asunto supera ya los confines de la ciudad, así que tenemos que ampliar el radio de la investigación y hacerlo cuanto antes, antes de que el secuestrador de las jóvenes se las lleve a saber dónde.

—¿Vas a informar al Consejo de los Diez? —preguntó Guido.

—No podemos ocultarle este nuevo vuelco en la investigación, pero antes me gustaría comprobar algunas cosas.

—¿Sabes con quién debes hablar en el gueto?

Marco negó con la cabeza.

—La verdad es que no, confiaba en que me lo sugirieras tú.

—Ve al gueto viejo y entra en el edificio que hay al fondo de la calle principal, el que hace esquina con el *rio* y tiene un pórtico con columnas en la fachada. Sube al séptimo piso y, cuando recuperes el aliento, porque la escalera es muy empinada, llama a la puerta en cuya placa aparece el nombre Ottolenghi. Allí vive mi amigo Aronne, un gran médico. Pertenece a la corriente levantina, que siempre ha mantenido relaciones con el Imperio otomano. Si alguien sabe qué se llevan entre manos los turcos en este momento, tanto los procedentes de Constantinopla como los señorones de las provincias, es él.

Con el pelo rubio al viento, desafiando el frío con apenas un jubón y una camisa, Nani condujo dando enérgicos golpes de remo la góndola de Pisani por el canal del *fondaco* de los turcos, cruzó el Gran Canal, embocó el Canal Regio y al final amarró en el muelle del puente de las Guglie. Tras dar unos cuantos pasos, el *paròn* y él enfilaron el *sotopòrtego* y salieron a la calle Ghetto Vecchio, que se encontraba en el centro del barrio que la Serenísima había destinado a los judíos en el siglo XVI.

Entre los numerosos edificios apiñados en los que se alojaba una población en constante aumento, Marco y Nani reconocieron, por el ir y venir de los fieles vestidos con gabanes y kipá, la sede de la Schola española y, algo más adelante, la de la levantina, una construcción de bonitas formas renacentistas animada por la galería o *liagò* de la fachada.

—Esos edificios equivalen, en parte, a nuestras escuelas de caridad —explicó Marco a Nani—, nuestras asociaciones benéficas y culturales, solo que estas acogen también los lugares de culto, las sinagogas.

El gueto era, en efecto, un mundo en constante movimiento, un flujo incesante de jóvenes y ancianos barbudos, que lucían largas vestiduras de gruesa seda de colores y unos sombreros redondos. Además, se veían hermosas mujeres, con los ojos oscuros, cubiertas con unos abrigos dorados, y niños, médicos, notarios y boticarios con las prendas propias de su profesión, o artesanos, banqueros, rabinos y mercaderes, estos con los vestidos típicos de sus respectivos países de origen.

Tras dejar atrás una taberna, el taller de un sastre y una tienda de velas, Marco y Nani llegaron por fin al edificio con el pórtico de columnas que les había indicado Valentini. Afrontaron con determinación la escalera, angosta y muy empinada, en parte de piedra y en parte de madera, con un par de pequeñas puertas en cada rellano de las que salían voces y olores. Cuando, por fin, llegaron al séptimo piso, vieron la placa con el nombre de Ottolenghi y Nani llamó dando varios golpes con la aldaba, que se oyó retumbar en el interior.

Tras oír unos pasitos apresurados, una joven ataviada con un ligero vestido blanco con bordados de color azul celeste abrió la puerta dejando entrever tras de sí una sala sorprendentemente amplia y luminosa, decorada con elegancia.

—Supongo —dijo sonriendo con desenvoltura— que los señores quieren ver a mi padre, el doctor Ottolenghi.

Pisani hizo una ligera reverencia.

—Me envía el doctor Valentini —explicó—, pero no estamos enfermos, solo queremos hablar con él.

—Mi padre está ocupado y tardará unos minutos, pero, en cuanto termine, estará encantado de poder hablar con unos amigos del doctor Valentini —les prometió la joven invitándoles a sentarse a una mesa. Luego salió y volvió enseguida con una jarra de vino y unos vasos—. Es vino *kosher* —explicó—. Lo hacemos respetando nuestras tradiciones, pero a los gentiles también les gusta.

Nani miró a su *paròn* desconcertado mientras la joven se retiraba haciendo ondear la amplia falda que lucía.

—Los gentiles somos nosotros —le explicó Marco—, los que no somos judíos.

Aronne Ottolenghi era un hombre alto y delgado, con una barbita blanca, y los recibió vestido con una *velada* ceñida, larga hasta los tobillos y negra, como la kipá típica de los médicos, también de los judíos, a los que la Serenísima había dispensado de usar el color amarillo.

—De manera que los señores son amigos de Guido Valentini —dijo con afabilidad—. Es un magnífico médico y un querido amigo mío. Estoy a su servicio, en lo que pueda ayudarlos.

—Soy el *avogadore* Marco Pisani —se presentó Marco—. Y el joven que me acompaña es mi colaborador, Giovanni Pisani. —Nani se sintió henchido de orgullo y gratitud—. Me han encargado que investigue sobre la desaparición de varias jóvenes, de la que, sin duda, habrá oído hablar.

Ottolenghi llenó de nuevo los vasos, pensativo.

—Confío en que la Serenísima no sospeche de nuestra comunidad —se atrevió, por fin, a decir.

Pisani negó con la cabeza sonriendo.

—Nada de eso, doctor —lo tranquilizó—. Por suerte hemos dejado atrás los años en que se acusaba a sus correligionarios de sacrificar a niños. No, hemos venido por otro motivo. Valentini me aconsejó que hablara con usted porque pertenece a la nación levantina y, por eso y por los contactos comerciales y culturales que esta mantiene tradicionalmente con el Imperio otomano, quizá haya sabido algo que relacione la desaparición de las jóvenes con la actividad de algún hacendado turco o, incluso, de los ambientes cortesanos.

—De manera que usted, *avogadore*, piensa que las jóvenes podrían haber sido secuestradas para destinarlas a algún harén oriental —intuyó Ottolenghi.

—Es una teoría que se nos ocurrió ayer y he de decir que, pensándolo bien, las desapariciones, mejor dicho, los raptos, porque de eso se trata en realidad, de unas jóvenes que solo tienen en común el hecho de ser guapas y rubias no pueden obedecer a muchas otras razones.

Ottolenghi se atusó la barbita con sus largos dedos.

—Pero si, como usted dice, estamos ante un caso de secuestro, eso supone que en Venecia hay dos o más turcos o magrebíes vigilando los movimientos de las muchachas que luego eligen y raptan. Le digo ya que eso es imposible: llamarían demasiado la atención. La ley obliga a los orientales a permanecer en sus *fondaci*. ¿No será que piensan que han ordenado a los judíos que las secuestremos?

Pisani resopló quedamente. Con esa gente había que estar siempre en alerta, como si uno estuviera al timón de un barco en el mar, en medio de una tormenta. Se ofendían por cualquier cosa.

—No, doctor —se apresuró a responder—. Más bien he pensado que quizá conozca a algún mercader trotamundos o a algún banquero con un amplio conocimiento del mundo otomano, que, a diferencia de nosotros, que somos unos pobres provincianos a los que nadie cuenta nada, catalice las noticias.

—Entiendo —dijo por fin Ottolenghi—, pero voy a necesitar varias horas para informarme. Ahora bien... —añadió iluminándose de repente—. Si me permiten, me encantaría que esperaran en compañía de Righetto. Síganme.

Sin mayor explicación, franqueó la puerta, bajó con la agilidad propia de la costumbre los siete pisos y, al salir a la calle, esbozó una sonrisa de satisfacción.

—Lo primero que voy a hacer es preguntar al rabino Leon Mordechai, de la Schola levantina, puede que la hayan visto al pasar, entretanto, ustedes... —dijo embocando una calle y caminando hasta llegar a una explanada irregular rodeada de casas-torres— serán mis huéspedes en la taberna de Righetto, en el gueto nuevo.

Tras empujar la puerta, entró en el local, lleno a rebosar, y le dijo al hombrecito rechoncho y vestido con un mandil blanco, que lo saludó con cordialidad:

—Dejo en tus manos a estos señores, son mis invitados, sírveles lo mejor de la comida *kosher*. —Acto seguido, salió, prometiéndoles que regresaría en un par de horas.

Entre un plato delicioso y otro, los dos Pisani se entretuvieron contemplando la vida del *campo*: en las plantas bajas de las altísimas casas-torres se abrían verdulerías, panaderías, que mostraban roscas, dulces de almendra y pizzas judías en sus vitrinas, y carnicerías *kosher*, donde la matanza se realizaba eliminando toda la sangre del animal antes de cortarlo, como prescribían los usos judíos. Había además un par de *strazzerie*, que vendían ropa de segunda mano, y tres casas de empeño, donde se prestaba dinero con unos intereses usurarios, una actividad que estaba totalmente prohibida a los venecianos cristianos, pero que no dejaba de resultar útil a los comerciantes, de manera que, ejercida por los judíos, estaba más que tolerada.

El *campo* estaba coronado de terrazas, balcones y galerías, que se encontraban en lo alto de los edificios de siete y ocho pisos, una altura que se había hecho necesaria debido al continuo aumento de la población en un área restringida, a la que la ley prohibía extender sus confines, y al fondo se abría un callejón de palacios elegantes.

—Es el gueto más reciente —explicó Marco—. Alberga a la última oleada de judíos, que llegaron en el siglo pasado. Eran muy ricos y de ahí que sus casas sean las más bonitas.

—Pero la del doctor Ottolenghi también me ha parecido acomodada —objetó Nani.

—Desde luego, la República aprobó varias leyes que obligan a los judíos a vivir modestamente, pero en los últimos pisos de las casas, que gozan de una vista extraordinaria de Venecia, los apartamentos son espaciosos y elegantes.

Entretanto, el tabernero Righetto seguía sirviéndoles unos platos exquisitos: berenjenas fritas y marinadas con pan de pasa de uva, y el *frizinsal,* una lasaña rellena de jamón de oca y *foie gras* con canela. Salchicha de oca con salsa de azafrán, aceitunas de Corfú y vino de almendras.

—Como sabrás —dijo Marco—, la religión prohíbe a los judíos y los musulmanes comer carne de cerdo, así que la sustituyen por la de oca. Además, deben respetar una infinidad de prohibiciones en su preparación, pero no pienses que solo son simples esclavos del deber. Es gente inteligente y preparada. En el gueto, por ejemplo, hay un teatro, una academia de música y salones literarios. Además, están muy avanzados en medicina. Pero ¿no has estudiado estas cosas?

—Menuda ocurrencia, *paròn* —contestó Nani riéndose—. En el colegio de los escolapios donde crecí ibas al infierno con solo mencionar a los judíos.

El doctor Ottolenghi regresó a media tarde.

—Creo que no les voy a ser muy útil —confesó sentándose a la mesa—. He hablado en primer lugar con el rabino, que me mandó al gueto nuevo, a casa de un mercader de seda que acaba de regresar de Constantinopla. Conoce bien la corte y a los eunucos de Topkapi y excluye que estén esperando... carne fresca. Cuando sucede, se percibe una gran agitación y esta vez todo estaba tranquilo. Por lo demás, el sultán tiene otras cosas en que pensar. De hecho, me han dicho que Mahmud se ha tenido que enfrentar desde siempre a la corrupción de la corte y a la arrogancia de los señores de las provincias. Además, mis fuentes me han contado con gran secreto que padece frecuentes infartos, que hacen pensar que no tardará en morir. Como ve, ¡de harén nada de nada!

—Estoy de acuerdo. La corte está demasiado vigilada como para que puedan introducir esclavas blancas en ella sin llamar la atención. Se producirían un sinfín de incidentes diplomáticos. Pero ¿y los señores locales?

—Bueno, sobre ellos es más difícil estar seguro. Como sabrá, el gobierno central es débil y en las provincias los gobernadores campan a sus anchas. He hablado sobre este tema con el banquero Luzzatto, que está especializado en conceder préstamos a potencias extranjeras, afortunado él, que tiene el valor de hacerlo. Luzzatto me ha hecho comprender que una operación como un secuestro a gran escala requeriría un suministro de dinero *in loco*, es decir, en Venecia, porque a los gobernadores suele faltarles liquidez. Pero nadie le ha pedido nada. La única cosa interesante...

Marco y Nani alargaron el cuello, dedicándole toda su atención.

—El mercader de seda me dijo que, mientras regresaba a Venecia, hace poco menos de tres meses, encontró, paralelo a su ruta en el Adriático, un elegante jabeque. En la galera de carga en que viajaba el mercader pasaron varias horas aterrorizados, porque los jabeques suelen ser barcos piratas, pero no sucedió nada. El jabeque era mucho más rápido y enseguida los dejó atrás. En cualquier caso, lo extraño es que el mercader pensaba que volvería a ver el barco anclado en la laguna, pero no fue así, de manera que es posible que fueran piratas los que iban a bordo, en lugar de un honrado comerciante oriental, y que ahora estén escondidos en alguna parte del alto Adriático esperando a que ocurra algo.

Capítulo 16

Guido Valentini salió de su casa por la tarde, después de haber elaborado el plan de trabajo que pensaba proponer al Magistrado de la Salud para fundar su escuela para comadronas. Se presentó ante la puerta de tierra del *fondaco* de los turcos, que estaba vigilada por un centinela tocado con un turbante y vestido con unos pantalones anchos de colores, y entregó un mensaje destinado al mercader Ibrahim Pontani, su amigo de Esmirna.

Lo hicieron pasar al gran patio interno, rodeado de varias plantas de pórticos, que unían las cincuenta salas del edificio y permitían acceder a los almacenes, los servicios, el baño turco y la mezquita.

Hacía varios siglos que, para evitar conflictos religiosos con los visitantes de fe islámica, además de los alborotos causados por el descaro con que los orientales abordaban a las mujeres y los muchachos, así como por las escandalosas orgías que organizaban al verse libres de las prohibiciones que regían en sus lugares de origen, la Serenísima había confinado a los habitantes del Imperio otomano en un gran palacio que daba al Gran Canal, dotado de muelles para descargar las mercancías y lo suficientemente amplio como para albergar a todos, con la obligación, más o menos respetada, de no alejarse de la zona, en especial por la noche.

—¡Qué alegría volver a verlo, doctor Valentini! —dijo haciendo una ligera reverencia Pontani, que había salido a recibirlo vestido con una capa y un turbante de seda.

Guido lo observó satisfecho. De la intervención quirúrgica en la que le había reconstruido la nariz, que le habían cortado con una cimitarra, solo le quedaba una ligera cicatriz y una casi imperceptible alteración en el color de la piel. Valentini lo había operado basándose en la experiencia del médico Gaspare Tagliacozzo, quien, en el siglo XVI, había ilustrado las distintas fases del proceso, que había ejecutado personalmente en más de una ocasión. Pontani había vuelto a ser un hombre de apariencia agradable y se sentía feliz por ello.

—Necesito hablar en privado con usted —le dijo Valentini—. Espero que pueda ayudarme en la investigación que estoy llevando a cabo con el *avogadore* Pisani.

—En ese caso, le propongo que vayamos a la tienda de agua donde nos conocimos, ¿recuerda? Porque aquí las paredes tienen oídos... y boca.

Caminaron charlando amigablemente hasta el local, situado detrás del palacio Pesaro, y se sentaron delante de una bebida.

—Disculpe si le ofendo, pero solo usted, que conoce bien tanto su mundo como el occidental, puede encuadrar el problema. Supongo que habrá oído hablar de la reciente desaparición de varias muchachas en Venecia —prosiguió Guido al ver que Pontani le sonreía comprensivo—. Dado que, por lo visto, las han elegido jóvenes, guapas y rubias, nos hemos preguntado si, por casualidad, no habrá detrás un señor otomano deseoso de formar un harén con mujeres occidentales.

El mercader se echó a reír.

—En pocas palabras, lo que quiere saber es si los turcos han secuestrado a esas muchachas. No me ofendo, en absoluto. Los dos sabemos que, aunque no esté vigente desde hace tiempo, la esclavitud sigue siendo un azote y que en los territorios del imperio aún hay un sinfín de esclavas blancas, por no hablar de las sultanas occidentales que han brillado con luz propia en la corte otomana, como la veneciana Cecilia Venier, que pasó a llamarse Nûr Bânû cuando se casó con Selîm II, y la hermosa lituana Rosselana, esposa de Süleyman el Magnífico.

—¿Significa eso que puede averiguar algo?

Pontani dio un sorbo a su bebida.

—Le puedo decir algo ya: la corte de Constantinopla no tiene nada que ver con ese asunto, le puedo asegurar que las jóvenes no están destinadas a Topkapi. Le explicaré por qué: nuestro valeroso sultán, Mahmud, no tardará mucho en morir, está muy enfermo del corazón. Como no tiene hijos, lo sucederá en el trono su hermano menor, Osman, quien, al igual que todos los príncipes no primogénitos, creció precisamente en Topkapi, en el Kafès, el apartamento que hay en el interior del harén. Eso significa que ha estado toda la vida rodeado y dominado por mujeres, que lo han convertido en un hazmerreír, razón por la que las odia a muerte y, por tanto, excluyo absolutamente que pueda haber mandado a buscar algunas a Venecia.

—Una argumentación incuestionable, señor Pontani —contestó Guido riéndose—. En cualquier caso, ¿no ha notado nada extraño en el *fondaco* estas últimas semanas, movimientos sospechosos, algún personaje equívoco?

—Me lo ha quitado de boca. Normalmente, los hombres que se alojan en el *fondaco* durante cierto tiempo para concluir sus negocios son en su mayoría mercaderes de lana de camello, sedas, muselinas y alfombras. Conozco a casi todos. A ellos hay que añadir los intérpretes, los mediadores, los transportistas y los médicos. Es un microcosmos. Pues bien, hasta hace unos días, dos magrebíes que jamás había visto ocupaban un par de habitaciones de la planta baja. Me llamaron la atención porque no hablaban con nadie, daba la impresión de que no tenían nada con que comerciar. Una noche en la que no podía conciliar el sueño y salí a pasear por el pórtico de la segunda planta, donde se encuentra mi habitación, oí un chirrido: la puerta del *fondaco* se abrió y vi que entraban a hurtadillas.

—Interesante… —comentó Valentini—. ¿Es posible averiguar algo más sobre ellos?

—Puede que sí —le prometió Pontani—. Puedo hablar con Matteo Vitali, el cónsul que avala a los turcos y que debe registrar en virtud de la ley todas las entradas y salidas. Al menos sabremos de dónde proceden… Luego… Hagamos una cosa, Valentini: vuelva mañana a la misma hora y le diré lo que he podido sacar en claro.

A última hora de la mañana del día siguiente, varios grupos de embarcaciones navegaban rumbo a la cuenca de San Marcos. Era la fiesta de la Salud, que celebraba el final de la terrible peste que había azotado la ciudad en 1630, un milagro que los venecianos atribuían a la Virgen, a la que habían rogado durante tres días con procesiones y salmos, con la promesa de erigirle un templo grandioso. La peste había liberado a la ciudad al poco tiempo, poniendo en entredicho la creencia de que las epidemias se nutrían con las aglomeraciones, y la Virgen había recibido a cambio la espléndida iglesia de la Salud, situada en la punta de la aduana, obra de arte de Baldassarre Longhena. Desde entonces, cada año se repetía la procesión, para la que se construía un puente de barcas que iba del Giglio a la Salud, y en todas las casas venecianas se festejaba con un plato típico, la *castradina*.

Cuando, a primera hora de la tarde, Guido entró en la tienda de agua que se encontraba detrás del palacio Pesaro, la encontró medio vacía, pero vio que Ibrahim Pontani lo estaba esperando sentado a una mesa.

—He averiguado algo —dijo a Valentini bebiendo una limonada—. Como suponía, el imperio no está involucrado, pero debe de saber que desde principios de siglo se han creado varias regencias berberiscas, obra sobre todo de la casta de los jenízaros, unos guerreros que se han convertido en cortesanos.

—Explíqueme eso —lo invitó Valentini—. No domino en absoluto la política del Imperio otomano.

—Se trata de los gobernadores de Argel, Túnez y Trípoli, que fueron ganando autonomía hasta que el sultán los reconoció como dinastías hereditarias y les otorgó el título de *bey* y el cargo de *pascià*, es decir, gobernador.

—Si no me equivoco —lo interrumpió Valentini—, de esas ciudades proceden precisamente los piratas que infestan las costas de Istria y Dalmacia, que, además de llevarse unos buenos botines, reducen a las poblaciones a la esclavitud.

Ibrahim asintió.

—Pero ahora llegamos a la cuestión que nos interesa: hace unos meses, el 24 de julio, murió en Trípoli, con apenas cuarenta y cinco años, el pachá Mohammed, miembro de la dinastía de los Caramanli, unos príncipes turcos, y le sucedió en el trono su único hijo, Alì. Al parecer... —Ibrahim bajó la voz, como si alguien pudiera oírlo—, la población de la Tripolitania no tiene en gran estima a los Caramanli, porque son de origen turco, de manera que procuran no casarse con mujeres de su etnia, pero también se dice que a Alì no le gustan las magrebíes y que le apasionan las europeas.

—Siendo así —lo interrumpió Valentini—, quizá haya sido él el que ha organizado los secuestros en el lugar donde, precisamente, se encuentran las mujeres más hermosas, en Venecia, para crear un harén a su gusto.

—Me lo ha confirmado Matteo Vitali, que en su día registró como procedentes de Trípoli a los dos magrebíes de los que le he hablado, pero ambos parecen haberse desvanecido en la nada y él tampoco ha vuelto a saber nada de ellos.

Valentini cabeceó desalentado.

—Parece más que convincente, pero no será fácil encontrar a esas muchachas y liberarlas, siempre y cuando no se las hayan llevado ya de aquí.

—Puede que no sea así —lo tranquilizó Pontani—. Mi contacto en el Arsenale, el patrón Alvise Cappello, al que usted conoce también, me ha dicho que últimamente no se ha señalado la salida de ningún barco con rumbo al norte de África. Es posible que los raptos aún no hayan terminado y que los responsables tengan a las jóvenes encerradas hasta que hayan completado el grupo.

—¡Pobres desgraciadas! ¡Qué destino tan terrible las espera! —exclamó Guido con ojos brillantes.

Cuando Valentini llegó a última hora de la tarde a la casa Pisani en San Vìo para celebrar con sus amigos la fiesta de la Virgen de la Salud, la encontró en plena ebullición.

Chiara y Costanza acababan de regresar de la iglesia, donde habían encendido unos cirios, que se habían añadido a los miles que iluminaban el templo ese día. El flujo de fieles era incesante, tanto en el puente de embarcaciones que unía la Aduana con los barrios de San Marcos y Castello como en las calles de San Polo y Dorsoduro. El murmullo de las oraciones, las invocaciones que, salidas de lo más hondo del corazón, se posaban en los labios, los cantos a media voz, el ruido de miles de pasos se propagaban por la ciudad antes de ascender al cielo.

El dueño de la casa y su amigo Daniele, que aguardaban la cena conversando en el salón, invitaron a sentarse a Guido, que no desdeñó la *ombra di vìn* que le ofrecieron para recuperarse. Nani, en cambio, estaba concentrado en su ocupación preferida, que consistía en gatear en compañía de la pequeña Benedetta bajo la mirada de desaprobación de Platone, que se moría de celos. Entre el joven y la niña existía desde el primer día una relación especial, de manera que Benedetta gorjeaba encantada mientras rodaba, despeinando sus rizos morenos. Además, Nani la levantaba y dejaba que le tirara del pelo mientras los ojos azules de la niña se reflejaban en los suyos, de color verde.

Marco observaba de soslayo la escena, algo celoso también.

—Ven un momento, Nani, así pondremos al tanto a Daniele, Chiara y Guido sobre lo que descubrimos ayer, y Guido nos contará si ha descubierto algo en el *fondaco*.

Mientras el criado Giuseppe acababa de poner la mesa, el grupo analizó los últimos descubrimientos.

—En mi opinión, la teoría de que el *bey* de Trípoli está procurándose mujeres venecianas es creíble, Guido —comentó Daniele cuando Valentini terminó de contarles lo que le había dicho su amigo mercader—. Debemos agradecer a Giacomo Casanova que tuviera esa intuición, ya que nos ha permitido avanzar en el caso. De manera que, al igual que aseguran vuestros amigos judíos, el Imperio otomano no está implicado en esta historia. Aclarado este punto, lo que me preocupa es que es imposible establecer relaciones diplomáticas con esa gente, me refiero a los magrebíes que se dedican a la piratería.

Marco sacudió la cabeza.

—Ya, los dos magrebíes del *fondaco* desaparecieron en el momento oportuno, ni siquiera el cónsul Vitali sabe una palabra de ellos. Por otro lado, el doctor Ottolenghi nos dijo que hay un jabeque en el alto Adriático, aunque no sabe con exactitud dónde está atracado, que podría estar a la espera de llevar a todos a Trípoli. Seguimos sin tener un asidero que nos permita rescatar a esas muchachas.

—De acuerdo, pero incluso en el caso de que supiéramos con quién tratar —apuntó Guido—, si el joven *bey* se ha empeñado en que quiere un harén veneciano, no cejará, sea cual sea la oferta.

—¡Es inconcebible que hayamos permitido que esos criminales vengan a nuestra casa a robarnos a nuestras mujeres! —exclamó furioso Pisani dando un puñetazo en la mesita.

Los vasos se tambalearon y Benedetta, que seguía en brazos de Nani, se echó a llorar, aunque el joven supo consolarla enseguida con una divertida mueca.

—En cualquier caso, hay algo que no acabo de entender —prosiguió Daniele—. ¿Por qué mataron a Rosa e Iseppa? Eran tan guapas y jóvenes como las demás. ¿Es posible que se rebelaran?

—No creo que fuera ese el problema —contestó Guido como si estuviera pensando en voz alta—. Las mujeres destinadas a los harenes deben ser vírgenes. Iseppa estaba embarazada y Rosa, la pobre, tenía una enfermedad venérea que dejaba bien claro cuál era su oficio…

—Exacto —corroboró Chiara, que entraba en ese momento procedente del entresuelo, donde había dado instrucciones para la cena—. Es obvio que examinan a las jóvenes después de raptarlas.

Daniele completó su razonamiento.

—Y, si no pueden presentarlas a su soberano, las asesinan.

Chiara sacudió la cabeza.

—Es terrible. En pocas palabras, las estrangularon porque no eran vírgenes. Por otra parte, no podían liberarlas.

—En esta horrenda historia hay, al menos, un motivo de consuelo: las demás jóvenes aún están vivas y estoy seguro de que las tratan bien —observó Nani.

—El problema principal es que es inimaginable que unas muchachas tan despiertas como la doncella Giacomina o Maddalena Barbaro, y no solo ellas, se dejaran embaucar por dos magrebíes del *fondaco*, pues los habrían reconocido como extranjeros —dijo Marco—, de manera que está claro que los ayudaron unos venecianos.

—¿Por qué hablas en plural? —preguntó Daniele.

—Me explico: Iseppa le contó a su amiga que había conocido a un tal marqués Guidotti de Vicenza, en el caso de Rosa fue un pintor y en el de Giacomina un artesano. De Francesca, que se perdió durante la travesía en el Burchiello, no sabemos nada, pero a Elvira la esperaba una dama y la encerrona que le hicieron a Maddalena fue urdida por varias personas. Por no hablar de Angelica, que peleó en el patio oscuro con un joven, pero percibió la presencia de otra asaltante. Así pues, para atraer a las muchachas se valen de, al menos, dos cómplices, un hombre y una mujer.

—Que después de abordarlas las aturden con éter para llevárselas —añadió Guido.

—Por ese motivo, nuestro primer objetivo será buscar a los que colaboran con ellos —dijo Marco poniéndose en pie—. Creo que voy a tener que citar a todos los testigos para volver a interrogarlos. Por desgracia, no puedo ocultar al Consejo de los Diez nuestra sospecha de que el *bey* de Trípoli esté robando mujeres venecianas para su harén. Quizá sea necesario controlar las salidas de la laguna para interceptar posibles barcos piratas. Siempre y cuando no se hayan escondido en Istria, donde nunca podremos detenerlos. La tarea que nos espera no es fácil. Ya es un milagro que en la ciudad no haya cundido el pánico por las desapariciones. Afortunadamente, la gente no las ha relacionado y solo se ha hablado de Maddalena Barbaro.

Costanza estaba encendiendo las últimas velas en los candelabros del comedor que iluminaban la mesa. Cuando acabaron de sentarse, Giuseppe les sirvió la *castradina*, la sopa de repollo y carnero que se comía en la fiesta de la Salud.

—La tradición se remonta a los años de la peste de 1630 —explicó Chiara a Guido, que desconocía la historia—. En aquella época, la única carne que llegaba a la laguna era el carnero ahumado de los dálmatas, que se conservaba durante mucho tiempo. La sopa surgió de la combinación de esa carne con las pocas verduras que ofrecen nuestras islas.

—Sea como sea —añadió Marco—, hay que reconocer que la versión de Rosetta es exquisita.

Tras despedirse de sus amigos, Pisani se demoró en el jardín para contemplar el brillo del agua de la pequeña dársena bajo la luz de la luna. Como era habitual en él, lo invadió la nostalgia. Su espléndida ciudad, tan poderosa en el pasado, se había hecho ya célebre en Europa por los teatros, las fiestas y los vicios, que atraían treinta mil extranjeros cada año. Venecia festejaba en la tristeza, se embellecía para vivir su decadencia, se envolvía en un alborozo de música, en un arcoíris de colores, en el drama de un lujo harapiento. De las cuatrocientas cincuenta familias inscritas en el Libro de Oro de la nobleza, solo había conservado su riqueza la mitad. Las demás vivían del cuento y estaban dispuestas a prostituirse con ricos extranjeros, príncipes, aventureros y criminales en los distintos teatros, mascaradas, ferias y fiestas.

Pero el ultraje que estaba padeciendo en ese momento era impensable: unos bárbaros norafricanos, no contentos con gozar del espectáculo dramático y fastuoso que ofrecía la ciudad, habían viajado hasta ella para apoderarse de sus mujeres más hermosas y deleitar con ellas a sus príncipes disolutos.

Suspirando, Marco entró en casa.

Después de que los invitados se hubieran marchado y la servidumbre se hubiera retirado a sus habitaciones del entresuelo, Chiara se había dirigido hacia el bonito dormitorio del segundo piso, que daba al canal, y, vestida con una bata de seda de color marfil, se había sentado delante del espejo y se había soltado el pelo, que había caído como una cascada dorada sobre sus hombros.

—¿Qué miras? —preguntó sonriendo con dulzura a Marco, que la contemplaba apoyado en el marco de la puerta.

—Cada día descubro algo nuevo en ti —le dijo su marido— y siempre me gusta lo que encuentro. —Se acercó a ella y hundió sus manos en la masa dorada deleitándose con su aroma.

—Espera. —Chiara lo detuvo al ver que le desanudaba la bata. Le agarró una mano y juntos cruzaron el pasillo de puntillas y entraron en la habitación que Benedetta compartía con su ama de cría, Giannina. Se acercaron sigilosamente a la cuna, conteniendo la respiración. A la luz de una vela vieron a Benedetta durmiendo entre encajes, con la boca entreabierta y los rizos pegados a la frente, un poco sudada. Sus manitas se movían apretando la manta, como si estuviera soñando.

—¡Qué regalo del cielo! —susurró Marco—. Que Dios la proteja siempre.

Los dos esposos regresaron cogidos de la mano a su dormitorio, donde los aguardaba una noche de amor.

Capítulo 17

No había tiempo que perder: la desaparición de las jóvenes a manos de unos piratas bereberes, que habían cometido la imprudencia de ir a buscarlas en el mismo corazón de Venecia, había dejado de ser un mero asunto policial y se había convertido en una cuestión política y puede que incluso militar.

En eso iba pensando Marco Pisani a la mañana siguiente, mientras atravesaba la plaza en dirección al Palacio Ducal. En lo alto de la Escalinata de los Gigantes lo aguardaba ya Tiralli, quien, avisado por un mensaje del *avogadore*, había organizado una reunión con el Consejo de los Diez.

Juntos empezaron a subir la Escalinata Dorada, la obra maestra de Alessandro Vittoria, que unía las salas de las magistraturas con las estancias del poder de la segunda y tercera plantas. Al final de ella vieron a Ignazio Beltrame, el temido portavoz del consejo, que los hizo entrar en la sala.

No era la primera vez que Pisani ponía un pie en ella, pues la ley establecía que a las reuniones que se celebraban allí debía asistir al menos un *avogadore*, pero, como siempre, lo impresionó la riqueza del techo del siglo XVI, donde las escenas mitológicas estaban delimitadas por unos gruesos marcos dorados. Entre el techo y la *boiserie* de las paredes, que incluía los sillones de los altos funcionarios, había pintadas escenas de la historia veneciana.

El boato obedecía al deseo de inspirar un temor reverencial a todo aquel que entrase en la sala, sobre todo cuando, como en ese momento, los sillones estaban ocupados por los diez miembros electos del Consejo Mayor, tres de los cuales ejercían por rotación el cargo de inquisidores y los seis consejeros ducales. Así pues, había un gran despliegue de togas rojas y negras y de voluminosas pelucas y, en el centro, luciendo una capa bordada y el cuerno de piedras preciosas, el Dux, Francesco Loredan.

Pisani siempre había dudado de que la pompa, la ostentación del lujo y el poder sirvieran para algo. Además, en ese momento habría preferido explicar sus intuiciones a un auditorio más reducido, pero no le quedó más remedio que sentarse ante el ilustre simposio de autoridades, al lado del Capitán Grande, y exponer lo que debía.

Atónito, enseguida comprendió que ninguno de sus eminentes oyentes sabía una palabra de lo sucedido.

—¿Está diciendo, *avogadore* Pisani, que los piratas tripolitanos están secuestrando a nuestras mujeres en Venecia? —lo interrumpió en determinado momento Paolo Renier.

Marco resopló con disimulo.

—No, excelencia, no exageremos. Lo que he dicho es que quizá algunos súbditos del *bey* de Trípoli hayan raptado unas jóvenes venecianas para enviarlas al harén de Alì Caramanli.

—Pero usted, Varutti, ¿no ha sido advertido por sus espías? — preguntó Marco Foscarini al Capitán Grande.

Varutti se irritó.

—¿Qué pretende que sepan mis espías, dados los pocos ducados de que dispongo para pagarles?

El Dux tomó la palabra.

—Siendo así, me gustaría saber cómo se enteró nuestro *avogadore* del complot.

Pisani sonrió a Loredan, al que conocía desde la infancia por ser amigo de su familia.

—Tengo mi propio equipo investigador —admitió—, del que forman parte el abogado Zen, que es mi brazo derecho en estos asuntos, y el doctor Guido Valentini, un excelente médico. Entre todos hemos logrado hacer algunas averiguaciones gracias a las confidencias de los judíos del gueto y de varios comerciantes del *fondaco* de los turcos. —Evitó a propósito mencionar a Casanova, que estaba muy mal visto en las estancias del poder.

—Pero ninguno de nosotros puede entrar en el *fondaco* —objetó Renier.

—Gracias a su ciencia, el doctor Valentini siempre tiene deudas que reclamar llegado el momento.

—¿El doctor Valentini no es el amigo del papa, el hombre que organizó vuestra reciente visita a Roma? —preguntó Foscarini.

—Exacto.

—Solo espero que un día no venga a pedir favores para la Iglesia.

Marco sintió deseos de echarse a reír.

—Eso no sucederá jamás —dijo para tranquilizar a Loredan—. En cualquier caso, hoy he venido porque es indispensable que sus excelencias conozcan un asunto que afecta a nuestra política exterior. Además, creo que será necesario cerrar las salidas de la laguna al mar Adriático si llegamos al convencimiento de que las jóvenes secuestradas van a abandonar la ciudad. Por el momento, Alvise Cappello, el patrón del Arsenale, me ha asegurado que no hay ningún barco magrebí navegando por la laguna. Así pues, aún no sabemos dónde están esas muchachas ni cómo piensan sacarlas de aquí.

—Pero, por lo que hemos oído —dijo Loredan—, es imposible que los secuestros fueran perpetrados por unos extranjeros, ya que habrían llamado demasiado la atención en la ciudad.

—Ha centrado el problema, príncipe. En este momento estamos tratando de averiguar quiénes son los cómplices venecianos de los piratas, con la esperanza de que ellos nos procuren la información necesaria para liberar a las jóvenes. He citado el lunes en las prisiones nuevas a todos los testigos, es decir, a todos a los que las vieron poco antes de que desaparecieran, incluso de lejos. Ahora que sabemos algo más sobre los raptos, hablar con ellos puede ayudarnos a encontrar a los venecianos que las abordaron. En cualquier caso, sería conveniente que, entretanto, el capitán Varutti comunicase al Arsenale que hay que cerrar la laguna, como ya he dicho, y que deben prepararse para una persecución por mar.

—No será fácil —observó el inquisidor Da Mula—. Los movimientos de los barcos deben decidirse con antelación.

Pisani suspiró.

—Lo sé, pero se trata de una emergencia. No quiero que los magrebíes escapen delante de nuestras narices.

El Dux se dirigió al Consejo.

—Creo que la petición del *avogadore* es del todo razonable. Solo debemos darle ahora nuestra autorización, por más que preparar los barcos con tan poco tiempo nos cueste bastante.

El *avogadore* y Varutti salieron juntos de la sala del Consejo Mayor, y se detuvieron un momento en el despacho del Capitán Grande, que estaba próximo.

—Pisani —dijo el jefe de la policía—, ¿cómo piensa bloquear el puerto?

—Es necesario que estemos preparados para lo que pueda suceder. Creo que si cerramos enseguida la boca del puerto del Lido en Punta Sabbioni, el canal de Malamocco en los Alberoni y el de Chioggia, ningún barco podrá abandonar la laguna sin ser visto.

—¿Cómo piensa efectuar los controles?

Marco se detuvo a pensar unos segundos.

—Yo pondría en cada salida una galera dentro y un barco más pequeño en las inmediaciones, pero ya en mar abierto. Las galeras son los barcos más indicados, pues, al ser de remo, es más fácil manejarlas. Seis son muchas, pero la Serenísima dispone de doce para, precisamente, vigilar la laguna. A bordo de cada embarcación irán tropas seleccionadas de soldados de la *Avogaria* y guardias capaces de inspeccionar los barcos que resulten sospechosos. Usted dirigirá toda la operación.

—¿Cuándo quiere disponer los barcos en esos puntos?

—Lo antes posible, por supuesto —respondió Pisani.

Varutti soltó una carcajada.

—No hago milagros, *avogadore*. Avisaré enseguida al Arsenale, pero hay que aparejar los barcos y elegir las tripulaciones. Me encargaré personalmente de distribuir a bordo las tropas de vigilancia. Después, los barcos saldrán del Arsenale y se colocarán en las bocas de puerto. Pero no estaremos preparados hasta el lunes, cuando usted tiene pensado ver a los testigos en las prisiones.

Marco tuvo que reconocer que Varutti tenía razón.

—Bueno, manos a la obra entonces —concluyó.

Siempre le había resultado difícil que lo entendieran los miembros del consejo, quienes por ley cambiaban con frecuencia para asegurar la máxima integridad, circunstancia que, sin embargo, iba en detrimento de la competencia. Por ese motivo, Pisani, tras despedirse de Varutti y antes de ir a casa a comer, fue a dejar la toga y la peluca en el entresuelo alquilado a tal efecto, como solían hacer muchos altos funcionarios, que no querían circular por la ciudad vestidos con esas prendas tan formales.

En el jardín de la casa solo estaba el gato Platone, que disfrutaba del último sol de noviembre tumbado en la tapa del brocal del pozo. Del entresuelo llegaban voces femeninas y los olores propios de la cocina. Al llegar al primer piso, sin embargo, Marco oyó una voz masculina desconocida, a la que respondía la risa melodiosa de su mujer.

Al asomarse a la sala se quedó estupefacto al ver que Giacomo Casanova, muy atractivo con una *velada* brocada de color malva y una corbata de encaje, le salía al encuentro con cordialidad. A sus espaldas, Chiara sonreía pícaramente.

—*Avogadore* Pisani —dijo Casanova haciendo una leve reverencia—, le ruego que me disculpe por visitarlos sin avisar, pero quería contarle lo que he sabido en relación con Elvira Clerici, la joven del Ospedaletto, sé lo que hizo antes de desaparecer.

—La verdad es que el caballero envió antes un mensaje y he pensado que podría quedarse a comer —terció Chiara.

«Y también has pensado en ponerte el vestido más bonito que tienes, de damasco color aciano, como tus ojos», pensó Marco irritado.

—Pero sentémonos —propuso Chiara—. Beberemos algo mientras esperamos la comida.

Giuseppe hizo su entrada luciendo el uniforme de gala, como si el invitado fuera un embajador, para servirles un singular vino blanco Marzemino en unas finas copas grabadas.

Casanova alzó la suya en honor del dueño de la casa.

—Brindo por la dama más fascinante de Venecia. —Sonrió—. Pero ahora volvamos a lo nuestro —añadió dando unos sorbos al vino—. Me he permitido hacer algunas averiguaciones sobre la desaparición de Elvira —confesó—, para saber a quién vio esa noche.

«Hay que ver cómo les gusta jugar a los investigadores», pensó Marco.

—Di varios ducados al portero del Ospedaletto —prosiguió Casanova—. Lo conozco y sé que no se retrae cuando se trata de entrometerse en asuntos ajenos, sobre todo en los de las alumnas, que a menudo deben pagarle para que no cuente lo que sabe.

—¿Y descubrió algo? —le preguntó Chiara esbozando una dulce sonrisa.

—Creo que sí, el portero, que se llama Baldo, admitió que la noche del 19 de noviembre pasado, cuando vio a Elvira salir del Ospedaletto a una hora inusual, ya que en ese momento debía ir al comedor, la siguió. La joven dobló la esquina del edificio y se reunió con una señora elegante que, tras cruzar dos palabras con ella, la cogió del brazo. Luego fueron a la taberna que hay cerca de la calle de las Cappuccine. Un fraile las estaba esperando a la puerta.

—Mejor dicho —lo corrigió Pisani—, alguien disfrazado de eclesiástico.

Casanova asintió con la cabeza.

—Exacto. En cualquier caso, Baldo vio cómo entraban y se sentaban a una mesa, no sabe nada más.

—¿Eso es todo?

—No, fui al local de la calle de las Cappuccine y, tras pagar un ducado al camarero, un tal Bartolo Griotti, me dijo que los tres parecían inquietos, que ni siquiera pidieron una comida completa, solo polenta y *osèi*, y que hablaron mucho, la joven se enjugaba los ojos de vez en cuando. Más tarde salieron juntos y a partir de ahí se pierde el rastro.

A Pisani le había interesado el relato.

—Los raptos siguen siempre el mismo esquema —consideró—. Las jóvenes son abordadas con un pretexto y conducidas, aprovechando la oscuridad, a un lugar apartado, donde, supongo, las hacen subir a una embarcación, porque no creo que las lleven en brazos por Venecia.

—Además, el secuestro fue obra de un hombre y una mujer —observó Chiara—, pero ahora sentémonos a la mesa —añadió al ver que Giuseppe entraba solemnemente en el comedor con una sopera humeante en las manos.

Pisani tuvo que reconocer que Giacomo Casanova era un comensal agradable y ameno.

—¿Cómo trabó amistad con el director del Ospedaletto? —le preguntó intrigado.

—Siempre he asistido a los conciertos vocales e instrumentales que dan las alumnas los domingos por la tarde. Me siento en primera fila y escucho la música sublime que sale de la gruesa celosía que impide que el público vea a las concertistas. Entre cantantes, violinistas, flautistas y violoncelistas son unas cuarenta y casi siempre se entrevé que van vestidas de blanco y que llevan una flor en una oreja. A veces cierro los ojos y me sumerjo en el mundo de los sueños. A tal punto me dejo transportar que en una ocasión me dormí y Luigi Del Bene, el director, tuvo que despertarme.

Chiara y Marco se echaron a reír mientras Giuseppe servía un pavo relleno.

—«¿Quiere venir a vivir aquí?», ironizó Del Bene mientras me reponía —prosiguió Casanova—. Le dije lo mucho que había oído hablar de la belleza de las jóvenes y que por ese motivo deseaba conocer a alguna. «Venga mañana a las ocho a cenar en mi apartamento», me propuso el director, y yo acudí más intrigado que nunca con un ramo de flores.

—¿Y?

Esta vez fue Giacomo el que se rio.

—Una decena de muchachas me estaban esperando —les contó—. Una, que se llamaba Lina y tocaba el violín, era pequeña y jorobada, tres tenían la cara picada de viruela, a otras dos les faltaban varios dientes y las demás estaban muy pálidas y carecían por completo de atractivo. Solo la belleza de Elvira era deslumbrante. Una leyenda evanescente. En cualquier caso, durante la cena se mostraron tan amables y encantadoras que al final olvidé sus defectos y todas me parecían guapas.

Cuando Casanova se marchó, Marco se preparó para regresar al palacio. Mientras Chiara lo acompañaba al jardín, le preguntó:

—¿Por qué lo invitaste a comer?

—Me dio pena —confesó Chiara parándose en el rellano—. Cuando me agarró la mano para saludarme, sentí un estremecimiento. No era atracción, como piensas —previno a su marido—. Sentí que es un hombre solo y que sufre por eso.

—Pero ¿qué dices, Chiara? Es el seductor más famoso de la ciudad.

Chiara negó con la cabeza.

—Son aventuras sin sustancia y, además, son muchas menos de lo que se dice. En realidad, vive de las limosnas del senador Bragadin, de manera que no puede permitirse una mujer como le gustaría. Te diré más: he percibido que está condenado a quedarse solo, a errar de un país a otro como un eterno prófugo y, además, he leído en sus ojos que morirá en soledad. En cualquier caso, no pasará mucho más tiempo en Venecia. Hay algo en su manera de hablar y de moverse que me ha dado a entender que está organizando una buena, algo tan gordo que acabarán deteniéndolo y encerrándolo en los Piombi, las antiguas prisiones. Ojalá me equivoque.

Capítulo 18

Veronica Zanichelli era la predilecta de la familia. A sus diecisiete años era ya tan alta como su padre, delgada como un junco, con la melena rubia heredada de su madre, los ojos azules y unas pestañas larguísimas sobre una naricita perfecta.

Era muy conocida en Cannaregio, donde vivía encima de la farmacia Santa Fosca, que pertenecía a su familia y que se encontraba en el *campo* Santa Fosca, cerca del *rio* de Noale. Una vez terminados los estudios que había llevado a cabo con un preceptor privado y mientras esperaba encontrar un marido de su gusto y del gusto de su familia, se dedicaba encantada a moler, mezclar y destilar las sustancias curativas en el laboratorio que se encontraba en la trastienda, ordenaba los albarelos y las jarras en los estantes, ponía etiquetas y cerraba los paquetes de píldoras.

Esa noche, aprovechando que su padre entretenía a unos clientes en la tienda, Veronica se había puesto a ordenar un armario de nogal del laboratorio mientras esperaba a que estuviera lista la cena que ella y la criada Lucilla llevaban todas las noches a su vieja ama de cría, que estaba enferma y que vivía en las inmediaciones del *rio* de la Sensa.

En un estante alto, entre dos botellas de cristal con las palabras AGUA DESTILADA escritas en letras doradas, sus dedos tocaron una cajita de madera que alguien debía de haber puesto allí a toda prisa, porque en ella se leía OPIO. Al abrirla vio un pedazo de la droga más cara y peligrosa, que normalmente se guardaba en el armario de los venenos, cerrado con llave.

Cuando Veronica se disponía a poner la caja en su sitio, la criada la llamó desde arriba.

—¡Señorita, la cena de Albertina está lista!

Sin pensárselo dos veces, Veronica se metió la caja en un bolsillo y subió a la cocina. Encontró a Lucilla envuelta en una bata, titiritando cerca del fuego.

—Esta noche tengo también mucha fiebre, señorita.

—No te preocupes, Lucilla —la tranquilizó Veronica—. Vete otra vez a la cama, iré sola.

La criada la miró agradecida.

—Pero ha ido sola toda la semana —protestó débilmente.

—Está aquí al lado —replicó la joven—. ¿Qué puede ocurrirme? —dicho esto se puso la capa, agarró el paquete y salió en dirección a la Misericordia.

Era una noche neblinosa de noviembre y en el barrio, habitado por obreros y artesanos, había muy pocos talleres, a esa hora casi todos cerrados, de manera que las calles estaban oscuras. Pero Veronica conocía bien el barrio. A través de una ventana abierta se oía a un niño llorar y a su madre cantando para consolarlo. De la iglesia de San Marziale salió un grupo reducido de ancianas con el rosario en la mano. Un mercero ambulante, que debía de haber terminado su recorrido, caminaba a toda prisa hacia su destino con el cajón en un hombro.

Veronica llegó sin mayor problema a la casa de Albertina, que daba al *rio* de la Madonna dell'Orto. Al oír su llamada, la mujer le lanzó la llave por la ventana y la joven subió al segundo piso, donde la vieja ama de cría vivía en un par de habitaciones pequeñas y confortables gracias a la pensión que el doctor Zanichelli le había concedido.

Las dos mujeres se sentaron un poco a charlar afectuosamente, luego Veronica se levantó para marcharse.

—Casi es hora de cenar —se justificó—. Si llego tarde, mi madre se preocupa. —Salió envuelta en la capa y echó a andar en sentido inverso por la misma calle que había recorrido antes.

Cuando apenas había dado unos pasos, vio acercarse hacia ella a un joven elegantísimo empuñando un farol. Vestido con una capa bordada y una peluca de noche, parecía muy preocupado.

—Señorita, por favor —la llamó—. A esta hora no hay un alma en la calle…, disculpe si la molesto.

—Dígame —respondió Veronica manteniendo la distancia.

—He venido con mi madre desde Milán por un asunto de familia, hemos alquilado una casa aquí detrás. —Señaló hacia la Misericordia—. Por desgracia, mi madre se ha sentido mal esta noche, está enferma del corazón, y no ha traído el fármaco que suele tomar. ¿Dónde puedo encontrar una farmacia en este desierto? —preguntó a punto de echarse a llorar.

Veronica, que era más generosa que prudente, respondió:

—Ha tenido suerte, sígame y le llevaré a la botica más provista de la ciudad. Además, mi padre sabrá dale buenos consejos.

—¡Cuánto me alegro de haberla encontrado! —exclamó el joven mientras se ponía a su lado.

Pero, cuando apenas habían dado unos pasos, oyeron a una mujer gritando en un pequeño astillero del *rio* de la Sensa:

—¡Socorro, que alguien me ayude!

Los dos jóvenes se dirigieron a toda prisa hacia el lugar donde se había oído la voz: entre el astillero y el puente que cruzaba el *rio* se entreveía apenas, debido a la oscuridad, el perfil de una persona gimiendo en el suelo. Se acercaron a ella para levantarla, pero en ese momento el joven agarró a Veronica por los brazos, mientras la desconocida la aturdía con un paño mojado de éter.

171

La joven no tuvo tiempo de reaccionar y perdió el conocimiento. Bajo el puente había amarrada una pequeña barca. Tras cargar a Veronica en ella, el desconocido se puso a los remos y la embarcación se perdió en la oscuridad de la noche.

Marco Pisani jamás se había sentido tan desalentado como el sábado por la mañana, cuando se reunió con Daniele Zen en el *campo* Santa Fosca. Nada más enterarse de la desaparición de la joven Zanichelli, había decidido ir a ver a la familia para ahorrar a sus padres el triste peregrinaje hasta el Palacio Ducal. En cualquier caso, caminó hasta allí ensimismado, sin abrir la boca un solo momento. Al llegar a la farmacia, se detuvo delante del escaparate.

—¿Qué le decimos ahora a esos desgraciados? —murmuró como si estuviera hablando solo—. ¿Te das cuenta de que los bereberes están actuando desde hace más de un mes y de que aún no sabemos nada sobre ellos? Aún no hemos descubierto dónde esconden a las jóvenes ni quienes son sus cómplices en Venecia.

—Por la razón que sea, la historia no se ha difundido mucho en la ciudad —observó Zen— y la verdad es que no sé si eso es bueno o malo. Por un lado, nos evita la presión de la gente, pero por otro no pone en alerta a las familias y muchas jóvenes no son lo bastante prudentes.

—No tienen ninguna culpa, Daniele. ¿Cómo pueden imaginarse que corren el peligro de que las rapten en los alrededores de su casa, en el centro de una ciudad que en su día fue una gran potencia, temida y respetada?

—Ánimo, Marco —lo consoló Daniele abriendo la puerta de la botica *Santa Fosca*—. Siempre lo hemos conseguido, así que esta vez también lo resolveremos.

Giacomo Zanichelli, vestido con la bata propia de su oficio, estaba sentado con la cabeza hundida entre las manos entre una larga mesa de nogal esculpida y la estantería que había al fondo de la tienda. Su mujer, envuelta en un *zendado* de color azul bajo el que se veía un sencillo vestido de ir por casa, estaba acurrucada en el pequeño sofá de la salita donde solían recibir a los clientes más fieles para hablar con ellos. Apretaba un pañuelo blanco con una mano. Parecían no haber pegado ojo en toda la noche. A su lado estaba sentada una criada con expresión compungida y ojos febriles, que lloraba a lágrima viva.

—Siéntense, excelencias —los invitó Zanichelli haciendo amago de levantarse—. Siento que haya tenido que tomarse la molestia de venir hasta aquí, *avogadore*.

Pisani tomó asiento al lado de Zen.

—He venido para ver personalmente el lugar donde desapareció Veronica, pero antes les ruego que me cuenten con todo detalle lo que sucedió anoche.

Angiola Zanichelli tomó la palabra con voz trémula.

—Todas las noches llevamos la cena a Albertina, nuestra antigua nodriza, que vive aquí al lado y que ya es muy anciana. Veronica y Lucilla solían ir juntas —explicó mirando a la camarera.

Lucilla sollozó.

—Sí, pero esta última semana Veronica ha ido sola, porque yo he tenido mucha fiebre. Por la calle pasa poca gente, se tarda apenas diez minutos... quién iba a imaginar... —Se echó de nuevo a llorar.

Marco y Daniele comprendieron al vuelo: los secuestradores debían de haber estudiado con varios días de antelación los lugares por donde solía pasar la muchacha.

—¿Cuándo se dieron cuenta de que no había regresado?

El farmacéutico respondió.

—Cuando cerré la tienda y subí a cenar, Veronica no estaba. Tampoco la encontré en su habitación, ni siquiera vi su capa. Lucilla nos contó que había salido. Mis ayudantes y yo pasamos la noche buscándola por todas las calles del barrio, hasta la Misericordia, pero no la encontramos. ¿Qué ha sido de mi hija? —se preguntó el hombre llevándose de nuevo las manos a la cabeza.

Titubeando, conmovido por el intenso dolor, Marco logró decir:

—Les puedo asegurar una cosa: Veronica está viva y no le han hecho daño. No sabemos adónde la han llevado sus raptores, pero lo descubriremos.

—¿Me está diciendo que han raptado a mi hija y que no es el único caso? —objetó Zanichelli con perspicacia.

—Más o menos, pero vamos por el buen camino —mintió Marco—. Ahora, quiero que recorra conmigo las calles por las que solía pasar Veronica para ver dónde pudieron tenderle una trampa.

Marco, Daniele y el doctor Zanichelli caminaron por el *campo*, cruzaron el *rio* de los Servi, embocaron la calle Zancani y atravesaron el *rio* Trapolìn hasta llegar a los muelles Moro, desde los que se veía la iglesia de San Marziale. Allí, Pisani se detuvo al ver algo blanco a la entrada del pequeño astillero, donde un par de carpinteros estaban terminando de construir una góndola. Se inclinó y agarró un pedazo de encaje finísimo, que debía de haber sido arrancado de una manga.

El farmacéutico lo giró entre las manos.

—Sí —dijo al final conmocionado—. Pertenece al vestido de mi hija, así que supongo que la emboscada tuvo lugar aquí.

—Donde, aprovechando la oscuridad —añadió Daniele—, era fácil cargar a la víctima en la barca que los estaba esperando.

Capítulo 19

Las primeras luces del alba acababan de disipar las tinieblas nocturnas cuando los nubarrones que se cernían sobre la laguna desde hacía varias horas desencadenaron una fuerte tormenta de truenos y rayos y un auténtico aguacero. Marco se despertó y, como no podía conciliar de nuevo el sueño, bajó a la cocina donde su vieja nodriza, que tampoco podía dormir, estaba encendiendo el fuego.

—Rosetta —la saludó quitándole el fuelle de las manos—, te he dicho mil veces que si necesitas ayuda podemos contratar a otra criada, no quiero que te canses.

—No se preocupe, *paròn*, me despierto temprano y ¿qué quiere que haga? Me preparo un buen café. —Dejó la cafetera ya preparada sobre la llama chisporroteante—. Podemos tomárnoslo juntos, como cuando usted era niño y yo era más joven —añadió quitando de la artesa un plato de galletas y poniendo las tazas en la mesa—. ¡Esa niña es un regalo del cielo! —Suspiró sonriendo Rosetta, con una taza en la mano.

—Es cierto —asintió Marco conmovido—. Ya que hablamos de ella, quítame una curiosidad: ¿crees que Benedetta tiene el don, como su madre y las demás mujeres de la familia Renier?

Rosetta se echó a reír.

—No es el primero que me lo pregunta —confesó—. La señora Chiara no se pronuncia, pero ¡esos ojos de color aciano, iguales que los de ella, son tan penetrantes! Sea como sea, he de decirle que ese maldito gato, Platone, se ha vuelto doméstico y no la pierde de vista.

—¿Quieres decir que por el momento ha embrujado al gato? —preguntó Marco riéndose.

—Los gatos también son criaturas mágicas —afirmó Rosetta—. A veces miran el vacío como si estuvieran viendo pasar sombras. Son orgullosos, pero reconocen los poderes extraordinarios. Ya sabe que siempre han acompañado a los magos.

En ese momento se oyó golpear la aldaba.

—¿Quién puede ser tan temprano? —se preguntó Rosetta abriendo la ventana—. ¿Qué quiere? —añadió asomándose a pesar de la lluvia.

Se oyó una respuesta confusa.

—¡Ahora le abro! —respondió Rosetta y, antes de que Marco pudiera impedírselo, empezó a bajar brincando la escalera.

Marco oyó una conversación confusa en el vestíbulo. La nodriza no tardó en regresar.

—Es un pescador que vive en las Zattere. Dice que debe verlo enseguida, pero ¡está empapado!

—Bueno, Rosetta, pues sécalo, dale algo de beber para calentarlo y tráelo a mi despacho —le ordenó Pisani al mismo tiempo que se levantaba y salía de la cocina.

Al cabo de unos minutos se asomó por la puerta del despacho, agradablemente caldeado ya por el fuego que había encendido el viejo Martino, un muchachote envuelto en una manta y con el pelo aún mojado, que al entrar hizo una respetuosa reverencia.

—Le ruego que me disculpe por haberme presentado aquí en domingo, excelencia, pero he encontrado algo que podría ser importante. Me llamo Bernardino Berni y soy pescador.

Marco lo invitó a sentarse junto al fuego.

—Dime.

Bernardino carraspeó.

—Bueno, pues… soy pescador.

—Eso ya me lo has dicho.

—Es cierto, pero he estado muchos meses fuera de Venecia, desde agosto.

—Continúa. ¿Por qué has venido a verme?

—Tiene razón, me he equivocado, no debería haberle molestado.

—¡Santo cielo!¡Empieza desde el principio! ¿Por qué te marchaste de Venecia en agosto?

—Ah, es verdad. Veamos, mi hermana, la mayor, porque tengo dos, que son más pequeñas que yo…

—Entonces, la mayor…

—Ah, sí, la mayor, que se llama Rosaria, Rosaria Berni, naturalmente, porque es mi hermana, pues bien, se casó.

—¿Y qué?

—Se casó en agosto, pero no con un veneciano, sino con un friulano de Cividale. Entonces, como se casaron y tuve que acompañarla, al final me quedé en Cividale hasta el viernes pasado, porque les eché una mano con los trabajos del campo. —Volvió a callar.

—¿Puedes decirme de una vez por todas por qué has venido a buscarme esta mañana? —preguntó Marco irritado.

—Por esto —dijo lapidario Bernardino y, a continuación, rebuscó en un bolsillo y extrajo un medallón, que enseñó al *avogadore* sujetándolo en la palma de la mano.

Renunciando por el momento a conocer la relación que podía haber entre la boda de la hermana de Bernardino y el medallón, Marco se lo quitó con delicadeza de la mano y lo examinó. Era un objeto de oro, de forma oval, un colgante portarretratos finamente grabado en el exterior. Pisani lo abrió. El interior contenía el camafeo de una niña a un lado y al otro una dedicatoria: A MI HERMANITA FRANCESCA, PARA QUE ME RECUERDE SIEMPRE. LIVIA BALDINI.

Marco se sobresaltó. Francesca Baldini, la joven que había desaparecido mientras viajaba en el Burchiello para ir a ver a sus padres, que estaban en el campo. Recordó que estos habían mencionado una hermana mayor, Livia, que había muerto hacía varios años y a la que jamás habían olvidado.

—Además encontré esto... —Bernardino sacó del bolsillo una cadenita de oro rota.

Pisani comprendió enseguida que Francesca debía de llevar el medallón colgado del cuello y que, de alguna forma, se lo habían arrancado en el muelle de las Zattere y lo habían tirado al suelo. Debían enseñárselo a los Baldini cuanto antes para que les confirmaran que pertenecía a su hija, pero antes debía armarse de paciencia y hablar con el pescador.

—De manera que regresaste el viernes pasado. ¿Dónde encontraste el medallón?

—No lo encontré enseguida. Nada más llegar pasé a saludar a mi familia.

—¡El medallón! —gritó Marco, que había acabado por perder la paciencia.

A su grito respondieron unos ligeros golpes en la puerta, por la que Nani se asomó a continuación.

—¿Puedo ayudarle, *paròn*? —preguntó el joven.

—Caes como llovido del cielo —lo recibió Pisani aliviado—. Este joven dice que es pescador...—Señaló a Berni, que se había encogido en la silla atemorizado— y que ha encontrado este medallón con el retrato de Livia Baldini, la hermana de Francesca que murió hace tiempo. ¡El problema es que no consigo entender lo que dice!

Nani se aproximó sonriendo, agarró a Berni por un brazo, lo ayudó a levantarse y se fue con él a la cocina.

—Ahora charlaremos un rato y me contarás todo.

Regresó al cabo de una hora, un tanto exasperado por la prueba de paciencia.

—A Bernardino le aterroriza la idea de tener que hablar con un alto funcionario, por eso vino a nuestra casa, jamás habría tenido valor suficiente para presentarse en el Palacio Ducal —le explicó—, pero además es una de esas personas que pierden el hilo del discurso, se confunden: he tenido que dejarle que me contara prácticamente toda su vida. En cualquier caso, esto es lo que me ha dicho.

Nani le contó a Marco que Bernardino, como Pisani sabía ya, había estado ausente de Venecia desde agosto y había dejado su barca bien amarrada a un muelle de las Zattere, tapada con una tela encerada. Solo había podido ir a ver en qué condiciones se encontraba después de las borrascas otoñales, la tarde del día anterior. Al quitar la tela, había encontrado la joya, que había quedado atrapada entre esta y el casco. Como, a pesar de ser tímido, no era tonto, había comprendido al vuelo que alguien la había arrancado del cuello de una persona. Bernardino vivía en las Zattere, cerca del *campo* Sant'Agnese, de manera que los vecinos ya le habían contado el hallazgo del cadáver de una muchacha en el pozo y a esa historia habían añadido la de la pobre Iseppa, a la que habían encontrado ahogada después del agua alta. Así, el joven había pensado que el medallón podía guardar alguna relación con los homicidios, de manera que, aprovechando que San Vìo quedaba cerca, había esperado al domingo por la mañana para ir a casa de Pisani.

—Nani, esta tarde quiero que me hagas el favor de ir a ver a los Baldini para enseñarles el medallón —dijo Marco—. Quiero saber si Francesca lo llevaba siempre puesto, porque, de ser así, quizá se lo arrancó ella y lo puso allí para dejar una señal en el momento en que, por ejemplo, sus raptores la obligaban a subir a una embarcación.

—Es una pena que no descubriéramos esta pista hace más de un mes —comentó Nani.

—Es cierto, pero gracias a ella ahora sabemos que, después del secuestro, las jóvenes pasan de alguna forma por las Zattere, en el canal de la Giudecca.

Cuando se abrió la puerta, Chiara apareció vestida aún con una bata y con el pelo suelto cayéndole sobre los hombros. Marco se apresuró a tapar con una mano el medallón, que había dejado encima del escritorio en un gesto espontáneo, temiendo que su mujer lo cogiese y tuviera algún presagio. Le aterrorizaba que, al ponerla en contacto con una realidad paralela e invisible, el don alterara el ánimo de Chiara.

—Buenos días, señores —dijo sonriendo con picardía—. Es inútil esconder el medallón y olvidarse de esto —añadió agitando bajo la nariz de su marido y de Nani el encaje del vestido de Verónica que habían encontrado el día anterior en el lugar donde se había cometido el secuestro.

—¿Qué has hecho? —le preguntó Marco con miedo.

—Como ves —contestó ella—, estoy aquí sana y salva. Encontré el pedazo de encaje en un bolsillo de la *velada* que olvidaste en el dormitorio, como sucedió también con el pendiente de Maddalena, y enseguida comprendí de qué se trataba. Así pues, he interrogado a los «espíritus», como dirías tú, y he dejado fluir mis pensamientos y sensaciones.

—¿Y?

Marco y Nani pendían de sus palabras.

—Ha pasado algo extraño. Tuve la impresión de estar en medio del agua, oía como el chapoteo de una barca. Luego vi de nuevo a las jóvenes en un jardín, como la vez anterior, eran cinco y todas estaban sanas. De repente, llegaron dos hombres y las empujaron hacia la orilla del mar, pero ellas se resistían, pedían ayuda. Creo que debemos actuar lo antes posible.

Marco cabeceó preocupado.

—Has corrido un riesgo inútil —la regañó—. Podrías haberte sentido mal, como ya te ha pasado varias veces. Y todo para no decirnos nada nuevo.

Chiara lo fulminó con la mirada.

—No pensarás, espero —dijo enfrentándose a él—, que el matrimonio me ha convertido en una mujer que obedece tus órdenes y se pliega a tu voluntad. Desde que nací, el mundo invisible del pensamiento, la revelación de hechos futuros y la exhumación de los pasados me buscan y me cortejan. Forman parte de mí, así que, si me quieres, debes aceptarme como soy. El hecho de que ahora sea madre no cambia mi naturaleza, al igual que jamás influyó en las mujeres de mi familia.

Marco la miró fijamente a los ojos.

—¿Benedetta es como tú?

—Aún no lo sé —contestó Chiara antes de salir en compañía de Nani.

Tras quedarse solo, Pisani abrió la ventana del jardín para contemplar la tormenta, que seguía arreciando. Olfateó el aroma de la tierra, exaltado por los chorros de agua azotados por el viento, y alzó los ojos para mirar las nubes grises, portadoras de lluvia. En ese momento, un rayo quebró el cielo, seguido del lúgubre redoblar de un trueno.

Pensaba en su mujer, en su fuerza espiritual, que siempre lo había sostenido, en la alegría que le regalaba cotidianamente. ¿Cuál sería, en cambio, el destino de las jóvenes secuestradas si no conseguía liberarlas? Cuando, hacía justo un año, había viajado a Roma para desarticular una insidiosa conjura contra el papa, había tenido ocasión de conocer la visión del mundo femenino del pensamiento islámico. Los musulmanes podían tener hasta cuatro mujeres y un número indeterminado de concubinas, al igual que podían anhelar bienes materiales: oro, rebaños y tierras. Lo importante era que no dependieran de ellos de ninguna forma, para no apartarse del que, según el Corán, era el sentimiento más importante: el abandono a Dios. El honor de la familia dependía de la castidad de las mujeres, que, sin embargo, estaban consideradas unos seres impuros, víctimas de sus instintos, sobre todo los sexuales, de manera que los hombres debían controlarlas y, para ello, les imponían el uso del velo y del chador en presencia de desconocidos y les prohibían todo tipo de vida social. A las mujeres islámicas se les negaba la libertad, mientras que en Venecia la ley les atribuía una máxima autonomía. Gracias al *Corpus Juris* de Justiniano, el derecho bizantino que aún seguía vigente en la ciudad, las venecianas podían heredar los bienes familiares y ejercer una actividad como los hombres, sin estar sometidas a tutela. Además, adornaban la vida pública, las fiestas, los paseos e incluso el juego de azar en el Ridotto con su belleza, por la que eran famosas. Siendo así, ¿cómo iba a poder adaptarse una mujer veneciana a vivir en un harén islámico?

Suspiró mientras se encaminaba hacia el comedor, donde lo esperaban ya sus amigos, ansiosos por saber las últimas novedades del caso.

Capítulo 20

Con las primeras luces del alba del lunes, el bajel *San Carlo Borromeo* salió majestuosamente entre las torres del Arsenale. Lo seguían a poca distancia las galeazas *Europa*, con sesenta y ocho cañones, y *Sant'Ignazio*, acompañadas de tres barcos más pequeños. Se separaron en la desembocadura de la cuenca y el *San Carlo* se dirigió hacia la boca del Lido di San Nicolò, la más frecuentada, que estaba protegida por un fuerte, mientras una de las galeazas se situó al otro lado del canal de Malamocco agli Alberoni y la última nada más salir del paso de Chioggia, en Pellestrina. Los barcos más pequeños permanecieron junto a las salidas, pero fuera de la laguna. Ninguna embarcación podía salir sin ser detenida y registrada.

Entretanto, varios soldados de la *Avogaria* salieron del Palacio Ducal para ir a buscar a los testigos que Pisani quería escuchar de nuevo, tal y como había anunciado al Dux y al Consejo Mayor. Había citado a los últimos que habían visto a las jóvenes raptadas, con la esperanza de que alguno recordara un nuevo detalle que les permitiera identificar a los criminales. En algún lugar de Venecia había cinco muchachas agraciadas, con la melena rubia, que en un principio estaban destinadas a viajar a Trípoli, pero que, al haber quedado cerradas las vías de fuga, corrían el peligro de que sus secuestradores decidieran deshacerse de ellas. Debían actuar cuanto antes.

Cuando, poco antes de mediodía, Pisani y Zen, seguidos del secretario, llegaron a las prisiones nuevas, encontraron a la entrada de la sala de los interrogatorios, situada en la planta baja, a un grupo que los estaba esperando, vigilado por el capitán Brusìn y por dos de sus hombres.

El día era frío y sombrío, aún seguía lloviznando y la estancia solo estaba iluminada por la escasa luz que entraba por las ventanas enrejadas. El secretario encendió un candelabro y, tras ponerlo encima de la mesa, se dispuso a levantar acta de las declaraciones.

El primero en ser interrogado fue Brusìn. Después de la desaparición de Maddalena Barbaro, había interrogado a los transeúntes y a los comerciantes de las procuradurías con la esperanza de que alguno hubiera visto pasar a la joven. No había averiguado mucho.

—Una doncella joven, que había salido de compras con su ama, me contó que, a eso de las cinco de la tarde, había visto a una hermosa joven, que lucía un vestido de color marfil y una capa corta y verde, caminando indecisa por las procuradurías viejas en compañía de una señora anciana —declaró.

—La hora y la ropa coinciden —observó Pisani—. ¿Cómo era la señora?

—Tenía el pelo entrecano, bien peinado, y una larga cicatriz en una mejilla —prosiguió Brusìn—, también el propietario de la taberna *La Testa d'Oro*, que en ese momento se encontraba en el umbral, vio a una señora con el pelo gris invitando a una señorita elegante a seguirla bajo un arco.

—¿Averiguaron algo los guardias que a la mañana siguiente mostraron a la gente el retrato de Maddalena Barbaro?

Brusìn negó con la cabeza.

—No, nadie recordaba nada más. La memoria de la gente es breve.

—De acuerdo, Brusìn. Quédate dentro para hacer pasar a los testigos y ahora llama a Domenica, el ama de llaves de la familia Barbaro.

La joven viuda parecía haber envejecido diez años: tenía la cara muy pálida, con grandes ojeras, y le temblaba la voz. Se sentó en el borde de la silla y miró compungida a Pisani.

—¿Se sabe algo? —se atrevió a preguntar.

—No, señora —le respondió el *avogadore*—. Lo único que queremos ahora es que nos vuelva a describir al joven que le tiró el vino encima y a su madre, que estaba cerca de ustedes.

Domenica se concentró.

—Como ya le dije, de la madre solo vi la mano que se alzó entre la multitud, pero al joven lo tuve bastante cerca y pude observarlo. Era un poco torpe, como encogido, de hecho, el vaso se le cayó al girarse. Tenía un angioma en una mejilla. Lo encontré también un poco gordo.

—¿Pudo verle la cara?

—No mucho, el sombrero se la tapaba en buena parte y el angioma lo afeaba, pero hablaba con educación.

Pisani la miró a los ojos.

—Sospechamos que lo que les ocurrió fue un montaje para poder separar a Maddalena de usted. ¿No notó si, durante el paseo, alguien las siguió?

Domenica sacudió la cabeza.

—No he dejado de darle vueltas desde entonces —admitió—, pero no vi a nadie. Por lo demás, estábamos concentradas en nuestras compras, charlando alegremente. —Se echó a llorar.

A continuación, entró Bartolo, el camarero de la taberna de las Cappuccine, donde, según lo que el portero del Ospedaletto había dicho a Giacomo Casanova, Elvira Clerici había cenado con una dama y un fraile, después de haber recibido un mensaje de su presunta madre, a la que llevaba toda la vida esperando.

Bartolo, un hombre metido en carnes, de unos cuarenta años, vestía decorosamente y tenía los ojos tan penetrantes como alfileres. Apenas se sentó, antes de que empezaran a interrogarlo, dijo:

—He venido porque hay que ayudar siempre a la justicia, pero el caballero Casanova les contó ya todo lo que sé.

Pisani se agitó, irritado por el desparpajo del hombre.

—Y, por lo que me han dicho, no se lo contaste gratis —le echó en cara.

Daniele Zen terció oportunamente.

—La noche en que Elvira Clerici cenó en tu local, ¿pudiste ver bien a los comensales que la acompañaban?

—Sí, pero, a diferencia de la señorita Clerici, a la que conocía, a los otros no los había visto en mi vida.

—Da igual. ¿Cómo era la señora? ¿Cuántos años podía tener?

Bartolo se rascó la cabeza, confuso. Pensaba que iba a tener que contarles las conversaciones que podía haber oído.

—Bueno, cincuenta pasados, desde luego. Ojeras, el pelo casi cano y… eso es, una fea cicatriz en una mejilla.

—¿Una cicatriz vieja o reciente?

Bartolo lo miró desconcertado.

—¿Aún estaba roja? ¿Se había cerrado del todo?

—Ah, sí, aún se veía mucho.

—Bien —continuó Zen—. Pasemos al fraile. ¿Cómo lo describiría?

Más consciente, Bartolo declaró que el fraile no era viejo, que tenía una barba negra, era más bien gordo y jorobado.

—Además —añadió—, cuando se levantó vi que cojeaba.

—¿Salieron los tres juntos?

El camarero asintió.

—Así es, daba la impresión de que la señorita Clerici era la que más prisa tenía por salir. No dejó de hacerles preguntas durante la media hora que estuvieron sentados, parecía emocionada.

El secretario les indicó con un ademán que no fueran tan deprisa y luego siguió escribiendo a toda velocidad mientras Bartolo salía de la sala y entraba Geremia, el criado delgado y larguirucho que servía en casa de la familia Giustinian Lolìn, el último que había visto a su compañera Giacomina. Al igual que cuando había testimoniado en casa Giustinian, estaba rojo como un tomate, pero se veía que quería serles útil. Se sentó con circunspección y aguardó.

—Geremia —le dijo Pisani—, tú fuiste el último que vio a Giacomina Santucci antes de que desapareciera. ¿Puedes explicarnos en qué circunstancias?

—Bueno... —Geremia entrelazó las manos—. Fue el lunes 4 de noviembre. Lo recuerdo porque fui a llevar a la modista una capa de la señora que se había desgarrado la víspera, el domingo, al subir a la góndola. Estaba en el *campo* Santa Maria Formosa.

—¿Y?

—Pues bien, había oscurecido, en esta estación anochece enseguida. La vi a lo lejos, la conozco bien. —Se ruborizó aún más. Quizá le gustaba Giacomina—. Llevaba puesta su cinta azul en el pelo.

—¿Con quién estaba?

—Iba del brazo de un joven alto y robusto, vestido con una casaca de obrero, creo que era carpintero. A él no pude verlo bien, pero cojeaba.

Siguieron los testimonios de la joven madre que, en plena noche, había visto en las Zattere dos sombras transportando un cuerpo inerte, sin duda el de Rosa Sekerus, en dirección al pozo del *campo* Sant'Agnese. Después habló Bianca Cedroni, la amiga de la pobre Iseppa, quien confirmó que, antes de desaparecer, la joven se había visto varias veces con un marqués de Vicenza, un tal Guidotti, que jamás había mencionado su nombre de pila.

Marco y Daniele confiaban en que Paolo Foscarini, el novio de Francesca, que había desaparecido mientras trataba de reunirse con sus padres en el campo, y Tosca Chiaradio, el ama de llaves de la casa, les revelaran detalles más interesantes.

Sin embargo, Foscarini se presentó solo.

—Tosca se ha ido a Verona, a casa de sus padres —afirmó—. Ella también es joven y guapa y tenía miedo de seguir en Venecia, por todo lo que está sucediendo.

Siempre muy elegante, vestido con una *velada* de raso de color avellana y unas medias de seda, Paolo se sentó con desenvoltura y se enjugó la frente con un pañuelo blanco.

—Yo, en cambio —dijo—, estoy a disposición de la justicia, como pueden ver.

—¿Dónde están los Baldini? —preguntó Zen.

—Están en casa, no se moverán de allí hasta que no sepan dónde está Francesca. Hace varios días que no los he visto, pero no creo que hayan sido citados, al menos eso es lo que me ha dicho Brusìn.

—Así es. Aunque ha pasado ya cierto tiempo, le ruego que haga un esfuerzo y trate de recordar quién estaba con ustedes en la parada del Burchiello la noche en que Francesca viajó en él. Hemos mandado a varios guardias para que pregunten por ella en los locales que hay a orillas del canal, pero nadie recuerda haberla visto.

Paolo entrecerró los ojos con aire pensativo.

—Veamos… era la noche del 15 de octubre, una noche muy oscura, de luna nueva. Apenas se veía nada. Hacía frío, llovía y todos los pasajeros estaban envueltos en sus capas. Recuerdo a dos señoras con una criada, a los malabaristas de siempre, a cuatro hombres de cierta edad que hablaban en voz alta, puede que fueran comerciantes, porque discutían sobre unos contratos. Luego… había una monja… ¡eso! También vi a un fraile que cojeaba. Eso es todo.

Pisani y Zen se miraron. El secretario seguía escribiendo.

En ese momento, Marco sacó de un bolsillo el medallón con el retrato de Livia Baldini y se lo mostró a Foscarini, que se quedó visiblemente sorprendido y se llevó una mano al cuello.

—¿Cómo lo han encontrado? —balbuceó—. Es el retrato de la hermana de Francesca, que murió hace tiempo. Ella jamás se separa de él. —Estaba muy pálido.

—¡Tranquilo! —terció Zen—. Lo encontró un pescador en su barca, en las Zattere. Suponemos que se lo arrancó del cuello para dejar una pista. ¿Qué tipo de mujer es Francesca?

Paolo suspiró.

—Es una mujer excepcional. Inteligente, intrépida, llena de iniciativas y guapa, con una melena rubia que le llega a la cintura.

—Y usted espera que la encontremos para casarse con ella —dedujo Daniele—. Disculpe la franqueza, pero ¿cómo pensaba mantener a una mujer así? Aunque vista de forma muy elegante, sé que es usted uno de los nobles de San Barnaba.

Paolo se alteró visiblemente.

—Es cierto, vivo en San Barnaba, en la casa que está al principio de la calle, pero siempre he trabajado, suscribo contratos para los mercaderes extranjeros que tienen que salir de viaje. Además, cuando me case, me convertiré en capitán de las tropas de tierra en Dolo, no es un gran empleo, pero al menos es un ingreso seguro.

Por último interrogaron a Marina, la amiga de Rosa Sekerus, que iba acompañada de un joven caballero, alto y distinguido, un cliente que la estimaba, sin lugar a dudas. Entró sola y se sentó arrugando un pañuelo con las manos, con sus bonitos ojos llenos de lágrimas.

Marco le habló con delicadeza.

—Marina, ¿está segura de que solo entrevió al pretendiente de Rosa, el pintor, por la ventana y de noche?

Marina movió la cabeza mientras apretaba el pañuelo.

—¡Por desgracia, sí! No debería haber obedecido a Rosa y tendría que haberme presentado en su casa sin avisar cuando el tal Zuffo estaba allí. Al menos ahora podría contarles algo para que lo capturaran.

—¿No decía que vivía en la calle Spezier?

—Eso le dijo a Rosa, pero cuando ella desapareció, recorrí toda la calle preguntando por un pintor de Pordenone y nadie sabía nada de él.

Pisani se inclinó un poco hacia la joven mirándola a los ojos.

—Trate de concentrarse, Marina. Al mirar por la ventana, ¿pudo notar algo en ese hombre?

—Bueno… —Marina se llevó las manos a la cabeza—. Era alto, desde luego, y también gordo… y, sí, ahora que lo pienso, cojeaba un poco.

Los interrogatorios habían terminado y Marco y Daniele, envueltos en sus capas, que los protegían de la lluvia, se dirigieron hacia Menegazzo para comer algo.

—¿Qué opinas? —preguntó Pisani a su amigo cuando se sentaron a la mesa y les sirvieron un plato de entrantes.

—No creo que hayamos averiguado mucho con estos interrogatorios —admitió Zen con pesar.

—Estoy de acuerdo —corroboró Marco mordiendo un pedazo de pan con bacalao *mantecato*—. Diría que lo único claro es que los raptores, los que abordan a las jóvenes y las convencen para que vayan con ellos a un rincón oscuro, son un hombre y una mujer.

—Los testigos dicen que eran un joven corpulento y cojo y una mujer anciana. Pero… —Daniele pinchó un pedazo de calamar frito y se lo llevó a la boca.

Marco completó el pensamiento de su amigo mientras masticaba un huevo duro con una anchoa marinada.

—Bueno, la verdad es que es fácil fingir la cojera y ponerse una peluca entrecana.

—En cualquier caso —reflexionó el abogado mientras se servía unas sardinas en *saòr*—, está claro que los magrebíes del *fondaco* están escondidos en alguna parte y en contacto con esos dos personajes, que deben de ser venecianos o vivir en Venecia, pues parecen conocer bien la ciudad. Seguro que se llevan un buen dinero por cada joven que les llevan.

Pisani eligió atentamente un entremés de polenta y sobrasada.

—Supongo que habrás notado —dijo a su amigo— que al principio cometieron varios errores, por ejemplo, raptaron a Iseppa y Rosa sin averiguar antes si eran vírgenes. No sabían que en los harenes solo pueden entrar mujeres puras.

—Y esas desgraciadas pagaron con su vida el error.

—Después se espabilaron, deben de ser muy hábiles. Por ejemplo, por lo que hemos podido averiguar, me sorprende la capacidad que tienen de abordar a las jóvenes con excusas que tocan sus puntos más débiles. Con Elvira se valieron del dolor que esta siente por no haber conocido a su madre; en el caso de Veronica, sabían que salía sola todas las noches a la misma hora, y en el de Rosa aprovecharon que la pobre deseaba vivir un amor puro.

—Así es —prosiguió Daniele—. En el caso de Francesca, sabían que iba a embarcarse para viajar al campo. Siguieron durante varios días a sus víctimas, prestaron atención a lo que rumoreaban los vecinos y trazaron su plan. Lo que me pregunto es a cuántas jóvenes más piensan llevarse.

—Deberíamos hablar con Casanova, nuestro experto en harenes. —Marco apuró pensativo su vaso de vino—. Qué vergüenza, Daniele —dijo—. Nosotros, que dominábamos los mares, que derrotamos en varias ocasiones a los turcos y los árabes, que dictábamos las leyes de la belleza con nuestras obras de arte, sedas, cristales y joyas, ahora vemos como roban a nuestras mujeres, permitimos que los piratas entren en nuestras casas y las secuestren para convertirlas en esclavas. Porque las venecianas, las mujeres más libres del mundo, serían esclavas en un harén. La misma palabra significa prisión, una jaula donde las mujeres hacen todo lo que pueden para destacar en la danza, el canto y la seducción, para atraer el interés del soberano. Una batalla sin exclusión de culpas donde cada copa puede esconder un veneno, cada rincón un puñal. Todas viven sometidas a la madre de su señor, vigiladas por los eunucos, pasan el tiempo segregadas, no pueden ir siquiera al mercado ni a la mezquita. La única esperanza que tienen es dar a luz un hijo, especialmente el primogénito, porque eso puede ascenderlas a una posición de poder.

—Las encontraremos, Marco, recuperaremos a nuestras mujeres —lo animó su amigo.

Capítulo 21

Contra todo pronóstico, la mañana del martes un dorado sol otoñal iluminaba alegremente la ciudad. Al despertarse, Marco vio su reflejo entre las cortinas, que Chiara había dejado entreabiertas cuando se había levantado. Sintiéndose de buen humor, se aseó meticulosamente, eligió un traje de terciopelo de color salvia con adornos de pasamancría plateados, que completó con unas mallas de seda grises y un chaleco bordado. Acto seguido, se contempló satisfecho al espejo. Pensó que con la vejez era cada vez más presumido.

Mientras bajaba la escalera, oyó unos gritos procedentes de la cocina y se dirigió hacia el entresuelo. Se detuvo en la puerta del comedor de la servidumbre y vio a todo el personal, de las ancianas Rosetta y Marta a Martino, Giuseppe, la cocinera Gertrude y la nodriza Giannina, rodeando la trona donde se encontraba Benedetta, que entre gorgoritos, risas, salpicaduras y manchas, se estaba comiendo el plato de sémola que Nani le estaba dando con una cuchara.

Marco guardó silencio, fascinado. Los niños eran un milagro, valía la pena vivir la vida que se renovaba sin cesar. Jamás había entendido por qué la aristocracia solo se interesaba por sus hijos cuando cumplían seis o siete años y se perdía la inocencia de la primera infancia, que rejuvenecía el corazón.

El hechizo se rompió cuando entró.

—¿Dónde está mi mujer? —preguntó.

Giuseppe se apresuró a saludarlo con una reverencia y le contestó:

—Está en la tejeduría, *paròn*. Dijo que volverá a comer.

—Bueno, pues, si no es mucha molestia, agradecería que alguien me sirviera el café en la sala —ironizó besando a su hija—. Te espero arriba —añadió dirigiéndose a Nani—. Aún no te hemos contado lo que sucedió ayer.

Poco después, el joven le llevó personalmente la bandeja del desayuno. Le sirvió el café y, atraído por la luz resplandeciente del sol, se acercó a la ventana para contemplar el jardín.

—Este otoño el tiempo es especialmente variable —comentó—. Hoy parece primavera y ayer la lluvia te calaba hasta los huesos. Lo mismo que me sucedió la primera vez que intenté venir a Venecia desde Padua. Era la noche del 15 de octubre y el chaparrón era tan fuerte que el Burchiello estuvo parado tres días.

Marco se quedó como fulminado, con la taza suspendida en el aire.

—¿Qué has dicho? —exclamó.

Nani lo escrutó sorprendido.

—He dicho que el Burchiello estuvo parado —repitió.

—¿Qué noche?

—La del 15 de octubre. La circulación se detuvo en el canal y por esa razón al día siguiente, el 16, viajé a Roma.

—¿Es posible que no entiendas lo que acabas de decir? —preguntó Pisani exasperado.

El joven no comprendía una palabra.

—Explíquemelo, *paròn*, porque no entiendo nada.

Pisani se había puesto en pie.

—¿No te has dado cuenta de que la noche del 15 de octubre es la fecha en la que, según Paolo Foscarini y su ama de llaves, Tosca, declararon que Francesca Baldini había embarcado en el Burchiello?

—Pero ¡yo no lo sabía! —Se defendió Nani.

—Foscarini pidió que lo incluyeran ayer en el acta, pero lo había declarado ya en el primer interrogatorio que tuvo lugar en el Palacio Ducal.

—Ahora lo entiendo —dijo Nani aliviado—. Ayer no estuve con él y el día en que declaró en el palacio salí en cierto momento para ir a Florian, puede que lo dijera entonces.

Pisani reflexionó un instante.

—Tienes razón, pero en cualquier caso, es evidente que Paolo y Tosca mintieron, juraron por lo más sagrado que hicieron embarcar a Francesca en el Burchiello el 15 de octubre, pero esa noche el Burchiello no zarpó y el hecho de que mintieran significa…

—Que son culpables, al menos de la desaparición de Francesca.

—No tiene sentido que otra pareja haya raptado a las demás jóvenes. Ayer los testigos los describieron como un joven bastante corpulento y una mujer anciana, pero es muy fácil disfrazarse.

—¿Qué quiere que haga, *paròn*?

Pisani se quedó un momento pensativo.

—Veamos…, para empezar, corre a las prisiones nuevas a ver al capitán Brusìn y ordénale que venga aquí con una decena de hombres. Luego ve a buscar al abogado Zen y al doctor Valentini, cuéntales lo que hemos hablado y diles que los espero en un par de horas en el *campo* San Barnaba.

Nani se apresuró a subir a la góndola y, tras sacarla de la dársena del jardín, se dirigió hacia las prisiones.

Al cabo de una hora, las dos *caorline* donde viajaban los guardias de Brusìn se detuvieron en el *rio* San Vìo y el capitán desembarcó de una de ellas para ir a hablar con Pisani, que lo estaba esperando en su despacho.

—Al parecer, Brusìn —lo informó el *avogadore*—, estamos en un momento decisivo del caso de las jóvenes desaparecidas.

Brusìn se cuadró.

—De acuerdo, excelencia. ¿Dónde debo buscarlas?

—Aún no lo sabemos, pero si detenemos a los secuestradores es probable que nos lo digan.

—No faltan instrumentos para tirarles de la lengua —dijo el capitán riéndose sarcásticamente.

Pisani lo fulminó con la mirada.

—Espero que no te refieras a la tortura, sabes de sobra que en Venecia dejó de practicarse hace mucho tiempo. Pero ahora, escucha lo que debes hacer. —Le dio Brusìn la dirección de la casa de San Barnaba donde vivía Paolo Foscarini—. Llévalo a la sala de los interrogatorios, también a todos los que estén en el piso con él. Iré enseguida.

A las once, apostado en compañía de Guido y Daniele en una esquina del *campo* San Barnaba, Marco vio salir de la casa de las *fondamenta* Rezzonico al capitán Brusìn y sus guardias. En medio de ellos caminaba Paolo Foscarini, maniatado y mirando al suelo. Lo hicieron subir a una barca y se marcharon. A continuación, los tres amigos cruzaron el puente de los Pugni y entraron por la puerta, que había quedado abierta. Subieron al segundo piso por una escalera que apestaba a moho y restos de comida, igual que olía hacía dos años la escalera contigua, cuando habían ido a examinar el cadáver de Marino Barbaro.

La vivienda de Paolo se componía de dos habitaciones, una cocina con fogones y un dormitorio, y ambas daban a las *fondamenta*. Los muebles eran pobres, pero estaban limpios, quizá porque alguien lo ayudaba. Un armario enorme ocupaba buena parte del dormitorio.

—Venid a ver esto —exclamó Valentini después de abrirlo. En el mueble había un buen número de trajes valiosos, sedas, damascos, terciopelos, *velade* con botones de diamantes y camisas de batista. En el estante inferior se encontraban los pantalones de seda y en el cajón unas mallas finísimas, guantes, pañuelos de encaje y ropa interior de lujo.

—Foscarini no se privaba de nada —comentó Daniele.

—Es el guardarropa de un caballero, pero él tiene poco dinero —dijo Pisani pensativo.

—¡Mirad esto! —Guido había abierto el arca que se encontraba a los pies de la cama y estaba sacando algunas prendas—. Esto sí que es interesante —continuó a la vez que mostraba a sus amigos un traje de damasco de color azul oscuro y adornos de pasamanería dorados, relleno por dentro—. Con esto encima Paolo debe parecer muy corpulento, desde luego. Marco me ha dicho antes que ayer los testigos afirmaron que los secuestradores eran un caballero gordo y una señora anciana... —Les enseñó una peluca gris.

—Y eso no es todo —añadió Daniele mostrándoles un hábito de fraile y una barba postiza.

—Acabamos de desvelar el misterio del fraile, el joven y la dama —dijo Marco sacando del arca un elegante vestido de señora y un par de pantalones de seda rellenos.

—De manera que los secuestradores eran Paolo y Tosca y venían a esta casa a disfrazarse —dedujo Zen—. Aquí está el maquillaje para parecer viejo —prosiguió a la vez que les enseñaba una caja con cremas de colores.

—Con estas pomadas Paolo se hizo la mancha en la piel y Tosca la cicatriz que vio el camarero del Ospedaletto y la doncella con la que habló Brusìn en la calle —especificó Marco.

—Gentuza sin escrúpulos —sentenció Guido iracundo—. Se pusieron de acuerdo con los tripolitanos para procurarles las jóvenes que debían entrar en el harén del *bey*. ¡Sin sentir el menor remordimiento por el destino de esclavitud que las aguardaba!

—Así es —convino Marco—, eso era peor que matarlas. Sea como sea, ahora debemos descubrir dónde las han encerrado, porque si Paolo y Tosca se dedicaron a raptarlas hasta hace unos días,

todas deben de estar en el mismo sitio, esperando para zarpar. Por
otra parte, según nuestros amigos del Arsenale, ningún barco con
capacidad suficiente para transportar a tantas personas ha salido de
la laguna, que, en cualquier caso, está cerrada desde ayer.

Daniele sacudió la cabeza.

—Es una lástima que no hayamos encontrado a Tosca... ¡Bah!
Ojalá que Foscarini hable.

—Vamos, amigos, Paolo nos está esperando —dijo Marco
mientras se encaminaba hacia la góndola que Nani había amarrado
en el canal.

La sala de los interrogatorios de las prisiones había sido con-
cebida para amedrentar a los acusados. Por este motivo, a pesar de
que ya no se utilizaban, seguían allí varios instrumentos de tortura,
como una silla con clavos para los presos, una rueda y el caballete.
Unas gruesas cortinas ensombrecían la sala, de por sí inquietante
por la presencia de los látigos y los gatos de nueve colas que colgaban de las paredes entre garfios y tenazas de hierro.

El Capitán Grande se había sentado a la larga mesa central y el secretario, que acababa de entrar, estaba preparando sus
instrumentos.

—Al parecer, ya estamos todos —exclamó Varutti mientras se
levantaba para saludar a Pisani y sus acompañantes, que tomaron
asiento en el centro. Nani tenía permitido asistir, pero debía permanecer en un rincón sin abrir la boca.

Al sonar la campanilla del secretario, se abrió una puerta lateral
y dos guardias condujeron a Paolo Foscarini en la estancia: lo dejaron de pie y maniatado, delante de los inquisidores. Lo habían detenido mientras se disponía a salir de casa y lucía una elegante *velada*
de terciopelo carmesí que destacaba su figura alta y bien proporcio-
nada. En el silencio reinante, el joven miró en derredor preocupado
y a continuación clavó los ojos en el suelo.

—Paolo Foscarini —dijo Pisani con severidad—. Has cometido el crimen más vil: ¡vendiste a tu novia para convertirla en una esclava del Islam!

El joven trató de defenderse.

—Se equivoca, excelencia —balbuceó—. Soy inocente, la secuestraron, no sé nada.

—¡Basta, Foscarini! —rugió el *avogadore* dando un puñetazo a la mesa. El secretario, sorprendido, dio un salto en la silla—. ¡Basta! ¡No disponemos de mucho tiempo, así que me niego a perderlo contigo! Hemos encontrado los disfraces en tu casa, declaraste que Francesca se marchó el 15 de octubre, el mismo día en que el Burchiello no pudo zarpar debido al mal tiempo, y antes de cada desaparición los testigos vieron a las muchachas en compañía de dos personas, que, disfrazadas con la ropa que hemos descubierto en tu dormitorio, corresponden a ti y a Tosca. Por cierto, ¿dónde está ella?

—No tengo ni idea, se marchó el domingo, puede que haya regresado a Verona, como dijo —respondió con la cabeza inclinada, comprendiendo que sus interrogadores estaban bien informados. Entendía que las pruebas que habían hallado en su casa eran indiscutibles.

Varutti tomó la palabra:

—¿Cómo entraste en el círculo de los magrebíes que vivían en el *fondaco* de los turcos?

Paolo se balanceó. Debía decidir lo antes posible si confesaba su participación en los crímenes o si lo negaba todo. Pensó que si colaboraba quizá pudiera librarse de las acusaciones más graves.

—A algunos los conocía ya —admitió—. Frecuentaban la misma taberna próxima al Arsenale a la que iba de vez en cuando.

A Daniele le asaltó una duda.

—¿Frecuentas los ambientes del Arsenale? ¿No serás, por casualidad, uno de esos canallas que asisten a las *mude*, las subastas públicas donde se alquilan las galeras, y luego informan a los piratas del Adriático sobre las fechas de salida de los convoyes comerciales?

—No tienen ninguna prueba —se limitó a objetar el joven mordiéndose la lengua, consciente ya de que había hablado demasiado.

Valentini sacudió la cabeza.

—Este individuo carece de moral. ¿Cuánto te pagaron los magrebíes por cada muchacha?

Foscarini guardó silencio.

—Volvamos a empezar —dijo Pisani—. ¿Quiénes son los magrebíes y cuándo se pusieron en contacto contigo para iniciar los secuestros?

Foscarini se atrevió a alzar la mirada mientras se retorcía las manos atadas. Miró de soslayo los látigos que colgaban de la pared.

—Nunca he sabido sus nombres, sé que venían de Trípoli, y me hablaron del asunto de las jóvenes a principios de octubre, cuando Alì Caramanli subió al trono —confesó por fin.

—¿Y tú, sin pensártelo dos veces, aceptaste condenar a esas muchachas a la esclavitud?

Foscarini cabeceó.

—Entiendo que cometí una mala acción, pero necesitaba dinero.

—¿Dinero? —rugió de nuevo Pisani—. ¿Dar más valor al dinero que a la vida humana?

—¡Calma, *avogadore*! —protestó Paolo en una demostración de osadía—. ¡No las maté! Además, mi vida también es importante.

En la mesa, los interrogadores empezaban a sentir escozor en las manos.

—¿Para qué necesitabas el dinero? —prosiguió Pisani implacable.

Paolo guardó silencio un momento.

—¿Sabe, *avogadore*? —trató de explicar—. Algunos disfrutan contándolo, otros se construyen una bonita casa o lo invierten en actividades rentables. En cambio, a mí el dinero me sirve para seguir siendo un modelo de vida para los demás.

—¿Qué quieres decir?

—Bueno, si se ponen de moda las corbatas bordadas de colores, soy el primero en usarlas en Dorsoduro. Cuando se llevan las *velade* cortas, las mías son las primeras que confecciona el sastre. Fui yo quien lanzó la moda de recogerse el pelo debajo del tricornio y la de los guantes de cabritillo de color carne. La gente me mira para saber cómo debe vestirse, mis modelos marcan la pauta incluso en el *listòn*. Es importante, pero también cuesta. —A medida que hablaba, Paolo se fue creciendo y, al final, alzó la cabeza con orgullo.

Pisani y sus compañeros se miraron estupefactos, sin saber qué decir ante semejante impertinencia. Era desalentador que existieran individuos para los que la apariencia primara sobre cualquier ley moral.

—¿De manera que vendes mujeres por una corbata? —lo increpó Daniele.

—Por una corbata no, por mi imagen pública —respondió Foscarini pensando que con eso se justificaba.

—¿También Tosca Chiaradio tiene una imagen que defender? —lo provocó Zen.

—No —explicó Paolo—. Ella está ahorrando para casarse.

—¿Cómo lograste involucrarla? —quiso saber Guido.

—No fue difícil. Siempre se estaba quejando de que le pagaban poco, pero, como ya sabrán, los Baldini estaban casi arruinados. Refunfuñaba porque no quería ir a vivir al campo. Decía que tenía veintisiete años, una edad en la que ya no es fácil para una mujer sin dote encontrar marido. Así pues, le propuse que me ayudara a cambio de cierta cantidad, dejándole bien claro que a las jóvenes no les iba a ocurrir nada malo, al contrario, que estaban destinadas a una vida principesca.

—¡Eres un infame! —exclamó Pisani con disgusto.

Paolo tuvo el valor de ofenderse.

—No hemos hecho daño a nadie —protestó.

—Y ninguno de los dos dudó en vender a Francesca Baldini, a la que fingíais querer. A propósito, ¿cómo la hicisteis desaparecer? —preguntó Daniele.

Foscarini aún pretendía justificarse.

—Para empezar, hay que decir que sus padres estaban arruinados y que no la esperaba precisamente una vida llena de lujos. En cambio, en Trípoli habría recibido sedas y joyas. ¿Que cómo desapareció? No le tocamos un pelo. Nada más salir de casa la llevamos con una excusa a las Zattere y la invitamos a entrar en una pequeña casa, que también fue la primera etapa en el caso de las demás. Una vez allí, un par de tripolinos, que estaban siempre de guardia en una barca amarrada en el muelle, la obligaron a subir a bordo y la llevaron al lugar donde tenían previsto recogerlas.

—¿Cómo se lo ocultaste a sus padres?

—Muy sencillo: cuando Francesca les escribió para decirles que salía para ir al campo, cambié la dirección del sobre, por eso nunca llegó a su destino.

—¿Los tripolinos también recogieron a las demás muchachas en las Zattere?

—Por supuesto, y siempre fueron muy delicados con ellas. No podían deteriorar la mercancía.

Pisani lo habría abofeteado de buena gana. En cambio, se limitó a hacerle una pregunta, cuya respuesta sabía desde hacía tiempo:

—¿Por qué matasteis a Iseppa y a Rosa?

Foscarini suspiró.

—Que quede claro que yo no les hice nada a ninguna de las dos. Fue cosa de los tripolinos, que, al final, causaron un daño colateral. No eran vírgenes y, por tanto, no servían para estar en un harén. Después de matarlas me dijeron que solo querían mujeres intactas y no volvió a suceder.

—¿Cómo las elegías?

—Era un buen trabajo. Tosca y yo identificábamos en la calle a las más adecuadas. Después se trataba de seguirlas y de comprender dónde podíamos sorprenderlas o con qué pretexto podíamos abordarlas. ¡Si supiera cuántas veces fallamos! Merecemos cada ducado que nos pagaron.

Una vez más, Marco tuvo que contenerse para no soltarle un revés. Foscarini carecía de empatía y moral, vivía solo para sí mismo. Los individuos como él solo veían la propia imagen, como el *Narciso* de Caravaggio, que se contemplaba en un espejo de agua.

—¿Y podían ser tanto aristócratas como mujeres del pueblo llano? —continuó el *avogadore* suspirando.

—Por supuesto —confirmó Paolo—. Porque, una vez en su destino, pensaban reeducarlas.

Había llegado el momento de hacer la pregunta más importante.

—Los tripolinos tienen prisioneras a cinco muchachas. ¿Teníais pensado añadir alguna más?

—En un principio debían ser siete, pero cuando en el Arsenale se corrió la voz de que se estaba preparando una flota para bloquear las bocas de puerto, los tripolinos dieron por concluida la actividad.

Pisani lo miró a los ojos.

—¿Dónde están esas jóvenes?

Paolo exhaló un fuerte suspiro.

—No tengo la menor idea.

—¿Cómo es posible? —dijeron a la vez Daniele y Valentini furiosos.

—Como ya les he dicho, nuestra tarea consistía en llevarlas a una casa de las Zattere y en avisar a los tripolinos que las estaban esperando. Después sé que las llevaban a alguna parte, donde pensaban embarcarlas más tarde con rumbo a la Tripolitania, pero desconozco el lugar.

—¡Dios mío! —exclamó Marco. Sabía por experiencia que Foscarini estaba diciendo la verdad.

El interrogatorio había concluido y los guardias se disponían a llevarse al prisionero, que se sentía aliviado por la manera en que se había desarrollado el encuentro. Paolo pensaba que no le había costado mucho salir bien parado: no podían imputarle ninguna violencia, solo el hecho de haber captado a las víctimas. Su crimen se resolvería con varios años de exilio. Claro que Tosca había sido más astuta: se había esfumado al oler el peligro, a saber dónde estaba.

El *avogadore* los detuvo con un gesto en el umbral.

—¿Qué le parece si lo metemos en los Pozzi hasta el proceso, Varutti?

Los Pozzi, que se encontraban en los subterráneos del Palacio Ducal y estaban habitados por ratones e insectos, eran las prisiones viejas, que habían dejado de usarse hacía ya mucho tiempo. Estar encerrado allí era ya de por sí una condena.

—Buena idea, *avogadore* Pisani —asintió el Capitán Grande riéndose sarcásticamente.

Todos oyeron el «¡Nooo!» que Paolo Foscarini gritó mientras se perdía en el pasillo de los calabozos.

Capítulo 22

—¿Cómo te has enterado de que las jóvenes secuestradas están prisioneras en la isla de Poveglia?

El patrón del Arsenale, Alvise Cappello, escrutaba sonriente al *avogadore* a través de los gruesos cristales de las gafas que tenía apoyadas en su nariz aguileña. Marco había ido a verlo a primera hora de la mañana, porque la expedición estaba prevista para esa noche.

—Lo confesó el canalla de Paolo Foscarini cuando lo interrogamos en las prisiones nuevas —mintió Pisani.

La verdad era otra. Apenas había concluido el interrogatorio del día anterior, Pisani había subido con Nani a la góndola y los dos se habían dirigido hacia las Zattere para buscar algún indicio.

La casa de la que había hablado Foscarini se erigía en la calle de los Frati, encajada entre la tienda de un ropavejero y un almacén de pieles. Manipulada por las hábiles manos de Nani, la cerradura había cedido sin grandes dificultades y los dos habían entrado iluminándose con un farol.

Como cualquier otro edificio veneciano, la planta baja estaba vacía para evitar los daños del agua alta y una escalera de madera daba acceso al piso superior. En él había dos habitaciones pequeñas con las ventanas clausuradas con unas tablas de madera claveteadas. En la primera habitación estaban los fogones, de manera que se trataba de la cocina, y en ella encontraron un pan aún fresco encima de la mesa, cerca de una jarra de agua y restos de un desayuno apresurado, lo que significaba que los inquilinos habían abandonado el edificio a toda prisa hacía poco tiempo. En el suelo había dos alfombras, que debían de haber utilizado para dormir. En la habitación de al lado, un jergón conservaba aún la huella del cuerpo que había dormido en él. Por la cadena que cerraba la puerta imaginaron que las jóvenes habían estado encerradas allí.

—Coincide con lo que dijo Foscarini —comentó Pisani—. Después de raptar a las víctimas las escondían aquí y luego, llegado el momento, aprovechaban la oscuridad para trasladarlas a otro lugar.

—Eso parece —corroboró Nani—, pero, desgraciadamente, aquí no parece haber nada que indique adónde se las llevaban.

—Además, la calle está deshabitada, así que no podemos contar con la curiosidad de los vecinos.

Esa noche, después de cenar, se reunieron en el despacho con Daniele, Guido y Chiara para trazar un plan. Confiando quizá en la benevolencia de los jueces, Foscarini había colaborado, pero aún quedaban muchos puntos por aclarar. Tosca había desaparecido, no sabían dónde se habían refugiado los tripolinos y, por desgracia, desconocían también el lugar donde tenían encerradas a las muchachas. Era necesario encontrarlas lo antes posible porque, una vez descubierta la manera en que las raptaban y tras haber cerrado las vías de fuga, sus vidas corrían peligro. Los casos de Rosa e Iseppa demostraban que si los tripolinos se veían en dificultades, no dudaban en matar.

—Hay que reconocer que esos canallas urdieron un sistema muy hábil para llevar a cabo los raptos —observó Valentini sacudiendo la cabeza.

—En cualquier caso, no creo que el cerebro de la operación sean los dos que al principio se alojaron en el *fondaco*. Esos solo son un par de buenos ejecutores —añadió Daniele.

—Estoy de acuerdo —corroboró Marco—. Detrás de ellos debe de haber una mente refinada, puede que un diplomático o un prestigioso cortesano. Es probable que no haya puesto un pie en Venecia y que se haya quedado en el barco que los trajo hasta aquí.

—Puede que en el jabeque que vio el mercader del gueto y que luego desapareció —aventuró Daniele.

—¿Cómo es posible que escaparan justo a tiempo? —se preguntó Guido.

—Recordad la relación que mantenían con el Arsenale —respondió Daniele—. Supongo que el domingo, al ver que estaban aparejando algunos barcos, hicieron unas cuantas preguntas y comprendieron que los habían descubierto. No se lo esperaban, porque hacía solo dos días que habían ordenado secuestrar a Veronica, pero pusieron pies en polvorosa, mejor dicho, los remos.

—He de reconocer que Foscarini es todo un personaje —terció Nani—. La idea de disfrazarse de gordo añadiendo relleno a la ropa y de cojear es genial. Intuyó que las personas tienden a notar las características ajenas que se salen de la normalidad y no prestan atención a los detalles. Lo mismo vale decir sobre el maquillaje de Tosca. Con una peluca gris y una pomada no es difícil echarse unos cuantos años encima.

—Una cosa es cierta —observó Marco—. La operación gravitaba alrededor de las Zattere. Allí estaba el escondite y el lugar donde las jóvenes subían a la barca de los tripolinos, a la pobre Rosa la tiraron al pozo de Sant'Agnese, que queda muy cerca, al igual que la casa de Foscarini y el muelle donde encontraron el medallón con el retrato de Livia Baldini.

—El que Francesca se arrancó del cuello para dejar una señal mientras la embarcaban para llevarla al lugar secreto donde las tienen encerradas —concluyó Guido.

—Un lugar que —puntualizó Pisani—, partiendo de las Zattere, en el canal de la Giudecca, puede estar tanto en Venecia como en cualquier otro punto de la laguna al que se pueda llegar fácilmente desde allí.

Chiara, que hasta ese momento había escuchado la conversación sin intervenir en ella, dijo:

—Dame el medallón, Marco.

Pisani la miró furioso.

—¡Espero que no pretendas hacer lo que imagino! —exclamó para diversión de sus huéspedes.

—Ni más ni menos.

—¡Sabes de sobra que no quiero que lo hagas!

—Pero yo sí que quiero.

—En esta casa duerme Benedetta, no quiero que circulen espíritus por ella.

Chiara resopló y se puso en pie.

—Te he dicho y repetido mil veces que todas las mujeres de mi familia crecimos con los espíritus y que estos jamás nos han hecho daño. Sabes de sobra que no es una cuestión de magia, que solo se trata de una sensibilidad especial que me permite captar parte de la energía que tienen las cosas, además de vivir o revivir los momentos cruciales que han presenciado algunos objetos. No me lo hagas repetir cada vez. Por otra parte, hoy mi clarividencia puede ayudar a salvar la vida a cinco jóvenes, a averiguar dónde se encuentran. Así pues, dame el medallón y un mapa de la laguna —dijo tendiendo una mano.

Reacio, Marco sacó el medallón de Francesca del pliego de documentos, rebuscó en la librería, de donde extrajo un mapa, y entregó todo a Chiara, que se retiró a sus habitaciones.

Regresó al cabo de poco tiempo, ligeramente acalorada.

—¡Lo he conseguido, amigos míos! —les anunció—. Puse el medallón encima del mapa, encendí una vela y me concentré. Esta vez los espíritus, como los llamáis vosotros, fueron magnánimos. ¡Después de girar un poco, el colgante se detuvo en la isla de Poveglia!

Por esa razón Pisani había mentido a Alvise Cappello, para no tener que darle explicaciones sobre los poderes de su esposa.

—Poveglia... —comentó el patrón del Arsenale—. Una magnífica elección. ¿Qué quieres saber?

—Es una isla abandonada y debemos explorarla para encontrar y liberar a esas muchachas, pero antes de desembarcar tenemos que saber a qué nos enfrentaremos. Por otra parte, te ruego que guardes el más absoluto secreto sobre la expedición.

Cappello se levantó y se dirigió hacia el archivo, de donde extrajo un mapa de la isla, que desplegó delante de Marco.

—Aquí la tienes, se encuentra a dos millas marinas de Malamocco y está formada por tres terraplenes. Justo delante del Lido sobresale un octágono que forma parte de una cadena de fuertes defensivos que construyeron en el siglo XVI y que jamás llegaron a usarse. Ahora está vacío. Un canal, denominado *mandrachio*, lo separa de la verdadera isla, que en el pasado estaba habitada. Cerca de la orilla aún sigue en pie una bonita iglesia consagrada a San Vitale, está en buenas condiciones y no hace mucho repararon el tejado. En el pasado, el campanario servía como faro para los navegantes. En la plaza de la iglesia hay una posada con cocina en la planta baja y varias habitaciones en el piso de arriba, y enfrente un depósito, el *tezòn*, que antaño servía para guardar los materiales que se utilizaban para reparar los barcos que se detenían allí para abastecerse.

—¿Y dices que ahora no vive nadie allí? —preguntó Pisani siguiendo los puntos que Cappello le iba señalando con el dedo índice en el mapa.

Alvise negó con la cabeza.

—No, el párroco también se marchó hace unas décadas. No obstante, en 1750 el almirante de Malamocco ordenó que llevaran allí a la tripulación de un barco que había enfermado de peste. Los abandonaron en la isla y todos murieron. Desde entonces...

—¿Qué?

—Algunos aseguran que la isla está infestada de extrañas presencias, voces que se llaman en las sombras, ráfagas de aire helado, coros de ultratumba... quién sabe. Eso es lo que se rumorea en Venecia, por eso nadie quiere ir allí.

—De manera que, además de enfrentarnos a los tripolinos, tendremos que luchar contra los fantasmas. —Marco sonrió.

—¡Bah! En cualquier caso..., detrás de la iglesia había un huerto, que ahora estará lleno de maleza, y a poco menos de un kilómetro del bosque se abre un canal que separa la parte principal de la isla de una lengua de tierra sin cultivar. Viniendo de la laguna, te conviene atracar en ese canal, porque es probable que las muchachas y sus secuestradores se hayan instalado en alguno de los edificios habitables, aunque abandonados, de manera que si os acercáis a ellos desde el canal, los sorprenderéis por la espalda.

—Por suerte, esta noche hay luna llena —consideró Marco—. Si no se forma niebla, nos ayudará a orientarnos.

—¿Vais a ser muchos?

—He ordenado al Capitán Grande que prepare tres *bissone* con ocho hombres bien armados en cada una. No quiero encontrarme con una tropa numerosa de tripolinos en la isla. Saldremos a las ocho de esta noche del Arsenale.

A las ocho en punto, a las órdenes del capitán Brusìn y de Matteo Varutti, un contingente de veinticuatro guardias, vestidos con casacas y botas, pateaba aterido en la orilla de los almacenes, junto a la Puerta de los Leones del Arsenale. Esperaban para embarcarse en las tres *bissone* allí amarradas. A su lado, listos para subir a bordo de una rápida *caorlina*, Marco, Daniele y Nani tomaban las últimas decisiones y discutían con Valentini, que se había negado en redondo a quedarse en casa, con el pretexto de que quizá tuvieran que recurrir a un médico.

Pero, sobre todo, era problemática la presencia de Chiara, quien, vestida también con pantalones y botas y con el pelo recogido bajo una gorra, aseguraba que en un lugar como Poveglia, donde parecían existir fugas sobrenaturales, su presencia era más necesaria que nunca, y que, además, su intuición podía ayudarlos a encontrar en la oscuridad los senderos que ocultaba la vegetación.

—Si de verdad quieres acompañarnos —replicó Marco—, te ruego que no te alejes de mí. —Era imposible razonar con su mujer, siempre se salía con la suya.

Entretanto, Varutti instruía a sus hombres.

—Lo más importante es no hacer ruido. Tenemos que sorprender a nuestros enemigos por la espalda, sin olvidar que tienen prisioneras a cinco de nuestras mujeres, a las que no debe sucederles nada malo. Vais armados con fusiles y carabinas, aunque confío en que no sea necesario usarlas. Si sois prudentes, solo os servirán para intimidarlos. No sabemos cuántos magrebíes hay, pero no se trata de un ejército, pues, en caso contrario, algún pescador de paso habría advertido su presencia en los últimos días, ya que la isla está deshabitada. Así pues, seguid la luz de mi farol, caminad de puntillas y en silencio absoluto.

El cortejo se puso en marcha, siguiendo la *caorlina* que conducía Nani. Tras cruzar la Puerta de los Leones, que se encontraba en el *rio* del Arsenale, atravesó la cuenca de San Marcos y entró en el canal de la Giudecca. Dejó a sus espaldas la isla, atajando por el *rio* del Ponte Longo y salió a la laguna, casi enfrente de Poveglia.

Hasta ese momento, la luna llena había guiado al grupo, que, guardando un absoluto silencio, embocó el canal interno de la isla y se preparó para desembarcar. Justo cuando acababan de amarrar las embarcaciones a varios palos, un banco de niebla densa, habitual en otoño, envolvió Poveglia transformando a los hombres y las cosas en sombras.

Nani agarró un farol, se puso a la cabeza del grupo y, tras indagar un poco, encontró un estrecho sendero entre los arbustos, que, quizá, usaran antaño los antiguos habitantes. Detrás de él caminaba Brusìn con una hoz para abrir el paso a los demás.

Cuando apenas habían avanzado unos cien metros, un lamento aterrador, de hombre o animal, pareció atravesar la isla y perderse a lo lejos. Un viento gélido pasó, a saber cómo, a ras del suelo. Los soldados se estremecieron tanto de miedo que Pisani y Zen tuvieron que sosegarlos.

—Tranquilos —susurró el *avogadore*—. Es normal, no os sucederá nada.

Un soldado menudo se rascó la cabeza.

—Son los fantasmas... Mi madre asegura que existen.

Tras ponerse de nuevo en marcha, las frondas parecieron estremecerse de repente y se oyó un lúgubre susurro en lo alto: «Todos estamos muertos, todos».

Los hombres se detuvieron, nadie quería seguir adelante.

Entonces, Chiara, aprovechando la oscuridad, se puso a la cabeza del grupo, agarró el farol de Nani y lo agitó por encima de su cabeza.

—Seguidme —les ordenó—. Son almas en pena, nos están pidiendo ayuda. —Avanzó unos cien metros más, con Marco y Valentini pisándole los talones, hasta que llegaron a un claro. La neblina dejaba entrever en el centro una cruz tosca, realizada con ramas de árbol, de la que se elevó un gemido espantoso.

Desorientados, los soldados rodearon la cruz y, poco a poco, esta pareció ondear, recorrida por innumerables llamas moradas.

Chiara se aproximó poco a poco al monumento y, como salido de la tierra, se oyó un coro de voces ultraterrenas.

Dìes ìrae, dìes ìlla,
solvet seclum in favìlla,
teste David cum Sibylla.

Las voces se convirtieron en un susurro en la espesura.

Quantus tremor est futùrus,
quando Ìndex est ventùrus,
cuncta stricte discussùrus.

A pesar del abatimiento general, Chiara no se inmutó y anunció con voz firme:

—He venido hasta aquí por vosotros, el don vive en mí, soy un punto de contacto entre el mundo de los vivos y las ánimas de los difuntos. ¿Cómo puedo aliviar vuestras penas? —Rezó—. *Requiem aeternam dona eis Domine...*

Poco a poco, primero con voces vacilantes, luego cada vez más seguras, los soldados, comandantes, magistrados y demás se unieron a su oración.

Et lux perpetua luceat eis.
requiescant in pace.

Las llamas parecieron aplacarse y Chiara volvió a acercarse a la cruz para tocarla. Marco hizo amago de detenerla, pero Valentini se lo impidió.

—Sabe lo que hace, no la interrumpas.

Chiara permaneció un buen rato abrazada a la imagen. La naturaleza pareció despertarse, las frondas se agitaron, un rayo atravesó el cielo y las voces ultraterrenas se debilitaron, se perdieron a lo lejos entre lamentos y sollozos, al mismo tiempo que la niebla se disipaba y la luna, en la calma que invadía ya todo, iluminó por fin el camino.

Guido se enjugó el sudor de la frente.

—Santo Cristo —balbuceó—. He de reconocer que aquí hay realmente algo.

Chiara se apartó de la cruz y acto seguido se lanzó estremeciéndose en brazos de su marido.

—Mi presencia los ha despertado —murmuró—. Por suerte, no todos pueden percibir con claridad las voces y los sonidos.

Marco sacudió la cabeza.

—Pero mañana todos sabrán en Venecia que tienes facultades paranormales.

—Los soldados solo han visto a una mujer rezando —lo contradijo Valentini—. No se han dado cuenta de que estaba luchando contra unos espíritus extraviados.

—Ya —asintió Marco de mala gana—. No es la primera vez que Chiara se enfrenta a las fuerzas del mal.

—¿Por qué las llamas fuerzas del mal? —susurró su mujer bebiendo un sorbo de agua de una cantimplora—. Solo son unas pobres ánimas atormentadas. Cuando murieron hace años fueron a parar aquí debajo, a una fosa común, y todos los olvidaron. Me han implorado que pida unas misas por sus almas, que vagan perdidas aguardando el perdón divino.

Mientras las tropas se recomponían y muchos se hacían la señal de la cruz, Nani y Brusìn reemprendieron la marcha, seguidos de Chiara. Poco después vieron las antiguas construcciones. Las tropas se escondieron entre los almacenes y la iglesia, mientras Marco y Daniele cruzaban el patio de puntillas.

Todo estaba desierto y silencioso. La única señal de vida era el penacho de humo que salía de la chimenea de la posada.

—Ahí hay alguien —observó Pisani.

Zen asintió con la cabeza.

—Pero antes echemos un vistazo a la iglesia y al almacén, no quiero que nos sorprendan por la espalda.

Varutti, acompañado de seis hombres, empujó la puerta de la basílica y entró en ella con un farol. Salió al cabo de poco tiempo y les dijo que estaba desierta. Tampoco en los almacenes, abiertos de par en par y abandonados desde hacía tiempo, había rastro de vida.

—Por lo visto están todos en la posada —comentó Valentini—. Nos las veremos con ellos allí.

En el edificio no se veía ninguna luz y la puerta maciza absorbía cualquier ruido del interior, de manera que iban a tener que irrumpir a ciegas.

Dos de los hombres más fuertes habían cogido en el bosque que había detrás de la iglesia un tronco grueso, que usaron como ariete, mientras los demás empuñaban las armas. Tras dar el segundo golpe, la puerta cedió y los soldados se encontraron en un vestíbulo vacío, con un par de aberturas por las que se accedía a la sala principal. Capitaneando el grupo, Marco, Guido y Daniele entraron en ella vacilando.

Lo que vieron los dejó sin aliento.

Capítulo 23

La escena que estaba teniendo lugar en la cocina de la posada de Poveglia se interrumpió con la llegada de los salvadores. Pisani, Chiara, Varutti y sus amigos se detuvieron en el centro de la estancia, mientras los soldados entraban en silencio y se colocaban a lo largo de la pared de la entrada.

Delante de la chimenea, donde un fuego vivaz emanaba un agradable calor, estaba Tosca, enfurruñada y atada a una silla con varias vueltas de cuerda. La vigilaba una hermosa joven rubia con los ojos del color del mar y la melena, larga hasta la cintura, suelta sobre una túnica blanca, que empuñaba un fusil con aire amenazador. La rodeaban otras cuatro jóvenes, vestidas también de blanco.

Las cinco se volvieron para observar a los recién llegados.

—¡Cuánto habéis tardado! —exclamó la muchacha armada con el fusil mientras esbozaba una amplia sonrisa—. Empezábamos a pensar que íbamos a tener que volver nadando a Venecia. Soy Francesca Baldini. ¿Con quién tengo el honor?

—Caramba… —soltó Valentini rompiendo el hechizo—. Os habéis liberado solas

—¿Estáis todas bien? —preguntó Chiara.

—¿Cómo lo habéis hecho? —añadió Nani.

—¿Dónde están los demás? —quiso saber Daniele.

Pisani se acercó a ellas y se presentó.

—Un *avogadore*, ¡qué honor! —comentó Francesca—. Estamos de maravilla, gracias. Ella es Maddalena Barbaro —dijo señalando a la rubia con la nariz respingona—. Y ellas son Elvira Clerici y Giacomina Santucci. La última es Veronica Zanichelli, nuestra salvadora.

—¿Qué haces con ese fusil?

Francesca lo apoyó junto a la chimenea.

—Estaba interrogando a la traidora de Tosca.

—Bueno, Varutti... —Marco se volvió hacia el Capitán Grande—. Por lo que veo vamos a tener que actualizar nuestros métodos de interrogatorio —dijo en tono irónico—. Pero ¿sabes usarlo? —preguntó volviéndose de nuevo hacia la joven.

Francesca negó con la cabeza, haciendo ondear su melena dorada.

—No, por supuesto que no, pero, llegado el momento, estoy segura de que habría sabido hacerlo.

—¿Cómo capturasteis a Tosca? —preguntó Daniele.

Francesca cogió un pequeño chal y la amordazó.

—Así no nos molestará —comentó—. Es una larga historia y supongo que querrán que se la contemos desde el principio. Siéntense —dijo señalando varias sillas mientras los guardias tomaban asiento en los bancos que había junto a las paredes—. Siento no poder ofrecerles algo de vino —prosiguió—, pero, como saben, los musulmanes no beben alcohol. Además de nosotras, en la casa están también Fatima, la maestra del harén, y los tres eunucos que nos vigilaban. Los encontrarán en una habitación del piso de arriba, la que está cerrada con pestillo.

—¿Y los tripolinos? —preguntó Varutti.

—¡Bah, esos! Al parecer, pasaron por aquí el domingo por la noche, desembarcaron a Tosca y se marcharon —comentó mirando con reprobación a su ama de llaves.

Marco admiraba el valor de la joven.

—Fuiste la primera a la que secuestraron —dijo—. ¿Cómo has podido resistir?

Francesca adoptó un aire grave.

—Ahora sonrío, pero ha sido duro. Para empezar, no llegué a perder el sentido del tiempo, porque marcaba los días en la pared con un palito. Estoy aquí desde hace un mes y medio

—¿Cómo os han tratado? —inquirió Chiara.

Francesca sacudió la cabeza.

—Muy bien, éramos mercancía valiosa. Nos tenían encerradas en una de las dos habitaciones de arriba, pero, por lo demás, la comida era buena y las camas cómodas. Además, estaban las lecciones.

—¿Las lecciones?

—Sí, nada más llegar nos explicaron que estábamos destinadas a casarnos con el *bey* de Trípoli. ¡Puaj! Por eso, Fatima nos adoctrinaba sobre los principios del islam, nos enseñaba cómo debíamos bailar, cantar y complacer al marido y también a hablar árabe. ¡Era terrible! Además de la poligamia, el principio básico del matrimonio islámico es la obediencia absoluta al hombre, que es señor y dueño.

Se oyó la voz de Elvira Clerici.

—Todos estaban encantados de que yo supiera ya tanto de música. Soy una *mezzosoprano*.

—Conmigo lo tuvieron más difícil —confesó Giacomina—. Yo estaba acostumbrada a servir, pero no sabía una palabra de artes mundanas.

Francesca retomó el relato.

—Al principio lo pasé muy mal. En un primer momento estuve sola, luego vi cómo desaparecían Iseppa y Rosa y fue terrible. Imaginé que las habían matado por no ser vírgenes, como se supone que deben ser las novias musulmanas. Aquí todas nos hemos hecho muy amigas.

—¿Los guardianes hablan veneciano?

—Los eunucos no, pero Fatima lo habla perfectamente.

—¿Qué debían hacer los eunucos? —preguntó Marco.

—Nos vigilaban, claro está, bajo las órdenes de Fatima. Dentro de poco podrán verlos. Abdul, el más gordo, se encargaba de la cocina y lo hacía muy bien: pollo con especias, dulces de miel, cordero con almendras. Beshir, el alto, hacía guardia en la orilla. Recibía las provisiones y las noticias de los tripolinos. Por último, a Mustafá le correspondía limpiar.

—¿Quién mató a Rosa e Iseppa?

—¡Ellos no, desde luego! Gritan con solo ver un ratón. Pobres, dos tripolinos se las llevaron y no volvimos a verlas.

Chiara intervino de nuevo.

—Me gustaría que cada una de vosotras nos contara cómo la raptaron. Empieza tú, Francesca.

Mientras Veronica, que había encontrado varios vasos limpios, ofrecía agua a los que tenían sed, Francesca les explicó cómo, la noche del 15 de octubre, a pesar de la tormenta, Paolo y Tosca la habían convencido para que saliera y se embarcara en las Zattere en un transbordador, que debía llevarlos a Fusina, donde subirían al Burchiello. «No puedes perderlo —había insistido Paolo—. Has escrito a tus padres que vas hacia allí y se asustarán si no te ven desembarcar en Dolo».

De esta forma, los había seguido, pero, una vez en las Zattere, en lugar de ir al muelle, la habían llevado con una excusa a un callejón desierto y la habían hecho entrar en una casa. Francesca había comprendido entonces que algo no iba bien, pero, antes de que pudiera rebelarse, la habían atado y amordazado y luego la habían dejado allí sola un día entero. Ni siquiera había podido pedirles explicaciones. A la noche siguiente, habían entrado dos magrebíes, uno de ellos se la había echado al hombro y después la habían llevado a Poveglia a bordo de una embarcación. Una vez allí, Fatima le había explicado cuál sería su destino.

—¿Escondiste el medallón en una barca cuando te transportaron? —le preguntó Marco.

—Ah, ¿lo han encontrado?

—Sí, pero hace poco. El barquero volvió hace solo unos días y me lo trajo enseguida, porque pensaba que podía ser importante.

—De hecho, lo hice para dejar alguna pista. Lo tiré cuando me subieron a la barca de los tripolinos. Estaba medio inconsciente, pero logré arrancármelo del cuello.

—Eres una joven excepcional —comentó Pisani.

—Perdón, pero algo que no me encaja —terció Chiara mientras le aferraba una mano—. ¿Cómo es posible que una joven tan inteligente como tú se prometiera con Foscarini? ¿Nunca intuiste cómo era en el fondo?

Los ojos verdes de Francesca resplandecieron.

—Yo también me lo he preguntado en estos largos días de encierro. Es guapo, elegante, instruido. Parecía muy enamorado, a pesar de que cuando mi padre se arruinó sus sentimientos se enfriaron un poco. Pensaba reconsiderar nuestra situación, pero dejé que, en cualquier caso, se trasladara a Dolo para que pudiera ocupar el puesto de capitán en el ejército de tierra. Me dije que podía posponer la decisión.

—¿Y Tosca?

—¡La muy traidora! Siempre se mostró bastante fría, pero era buena para las tareas domésticas. ¡Jamás habría imaginado que esos dos podían llegar a conspirar para venderme y enviarme a un harén!

—¿Y tú, Veronica? —preguntó Chiara a la hija del boticario.

—Se aprovecharon de mi espíritu caritativo. Un joven me abordó debajo de la casa de la nodriza y me conmovió contándome que su madre estaba enferma y que necesitaba urgentemente una medicina para el corazón. Después me convenció para que ayudara a una mujer que gritaba en la orilla de un canal. Allí me aturdieron y luego me desperté en la casa.

—La de las Zattere —precisó Chiara.

—A mí también me engañaron —terció Elvira Clerici—. Los muy canallas se valieron de que nunca he perdido la esperanza de conocer a mi madre. Parecían tan buenas personas, Tosca y el fraile... Mientras hablábamos en la taberna, en público, olvidé mis recelos, pero a la salida me arrastraron a una calle desierta, me durmieron con algo y la historia terminó como la de mis compañeras.

Era, más o menos, lo que le había ocurrido a Giacomina, que había seguido al falso carpintero a un rincón oscuro para besarlo. En cuanto a Maddalena Barbaro, mientras caminaba por las procuradurías, se había dado cuenta de que la dama con la que caminaba cogida del brazo era un poco extraña, pero la habían empujado con fuerza al interior de un portal, donde una mano le había tapado la nariz con un trapo maloliente.

—¿Cómo está mi padre? —preguntó.

—Se desesperó cuando desapareciste y ha hecho todo lo que ha estado en su mano para encontrarte —contestó Daniele—. Ahora se sentirá feliz.

—¿Y mis padres? —preguntó Francesca.

Pisani respondió:

—Están muy apenados, igual que los señores Zanichelli, los padres de Veronica. En cambio, a la familia de Giacomina, que vive en Burano, donde nadie sabe una palabra de los secuestros, no la informamos de su desaparición, preferimos esperar a ver qué averiguábamos y evitarles el tormento de la espera. Los llamaremos ahora.

Un detalle intrigaba a Valentini.

—Si no hubiéramos venido, ¿qué habríais hecho? —inquirió.
Francesca tenía un plan.

—Hacía tres días que aguardábamos a que alguien apareciera. La llegada de Tosca nos había hecho comprender que algo se estaba moviendo en Venecia. En cualquier caso, si no hubiera venido nadie, habríamos ido a la orilla para tratar de llamar la atención de algún pescador.

—Bueno —dijo Pisani levantándose—, creo que ha llegado la hora de conocer a vuestros carceleros.

—Yo los acompañaré —se ofreció Elvira—. Están en la habitación donde nos encerraban, de manera que no pueden escapar. Además, tienen un miedo atroz a los genios.

—¿Los genios?

—Son los espíritus —explicó Francesca—. Toda Venecia sabe que Poveglia es la isla de las ánimas que se aparecen de noche. Cuando Fatima me confesó que nos habían traído aquí, no se lo dije, así que una noche que salió para airearse un poco mientras nosotras cenábamos en la cocina, la vimos regresar despeinada y aterrorizada, gritando: «¡Los genios están aquí, me han perseguido!». Nos contó que había oído unos cantos fúnebres, lamentos, voces de ultratumba. Al parecer, los musulmanes también creen en los espíritus y los de Poveglia le pegaron un buen susto, aunque la verdad es que también nos quitaron las ganas a nosotras de escapar de noche. Pero ahora vayan a conocer a nuestros carceleros.

Mientras el *avogadore* y sus amigos subían, los guardias se quedaron en la cocina.

—Qué calor tan agradable hace aquí —comentó Brusìn a la vez que se frotaba las manos delante del fuego.

—Lo encendí yo —se jactó Giacomina—. Lo hacía siempre en casa de los Giustinian. Alrededor de la casa hay muchos arbustos.

Valentini fue el primero en alcanzar el rellano y en pararse delante de una robusta puerta en la que se abría un ventanuco.

—Es imposible escapar de aquí, porque las ventanas están cerradas con tablas de madera, pero miren por la mirilla —los invitó Elvira.

Nani acercó un farol y los venecianos se asomaron uno a uno. Acurrucadas en un rincón había tres figuras adormecidas vestidas con prendas orientales y, a poca distancia de ellas, se veía a una mujer con un velo sentada en el suelo. La luz los despertó, pero solo emitieron unos gruñidos confusos.

—¿Cómo los dejasteis ahí? —preguntó Daniele.

—Están atados y amordazados —le explicó Elvira—. No queríamos correr ningún riesgo.

—Es increíble, pero ahora estamos deseando saber cómo os liberasteis de vuestros carceleros —dijo Pisani—. Parece imposible.

Elvira contestó mientras los conducía de nuevo a la planta baja:

—Eso se lo explicará Veronica. Como dijo Francesca, el mérito es suyo.

Se sentaron a la mesa de la posada.

—Desde el principio traté de encontrar la manera de fugarme —dijo Francesca—. Siempre confié en que la Serenísima nos salvaría tarde o temprano, pero a la vez estaba atenta a las posibilidades que se presentaban para escapar durante el día, cosa nada fácil, desde luego, pero preferible a los espíritus. Por desgracia, hasta hace pocos días no se produjo ninguna ocasión. Luego llegó Veronica.

La hermosa hija del boticario de Santa Fosca tomó la palabra. Todos estaban pendientes de lo que iba a decir, incluso los guardias no se movían de sus asientos, conteniendo el aliento.

—La tarde del día en que me secuestraron —dijo—, estaba ordenando el laboratorio y, mientras limpiaba un estante, encontré una cajita que contenía un pedazo de opio que debería haber estado bajo llave. Me lo metí en el bolsillo y no volví a pensar en él. Recordé que lo tenía al día siguiente, el sábado por la mañana, después de que me trajeran a Poveglia. Se lo conté a las demás y esperamos a que se presentara una buena ocasión.

—Comíamos en la cocina, vigiladas de cerca —terció Maddalena—. Yo había observado que los eunucos y Fatima solían preparar a mediodía grandes jarras de café, al que añadían mucho azúcar.

Veronica retomó la palabra.

—Cuando me enteré, decidí que echaría una buena cantidad de opio en la bebida para dormirlos. Solía trabajar en el laboratorio de la farmacia, así que sabía qué dosis era necesaria para dejarlos inconscientes. El hecho de que pusieran mucho azúcar en el café ayudaba a ocultar el sabor amargo de la droga. En cualquier caso, debíamos distraerlos un momento para poder actuar.

—Nos pusimos de acuerdo —prosiguió Francesca—. Llegado el momento, Elvira, Maddalena y yo hicimos amago de querer escapar por la puerta. Todos nos siguieron y de esta forma los entretuvimos un poco pateándolos y mordiéndolos, mientras Veronica disolvía el opio. Fue muy rápido: durante la comida, Fatima y, después, Abdul, Beshir y Mustafà cayeron profundamente dormidos. Habíamos encontrado unas cuerdas en el almacén, así que lo primero que hicimos fue atarlos y luego nos enfrentamos al problema de encerrarlos.

—Es cierto, ¿cómo los subisteis al primer piso? —preguntó Valentini.

—Fue toda una empresa, los transportamos uno a uno. Dos de nosotras los empujaban y las tres restantes tiraban de ellos. El problema era que debíamos actuar deprisa, porque temíamos que se despertaran. En determinado momento, Mustafá se removió un poco, gemía, así que Giacomina tuvo que adormecerlo de nuevo con un garrotazo en la cabeza.

—¡Es increíble!

—Pero eso no es todo: justo cuando habíamos terminado, oímos unos pasos fuera. Nos escondimos y vimos entrar a Tosca. Entre las cinco, no fue difícil vencerla. La encerramos en la otra habitación y empezamos a planear la manera de volver a Venecia.

—¿Y todos están ahí desde el domingo?

—Exacto, sin beber ni comer. Solo esta tarde decidimos interrogar a Tosca para que nos contara lo que había sucedido en Venecia, pero lo único que nos ha dicho por ahora es que cuando los movimientos de barcos en el Arsenale alertaron a los dos tripolinos, ella, que se había refugiado en su casa, intentó embarcar para que la llevaran a Dalmacia, pero esos desalmados la dejaron en Poveglia con los demás y se marcharon. No veían la hora de salir al mar.

Pisani y sus amigos estaban impresionados.

—¡Sois fantásticas! —exclamó Valentini.

—Guapas, audaces e inteligentes —precisó Daniele.

Marco añadió:

—Representan lo mejor de las mujeres venecianas.

—Sin duda —terció Nani—, los magrebíes se equivocaron al elegirlas. Nadie habría conseguido domarlas.

—¿Os imagináis en qué se habría convertido el harén de Alì Caramanli si hubieran ido a parar allí? —preguntó Chiara.

—En un auténtico caos —bromeó Nani.

Todos se echaron a reír.

—Bueno, es hora de marcharse —dijo Pisani dando por zanjada la conversación—. Las *bissone* están ancladas en el canal y los soldados nos ayudarán a llevar también a Venecia a los eunucos, a Fatima y a Tosca. Imagino que estaréis muy contentas, muchachas, os lo habéis merecido.

Entre los soldados se elevó un rumor de descontento, al que se unieron las protestas de las jóvenes.

—¿No podemos esperar hasta mañana? —preguntó tímidamente Giacomina.

—Ha oscurecido, es la hora de los espíritus —le explicó Veronica.

—Ya hemos sufrido bastante, preferimos ahorrarnos las voces de ultratumba —añadió Francesca.

—Está bien, entonces nos quedaremos hasta mañana —concedió sonriendo Marco a la vez que miraba a Chiara con complicidad.

Capítulo 24

La mañana del domingo 1 de diciembre, un límpido sol invernal iluminaba la plaza de San Marcos, que estaba insólitamente abarrotada. Los vestidos de color rosa, azul claro y violeta de las señoras, tocadas con sus pelucas, y los abrigos multicolores de los caballeros se mezclaban con las sotanas negras de los eclesiásticos, las faldas abigarradas y los mantos o *zendadi* de las mujeres del pueblo llano y con las blusas de los artesanos y los trabajadores del Arsenale. En las procuradurías nuevas, varios parroquianos del café Florian alargaban el cuello para ver algo entre un par de perritos que se perseguían ladrando.

En lo alto del gran arco de las Mercerie, encima del reloj esmaltado de azul oscuro, del edículo de la Virgen y de la estatua del león de San Marcos, los dos moros de bronce cobraron vida y empezaron a dar alternativamente con sus pesados martillos los doce toques del mediodía.

En ese instante, se abrió la puerta de la basílica y la multitud se arracimó ante las alfombras que había entre la iglesia y la Puerta de Papel del Palacio Ducal.

—Ahí llegan —anunció un joven que sacaba una cabeza a los demás.

—¿Será cierto que son tan guapas? —preguntó una mujer boquiabierta.

—¡Pobres muchachas! ¡A saber lo que han padecido! —exclamó una anciana.

—Menudo descaro el de esos piratas, cómo se les pudo ocurrir venir hasta aquí para raptar a nuestras mujeres —sentenció un médico, que lucía un traje oscuro.

—No eran piratas —lo corrigió un eclesiástico—, sino los emisarios del *bey* de Trípoli, que las quería para su harén.

Extrañamente, los venecianos apenas se habían enterado de los raptos de las muchachas, ya que estos se habían producido en distintos momentos y las víctimas pertenecían a diferentes clases sociales. En cambio, la noticia de su liberación había corrido como la pólvora y se había convertido en un motivo de orgullo para la Serenísima y en un símbolo de victoria contra el eterno enemigo turco.

Por la gran puerta de San Marcos, donde las jóvenes habían recibido la solemne bendición, salió en primer lugar el Capitán Grande, Matteo Varutti, luciendo su uniforme de gala, seguido de las muchachas, vestidas de blanco, y de sus familiares.

Por las alfombras desfiló en primer lugar, en dirección al Palacio Ducal, la jovencísima Maddalena Barbaro, acompañada de su padre, y el director del Ospedaletto con Elvira Clerici, cuyo perfil clásico suscitó la admiración del público.

—Es una muchacha del coro —observó una señora.

—Dicen que canta como los ángeles —añadió otra.

A continuación apareció Giacomina Santucci, que caminaba con sus bonitos ojos verdes clavados en el suelo, intimidada por el interés del gentío. Más apocados que ella se mostraban sus padres, vestidos como humildes pescadores. Los seguía, acompañada de su madre, Veronica Zanichelli, que susurraba algo a su padre doblando su cuello de cisne, y Francesca Baldini, con sus ojos de color verde y su boca carnosa, flanqueada por sus padres, que aún no acababan de creerse su liberación.

El pequeño cortejo dobló hacia la izquierda y franqueó la Puerta de Papel, de estilo gótico. Costeó el patio y se dirigió hacia la Escalinata Dorada, donde los esperaban Pisani, Zen y Valentini en compañía de Chiara y de Nani, que se sentía abrumado, porque ese día visitaba por primera vez la sede del poder como Giovanni Pisani. Un par de senadores, con su séquito de secretarios y empleados, interrumpió su conversación para asistir a la escena.

Los domingos, el Palacio Ducal estaba casi desierto, pero, aun así, varios abogados, algún que otro empleado y dos frailes dominicos se pegaron a la pared para dejarlos pasar.

El Capitán Grande les abrió paso por los dos primeros tramos de la escalera, cuya riquísima decoración dejó boquiabiertos a los señores Zanichelli y Baldini, que nunca la habían visto. Los Santucci se sentían tan abrumados que no se atrevieron a alzar la mirada de los peldaños por miedo a tropezar. En cambio, las cinco jóvenes, conscientes de que el recibimiento era en su honor, se movían con la cabeza bien alta, como verdaderas princesas.

Al llegar al rellano de la primera planta, donde se encontraban las habitaciones privadas del Dux, Varutti guio al cortejo por la sala de los Scarlatti y por la del Escudo, cuyas paredes estaban cubiertas de grandes mapas. En ella habían preparado, con cubertería de plata y cristalería de Murano, la mesa para el banquete que Francesco Loredan iba a ofrecer a sus invitados.

El Dux, vestido con la capa y el cuerno de piedras preciosas, acompañado del Consejo de los Diez y de los secretarios, que se habían sentado en semicírculo alrededor de él con sus togas rojas y negras, aguardaba a sus huéspedes en la contigua sala Grimani, su preferida, que daba al patio interno.

Pisani fue el primero en saludarlo con una ligera reverencia.

—Príncipe —dijo—, aquí están las jóvenes que arrancamos de manos de los tripolinos, acompañadas de sus padres. Ella, en cambio —añadió tendiéndole la mano a Chiara—, es mi esposa.

—He oído hablar mucho de su belleza, señora Pisani —respondió el Dux con galantería—, pero lo que veo supera su fama. Venga, siéntese a mi lado —añadió ordenando con un ademán a un criado que acercara una silla. A continuación, los dos empezaron a conversar como si se conocieran de toda la vida.

Mientras Varutti hacía las debidas presentaciones, los camareros sirvieron un vino blanco de los Colli Euganei. Valentini, por su parte, se puso a hablar con Da Mula y los miembros del Consejo se encargaron de entretener a las muchachas y sus acompañantes.

Los Santucci no se cansaban de admirar el opulento techo de color azul y dorado de la sala, al mismo tiempo que Zanichelli conversaba con Varutti y los Baldini observaban atentamente el cuadro *El león de San Marcos*, obra de Vittore Carpaccio.

—Vean cómo tiene las patas anteriores en la tierra y las posteriores en el agua —explicó Daniele Zen acercándose a ellos por detrás—, ello simboliza el dominio terrestre y marítimo de la Serenísima.

El vino desató las lenguas y ahuyentó la timidez.

—¿Qué será de estas jóvenes? —preguntó Loredan a Chiara.

—No se preocupe —respondió ella—. Las he visto a menudo en estos días y, al parecer, se han hecho muy populares en Venecia. No se quedarán solteras, a menos que así lo deseen.

—No me diga —continuó el Dux riéndose.

—La más solicitada es Maddalena Barbaro, tres jóvenes aristócratas han pedido ya su mano.

—¿Y ella a quién piensa elegir?

—A ninguno de ellos, dice que aún es demasiado joven, que prefiere esperar el amor sin prisas. También Veronica Zanichelli

ha rechazado hasta la fecha todas las ofertas de corazones y patri-
monios. A Elvira Clerici, en cambio, la pretende un rico industrial
del interior que la conoció en casa de los Cargnoni, hace tiempo
que va detrás de ella y quizá se prometan. También Giacomina
Santucci ha recibido una propuesta de matrimonio de un cristalero acomodado y la está considerando.

—¿Y Francesca Baldini, la más valiente?

Chiara negó con la cabeza.

—Francesca se llevó una gran decepción con el criminal de
Paolo Foscarini y ahora teme equivocarse. Me ha confesado que
un conde florentino le está haciendo la corte, pero no se decide.

Cuando el mayordomo anunció que la comida estaba lista, el
Dux se levantó con la copa en la mano.

—Señores —anunció. Todos se volvieron hacia él—,
nos hemos reunido aquí para festejar la enésima victoria de la
Serenísima contra los musulmanes, mérito de Marco Pisani y
sus colaboradores, Valentini, Zen y Varutti, además de Giovanni
Pisani y de la señora Chiara.

Los presentes aplaudieron.

—Pero eso no es todo —continuó Loredan—, también
celebramos a las mujeres venecianas, las más hermosas, audaces
e independientes. Ustedes, Francesca, Giacomina, Maddalena,
Elvira y Veronica, son un motivo de orgullo para nosotros. Sin
olvidar a las pobres Rosa Sekerus e Iseppa Micheli, que murieron
inocentes, víctimas de los prejuicios y del abuso de poder de un
soberano bárbaro.

Tras un momento de aflicción y otro prolongado aplauso, el
grupo se encaminó hacia el comedor.

Marco se acercó a su mujer.

—¿Se puede saber qué teníais que hablar el Dux y tú durante
tanto tiempo? —preguntó con una punta de celos.

Chiara sonrió.

—Me ha pedido que le diseñe una tela completamente original para la próxima ceremonia del Bucintoro en la fiesta de la Sensa.

—Vaya, por lo que veo ahora tienes un cliente muy prestigioso. —Marco se rio mientras le rodeaba la cintura con un brazo y entraban en el comedor.

ABOUT THE TRANSLATOR

Photo © James C. Taylor

A resident of New York City, Hillary Locke studied Spanish and Italian literature and translates from the Romance languages into English. When she's not running along the East River or reading in Tompkins Square Park, she likes to travel the world and listen to beautiful languages she doesn't understand.